**김
탁
환**

국문학과과 동 대학원 『압록강』을 비롯해 장편 소설 [...] 방각본 살인 사건』, 『열 녀문의 비밀』, 『열하광인』, 『허균, 최후의 19일』, 『나, 황진이』, 『서 러워라, 잊혀진다는 것은』, 『목격자들』, 『조선 미술사』, 『거짓말이 다』, 『대장 김창수』 등을 발표했다. 소설집 『진해 벚꽃』, 『아름다 운 그이는 사람이어라』, 산문집 『엄마의 골목』, 『그래서 그는 바다 로 갔다』 등이 있다.

파리의 조선 궁녀

리심 2

2부 호를 류 流

소설 조선왕조실록

14

파리의 조선 궁녀

리심

2

김탁환

민음사

리심은 자신이 관찰한 놀라운 서양 문물을

여러 페이지에 걸쳐 기록해 두었는데,

나는 언젠가 그 기록들을 꼭 출판하려고 다짐하고 있다.

— 클레르 보티에 · 이폴리트 프랑댕, 『한국에서(En Corée)』

3장 │ 탕헤르 1894년 10월~1895년 12월

1장

도쿄

1891년 6월~1893년 3월

출항

곁에 선 이가 나와 꼭 닮은 영혼임을 깨닫는 순간이 있다.

긴 굴뚝이 딸꾹질하듯 검은 연기를 토해 내고 증기가 사방으로 번져 가면서 해무(海霧)를 더욱 짙게 한다. 뱃머리에서 출렁거리며 울리던 호종(號鐘)이 멈추자 제물포를 떠나는 증기선 갑판이 새벽 공기를 처음 접한 아기처럼 떨린다. 내 무릎이 진동을 견디지 못하고 후들거리다가 몸 전체가 왼편으로 쏠린다. 나를 급히 부축하던 빅토르의 모자가 벗겨져 갑판을 뒹군다.

"괜찮소?"

나는 입 초리에 웃음을 머금으며 고개를 끄덕인다.

그래도 내 얼굴이 불안해 보인 걸까. 아니면 빅토르가 프랑스를 떠나올 때 지닌 아쉬움을 조선을 떠나는 나 역시 품었으리라 지레짐작한 걸까.

모자를 주워 쓴 빅토르가 카이저 수염을 쓸며 불어로 속
삭인다.

"외교관들이란 나랏돈 받으며 평생 세상을 물처럼 흐르
는 자라오. 그래서 나는 한자 중에서 삼 수(氵)가 선명한 흐
를 류(流)가 가장 마음에 든다오."

친절이 몸에 밴 외교관답게 빅토르는 아프리카 사하라
사막에 사는 베두인족에 대해서도 들려준다.

"모래에서 태어나 모래와 함께 흐르다 모래에 묻혀 이윽
고 모래가 되는 사람들이라오. 끔찍하게 가난하지만 항상
지금 이 순간을 즐기지. 어젯밤에 미련을 두기보단 내일 새
벽을 기대하면서 말이오."

나는 "베두인 멋져. 만나 보고 싶어요!"라며 그 긴 팔에
매달린다. 빅토르는 제물포를 벗어나서 세상 속으로 흐르
기 시작한 나를 위로하고 싶어 하고 나는 그런 빅토르를 실
망시키고 싶지 않다.

사하라 사람 이야기를 들었기 때문일까.

내내 목이 마르다.

고베행 증기선은 거대한 낙타고 군데군데 나타나는 서
해의 작은 항구들은 오아시스다. 나는 그 오아시스를 애써
무시하고 모래 폭풍 속으로 나아가는 베두인 여인이다. 뱃

전에 부딪혀 하얗게 일어나는 파도의 포말도 모래 알갱이
가 서걱서걱 부딪히는 것처럼 들린다.

빅토르가 심한 기침을 네댓 차례 뱉은 후 잠시 쉬겠다며
선실로 내려간다. 조선을 떠나기 전 밀린 공무를 마치느라
이틀 밤을 새운 데다 사이사이 각국 외교관들과 지인들이
마련한 이별 연찬에 참석해야 했고 탐언의 도움을 받아 조
선에서 사 들인 서책과 도자기까지 정리하여 프랑스로 보
냈다. 또 통역관 모리스 쿠랑과 조선 서책들을 정리하는 방
법에 관해 오랫동안 의견을 나누었고, 공사관을 짓는 문제
로 중국인 기술자들과 언성을 높여 다투기도 했다. 바로크
양식으로 짓는 새로운 공사관을 완공하지 못하고 떠나는
것을 무척 아쉬워했다.

그러나 나는 안다. 그가 여름 감기를 앓는 가장 큰 이유
는 바로 나, 리심 때문임을.

왕실의 허락을 받았다고 해도, 출항하는 순간까지, 어린
딸 손목 끌며 밤길 걷는 아비처럼, 빅토르는 내 곁을 떠날
줄 몰랐다. "전 세상 물정 모르는 햇병아리가 아니에요!"라
고 농담을 건네도 빅토르는 웃지 않았다. "솔개에게 낚아채
인 다음엔 후회해도 소용 없지!"

무릎과 어깨에 기운 흔적이 역력한 남루한 옷을 입은 남
매가 갑판을 어지럽게 뛰어다닌다. 해맑은 웃음소리가 가

난을 저만치 밀어낸다. 바라보는 승객들 눈에도 따뜻함이 서린다. 열 살쯤 되어 보이는 사내아이는 더벅머리에 코를 줄줄 흘리고 그보다 서너 살 어려 보이는 계집아이는 무명 댕기를 흔들며 주위를 살피기에 바쁘다. 계집아이 머리를 쓰다듬으며 묻는다.

"너희도 일본 가니?"

계집아이가 양이복을 보고 겁을 먹었는지 대답도 않고 울먹거린다. 사내아이가 제 동생 팔을 잡아당겨 등 뒤에 숨기더니 나를 노려보며 동문서답을 한다.

"돈 벌러 가요. 우리 아버지 돈 많이 벌 거예요."

동생을 지키려는 마음이 기특하다.

"돈 많이 벌면 그땐?"

"돌아올 거예요. 돌아와서 집도 사고 논도 살 거예요."

남매의 어미가 사내아이 손목을 잡아끌며 나를 흘끔흘끔 쳐다본다. 눈가에 주름이 자글자글하고 양 볼엔 살이 하나도 없다. 피죽 한 사발도 못 먹은 얼굴이다.

"아, 아파! 엄마 이거 놔."

어미가 사내아이의 머리를 쥐어박으며 나무란다.

"양이 귀신 들린 년하고 말 섞지 말랬지? 선실에서 동생 잘 보고 있으랬더니 언제 여기까지 올라왔어. 가, 어여 가. 옥수수 먹어야지."

"또 옥수수! 난 옥수수 싫어, 밥 먹을래. 밥 줘."

계집아이가 볼멘소리를 한다. 사내아이가 또 나를 쳐다 보며 변명하듯 말한다.

"일본에 가면 우린 금방 부자 되고 이밥만 먹을 거예요. 엄마가 그랬어요. 그렇지?"

"어여 가. 어여!"

어미는 내 눈치를 보며 아이들을 데리고 갑판 아래로 사라진다.

어느새 황혼이다.

천천히 고물 쪽으로 걷는다. 귓속말을 주고받으며 나를 쳐다보는 조선 사람들 시선이 부담스럽다. '양이 귀신 들린 년'이란 말이 가슴을 찔러 댄다. 이제 나는 저들 눈엔 구라파 선교사나 외교관들처럼, 말을 섞는 것조차 두려운 존재다. 각오는 했지만 아이들의 눈과 입으로 확인받고 보니 입맛이 쓰다. 씁쓸한 입맛을 다시며 하늘을 우러른다.

두지강 유선(遊船)에서 소리를 토하다가 맞닥뜨린 하늘이 떠오른다. 밝음이 어둠에 묻혀 차차로 사라지는 순간순간은 얼마나 아름다웠던가. 음률이 틀려 저녁을 굶어도 아쉽지 않았다.

왼손으로 장미꽃 문양 모자를 누르며 턱을 한껏 치켜든다. 모자에 달린 초록색 리본이 바람에 실려 등 뒤로 흩날린다. 손도 발도 옷도 그리고 내 영혼까지 미열에 들뜬 아기의 뺨처럼 붉게 바뀌는 듯하다. 날아가는 거다. 훨훨훨. 조선을 떠나 먼 곳으로 가는 거다. 리심! 이제 너는 적성현에서 노래하는 관기도 아니고 약방에서 의술을 익히는 기생도 아니며 장악원에서 춤추는 무희도 아니다.

"옥인!"

돌아보니 빅토르다. 어느새 선실에서 올라온 것이다. 이마에는 땀이 송골송골 맺히고 더운 숨을 불규칙하게 내뱉는다.

"왜 나왔어요? 밤바람이 감환에 얼마나 안 좋은데……."

갑자기 빅토르가 날 껴안는다.

"걱정 마, 다 잘될 거야. 나만 믿어!"

"왜요? 무슨 일 있었나요? 악몽이라도……."

빅토르가 더욱 세게 끌어안는 바람에 숨이 막힌다. 영문도 모른 채 빅토르의 등을 두어 번 토닥거려 준다. 이럴 땐 내가 꼭 빅토르의 엄마 같다.

잘 자요, 내 사랑. 아프기 없기!

이진칸의 푸른 연

어슴새벽에 잠이 깨어 창문을 열다가 깜짝 놀랐다. 갈매기 한 마리가 창틀에 앉았다가 푸드덕 날아올랐던 것이다. 갈매기는 제물포에도 많지만 일본 갈매기들은 더 크고 희고 울음도 힘찼다. 그때 빅토르가 돌아누웠기 때문에 나는 얼른 침대로 들어갔다. 그는 눈을 감은 채 내 손을 잡아끌었고 나는 쓰러지듯 안겼다. 뽀글뽀글 삐져나온 갈색 가슴 털이 뺨을 콕콕 찔러 댔다. 땀 냄새와 함께 누리 텁텁한 체취가 코로 밀려 들어왔다. 땀에 전 버선 냄새 비슷했다. 이 냄새까지 사랑하게 될 날은 언제일까. 빅토르도 내 체취를 싫어할까. 빅토르는 조선 사람에게서 마늘 냄새가 난다고 했다. 그 냄새를 즐기지는 않지만 청국과 조선에서 지내는 동안 익숙해졌다고 덧붙였다. 빅토르를 더 많이 사랑하면 몸 냄새까지 아낄 날이 올까.

"옥인! 몇 시?"

그의 이마를 짚어 보았다. 열이 많이 내렸다. 다행이다.

"한숨 더 자요. 나 잠깐 산책 나갔다 올게요."

빅토르가 눈을 떴다.

"산책? 같이 갑시다."

일본어를 못하는 내가 길이라도 잃지 않을까 염려하는
눈빛!

"걱정 말고 누워요."

"그래도……."

"자꾸 이러면 나 화낼 거예요."

겨우 빅토르를 떼어 놓고 방을 나왔다.

거리로 나서자마자 짭조름하고 눅눅한 갯내가 밀려들었
다. 세수하듯 양손으로 얼굴을 두어 번 쓸어 올린 후 어젯
밤을 보낸 객관을 쳐다보았다. 지금 내가 입은 모슬린 드
레스보다도 더 희고 깨끗한 2층 건물이다. 항구 쪽으로 난
큰 유리창이 셋! 아까 갈매기가 앉았던 창은 그중 제일 왼
쪽이다. 갈매기 한 마리가 다시 창틀로 내려왔다. 지붕에는
작고 푸른 기와를 촘촘하게 쌓아 올렸다. 대문 앞에 허리
높이의 꽃무늬 철문은 왜 또 달았는지 모르겠다. 도둑을 막
기에는 너무 높이가 낮았다. 다가가서 살펴보니 아예 문을

잠그는 자물쇠도 없었다. 철문 옆에는 깃발이 비스듬히 꽂혀 있었다. 빅토르는 저 깃발이 프랑스를 상징한다고 했다. 흰색, 청색, 적색의 의미를 서너 번 외웠는데, 흰색이 왕을 상징한다는 것밖엔 기억나지 않았다. 왜 그것만 기억날까. 흰색과 왕의 연결이 이상했기 때문일까.

거리를 주욱 내려다보았다. 분명 고베에 내렸는데 벌써 프랑스 파리에 닿은 듯하다. 거리 좌우에 늘어선 집들이 모두 유럽식이다. 조선에서도 이런 집들을 보긴 했지만 그 집들은 섬처럼 군데군데 외롭게 솟아 있었다. 그런데 여긴 다르다. 언젠가 큰아줌마는 이렇게 말했다.

"구라파가 어떤지 알고 싶으면 고베 이진칸(異人館) 거리에 가 보렴!"

큰아줌마는 정작 일본에 가 본 적이 없었지만 누구보다도 일본 사정에 밝았다. 성대중의 「일본록(日本錄)」, 원중거의 「승사록(乘槎錄)」뿐만 아니라 환재(瓛齋, 개화파 박규수의 호) 선생 문하를 출입하던 신진기예들을 통해 최근 서책까지 구해 읽었던 것이다.

이진칸 하나하나를 구경하는 재미가 쏠쏠했다. 유럽식이라고 해도 똑같은 모양은 없었다. 높이도 2층, 3층, 4층 제각각이고 건물 빛깔도 노랑, 파랑, 때론 옅은 초록까지, 정문에 꽂아 둔 깃발만큼이나 다양했다. 키 작은 꽃들을 담은 화분을 대문 앞에 내놓은 집이 많았다. 고개를 치켜든 돌사자나 해태가 때 이른 방문객을 노려보기도 했다.

나는 꿀을 찾아 노니는 나비처럼, 이 집 앞에서 하얀 이를 드러내며 웃고 저 집 앞에서 작은 눈을 깜박거렸다. 여기 있는 것이 참 좋다는 생각을 했다. 직접 와서 눈으로 보지 않으면 믿지 못할 광경인 것이다.

거리가 끝나자 넓은 공터가 나왔다. 항구가 한눈에 내려다보였다.

어젯밤에는 정말 피곤하고 시끄럽고 조금 무서웠다. 배에서 내리자마자 웃통을 벗은 일본인 인부들이 항구 여기저기에서 귀신처럼 튀어나오며 시끄럽게 소리쳤던 것이다. 빅토르가 내 손을 꼭 쥐고 있었지만 나는 어디에 눈을 둘지 몰라 허둥거렸다. 생선 머리가 여기저기 뒹구는 축축한 땅바닥에 드레스 끝단이 젖을까 신경이 쓰이기도 했다.

고베에서 하루를 묵는 배들은 이진칸의 집들만큼이나 다채로웠다. 어선도 적지 않았지만 깃발을 높이 단 세계 각국의 배들이 옆구리를 잇대어 늘어섰다. 흰 연기를 뿜으며 큰 바다로 나가는 배도 있었고 털털털털 검은 연기를 토하듯 흩으면서 들어오는 배도 있었다. "고베에선 못 갈 곳이 없다오."라는 빅토르 말이 허풍이 아니었다.

제물포의 발전도 눈부셨다. 인천 도호부의 작은 포구에

지나지 않던 마을이 지금은 외국인이 사는 큰 항구가 된 것이다. 제물포가 세상으로 난 조선의 눈이라면 고베는 세상으로 난 일본의 창이리라. 그러나 제물포는 아직 고베에 비할 바가 아니었다.

멀리 갈매기 한 마리가 맴을 도는 듯했다. 자세히 보니 그것은 푸른 호랑이 연이었다.

열 살쯤 되었을까.

가파른 언덕이 시작되는 공터 끝에 소녀 혼자 서서 연을 날리고 있었다. 흰 블라우스와 폭이 좁은 붉은 스커트를 입었다. 양팔에 힘을 주며 연줄을 당길 때마다 노랑머리가 어깨에서 찰랑거렸다. 나는 소녀 곁으로 다가서며 혼잣말을 했다.

"푸른 호랑이 연이네. 어쩜 저렇게 둥글까!"

용맹한 호랑이 얼굴과 푸른 빛깔이 어울리지 않았다.

"비켜요. 연이 안 보이잖아요."

소녀가 고개를 홱 돌리며 뚱한 얼굴을 한 채 불어로 말했다. 푸른 눈과 뺨에 박힌 주근깨가 귀여웠다.

"미, 미안!"

연이 바람을 타고 왼쪽으로 기울고 있었다. 나는 불어로 답한 후 급히 두 걸음 물러섰다.

조선이든 일본이든, 바람이 부는 곳에서는 어디나 연을

날리나 보다. 소녀가 갑자기 양손을 치켜들었다가 아래로 내리그었다. 두지 강가에서 흔히 보던 얼레는 아니었지만, 사각 통에 두른 연줄이 소녀의 손놀림에 따라 풀리기도 하고 되감기기도 했다.

내 어머니 월선은 연날리기를 끔찍이 싫어했다. 머리에 바람 들면 관기 노릇 힘들다고 했다. 그렇지만 나는 어려서부터 연이 좋았다. 푸른 하늘에 한 점으로 떠 있는 연을 보노라면 가슴이 뻥 뚫렸다. 어머니 몰래 두지강에 연 구경을 간 적도 있었다. 정월 대보름 무렵이었는데, 액운을 쫓기 위해 적성 현감을 비롯한 향청 양반들과 질청 아전들까지 모두 참석한 자리였다. 그날 최고의 고수는 이방이었다. 얼레를 들고 손발을 잽싸게 놀리는 것이 멋진 춤사위를 보는 듯했다. 손가락이 가리키는 대로 연은 말 잘 듣는 강아지처럼 뛰어오르기도 하고 벌려 서기도 하고 누워 뒹굴기도 했다. 꼭 한번 연을 날리고 싶었지만 기회가 없었다.

"해 볼래요?"

소녀가 갑자기 물결무늬가 그려진 사각 통 얼레를 내밀었다. 놀란 표정을 지으며 우물쭈물하자 내 품에 얼레를 안기듯 놓았다.

"전 소피예요, 언니는?"

"리심이야."

소피는 나와 눈을 맞추며 방긋 웃었다. 내 불어 발음이 나쁘진 않았던 모양이다.

"조, 조심해요!"

소피가 갑자기 소리쳤다. 역풍을 맞은 연이 곤두박질치고 있었다. 나는 얼레를 급히 들었다. 연은 계속 추락했다. 얼레를 내려도 마찬가지였다. 소피가 어느새 내 손에 자신의 작은 손을 갖다 댔다. 그리고 연줄을 풀면서 얼레를 어깨 뒤로 절도 있게 넘겼다가 내리고 또 넘겼다가 내렸다. 연이 튀어 오르듯 올라갔다가 조금 내려서고 또 더 많이 올라갔다가 또 조금 내려섰다. 후유! 진땀이 나왔다. 역시 처음 배우는 것은 어렵다. 불어든 연이든.

"리심 언니! 이 연, 언니 가져요."

나는 흔들리는 연에서 눈을 떼지 못한 채 물었다.

"왜? 네 거잖니? 아주 예쁜 연인데……."

"전 이제 필요 없어요. 오늘 마르세유로 떠나거든요."

일본에 머무는 프랑스인들은 고베에서 배를 타고 마르세유로 간다고 했다. 40여 일이 넘는 긴 여행이었다.

"그, 그래도…… 난 받을……."

다시 역풍이 불어왔다. 얼레를 들고 또 허둥대다가 어깨 뒤로 절도 있게 넘겼다. 한 번 두 번 세 번! 그리고 또 한 번 두 번 세 번! 연이 다시 제자리를 찾았다. 이번에는 혼자서

연을 살려 낸 것이다.

고개를 돌렸다. 소피는 곁에 없었다. 이진칸 거리를 향해 뛰어가는 소피가 보였다. 거리 입구에 레이스 달린 모자를 쓴 여인이 서 있었다. 소피가 걸음을 멈추고 뒤돌아서서 손을 흔들었다. 나도 왼손을 들어 보였다.

푸른 호랑이 연 아래로 빽빽이 들어찬 배들이 있었다. 어느 배가 소피가 타고 갈 배인지 대충 가늠해 보았다. 크고 아름답고 단단한 증기선이라야 긴 항해를 완수할 것이다. 나는 얼레를 내려다보았다. 그리고 갈매기가 참새가 되고 참새가 잠자리로 보일 때까지 얼레에 감긴 줄을 끝까지 풀었다. 연이 멀어질수록 주위 풍광이 하나둘 사라졌다. 항구도 배도 바다까지도 눈에 들지 않았다. 세상에 오직 연과 나 둘뿐인 듯했다.

팅.

손목이 떨렸다. 마지막까지 풀린 연줄이 얼레를 잡아당긴 것이다. 나는 눈을 크게 뜨고 이미 잠자리에서 모기로 변한 연을 살폈다. 푸른 빛깔이 흐릿했다. 호랑이 얼굴은 사라진 지 오래였다.

아, 그 순간 나는 연을 영원히 날려 보내고 싶어졌다. 자유로이 떠 있는 연을 다시 지상으로 끌어내리기 싫었다고나 할까. 얼레에 감긴 단단한 매듭은 쉽게 풀리지 않았다.

어떤 결별도 쉽지 않고

어떤 헤어짐도 익숙지 않으니!

겨우 매듭을 풀고 연줄을 오른손에 말아 주먹을 쥐었다. 손이 팔꿈치가 어깨가 허리가, 마침내 두 다리까지 하늘로 끌려 올라갔다. 눈을 감았다. 넌 이제 날아가는 거다. 나도 곧 가겠지만 나보다 조금 먼저 가서 그 하늘 그 땅을 모두 본 후 기다리고 있으렴.

주먹을 펴자 연줄이 바람처럼 내 손을 빠져나갔다.

조선에서 흘린 모든 눈물이여, 안녕!

푸른 호랑이 연이여, 안녕!

달려라, 오카조키!

"지상으로 다니는 증기선, 오카조키(陸蒸氣)를 타고 도쿄에 도착하다."

이 한 문장으론 오늘 감격을 만 분의 일도 담지 못한다.

축지술을 체험한 놀라움이랄까. 신바시(新橋)에 닿을 때까지 흥분을 가라앉힐 수 없었다. 제물포에서 고베까지 우리를 실어 나른 멋진 증기선도 오카조키에 비하면 아무것도 아니다. 오카조키는 훨씬 빠르고 흔들림도 적다. 회전할 때는 몸이 좌우로 기울지만 책도 읽을 수 있고 밥도 먹을 수 있다.

기차가 연기를 뿜으며 달리기 시작했을 때는 어지럼증 때문에 창밖을 보지 못했다. 나무도 집도 바위도 풀도 나를 향해 달려왔다가 또 순식간에 멀어져 갔다. 절벽에서 아래를 내려다보는 기분이랄까. 보이는 것 하나하나가 멈춰 있지 않으니 눈도 귀도 머리도 덩달아 흔들렸다. 속이 매스꺼우면서 신물이 넘어오고 토할 것만 같았다. 빅토르가 내 어깨를 토닥거렸다.

"먼 산을 보오. 가까운 데 말고 멀리 저 멀리!"

빅토르의 손끝을 따라 원경(遠景)으로 시선을 돌렸다. 근경(近景)에 비해 산과 구름이 훨씬 천천히 움직였다. 언제 다가오고 언제 지나갈 것인지를 가늠하게 되자 불편한 속이 차차 가라앉았다.

"눈앞으로 달려드는 것에 휘둘리다간 몸도 마음도 다친다오. 그럴 땐 크게 심호흡을 하고 먼 곳을 바라보도록 하오. 거기엔 항상 어떤 사내가 리심 그대를 보고 있을 게요. 그 사내 이름은 바로……."

빅토르는 말을 멈추고 나를 쳐다보았다. 나는 입술을 삐죽 내밀며 답을 하지 않았다.

"그 이름은 바로……."

빅토르의 목소리가 조금 커졌다. 뒤에 앉은 일본인 노부부가 고개를 들고 우리를 쳐다보았다. 나는 난처한 표정을 지어 보였지만 빅토르는 더욱 시끄럽게 반복할 작정인 듯 입을 크게 벌렸다. 사랑에 빠진 남자는 철부지라고 했던가. 빅토르에게 이런 면이 있는 줄 몰랐다. 한양에서는 주위에 항상 공사관 직원들이 있었다. 도쿄에 닿으면 또 비슷한 부류들에게 둘러싸일 것이다. 아무도 자신을 프랑스를 대표하는 외교관으로 보지 않는, 제물포에서 도쿄에 이르는 이레 남짓한 기간이 빅토르에게도 무척 낯설고 행복한 듯했다.

"빅토르!"

나는 철부지에게 져 주기로 했다. 빅토르는 안경을 벗으며 천천히 고개를 끄덕였다. 투명한 유리알을 들여다보면서 방금 자신이 했던 말들을 되새기는 것처럼 보였다. 그리고 몇 번 더 나를 보며 맞장구를 쳐 주던 빅토르!

이 사랑스러운 영혼은 약 기운 때문인지 눈을 감고 낮게 코까지 골았다. 단순한 감기가 아니라 목과 가슴이 좋지 않다고, 더 큰 병원에 가 보라고 고베에서 만났던 친절한 화란(和蘭, 네덜란드) 신부가 권했다. 대학에서 의학을 공부했다고 하니 허튼소리는 아닐 것이다. 빅토르의 머리가 어깨에 닿았다. 무거웠다. 엉덩이를 들고 좌우 풍광을 살필 수는 없었지만 무지막지한 속도를 느끼기에는 충분했다.

화륜거(火輪車)에 대한 흉흉한 풍문은 일찍부터 들어 왔다. 그중 가장 지독한 이야기는 불을 내뿜는 악신이 쇳덩이에 붙어 있다가 승객들 혼을 빼놓는다는 것이다. 또 어떤 귀신은 길게 이어진 칸칸마다 숨어 있다가 승객들을 홀려 달리는 기차에서 뛰어내리게 만든다고도 했다. 너무 빨리 한 곳에서 다른 곳으로 이동하기 때문에, 혼과 백이 둘로 갈라져 천하를 떠돈다는 소문도 그럴 듯하게 퍼졌다. 그러나 조선 사람 대부분은 쇳덩이가 빨라 봐야 얼마나 빠르겠느냐며 코웃음을 쳤다.

나 역시 그렇게 믿었다. 화륜거가 다니려면 수레바퀴가 닿는 곳마다 편철(片鐵)을 놓아야 한다지 않는가. 높은 산을 깎고 깊은 강을 메워 어느 세월에 편철을 깐단 말인가. 그러나 철도는 놓였고 기차는 골짜기와 평지를 쉼 없이 달렸다. 편철을 깔면서 얼마나 많은 희생이 따랐을지 짐작이 가지 않았다. 깊은 숲을 꿰뚫으면서 쫓겨난 들짐승은 얼마고, 좁은 절벽과 나란히 길을 내며 떨어져 사라진 이는 또 얼마일까. 오늘 내가 탄 오카조키에는 수많은 이들의 억울하고 슬픈 최후가 서려 있는 셈이다. 피를 먹고 달리는 쇳덩이! 오카조키에 얽힌 귀신 이야기가 많은 것도 이런 비극 때문이리라.

우공이산(愚公移山)을 되새긴 하루!

나도 이제 나만의 산을 옮겨야 하리. 하나 과연 작은 언덕 하나라도 옮길 수 있을까. 두려운 일이다.

대청소

"나가요. 남자들 전부! 공원에 산책이라도 다녀와요. 라무네(레모네이드의 일본식 발음)를 마시든가, 아님 당구라도 치든가."

주일본 프랑스 공사관의 미치코는 먼지떨이를 지휘봉처럼 흔들며 재촉했다. 새 술은 새 부대에 담아야 한다며, 빅토르 콜랭 드 플랑시 주일본 공사관 1등 서기관이 공식 업무를 시작하기 전에 대청소를 하자고 제의했다. 한창 공무에 바쁜 프랑스인들을 공사관 밖으로 내몬 것이다.

미치코는 공사관에서 번역 및 잡무를 돕고 있었다. 올해 마흔한 살, 도쿄에서 태어나 줄곧 도쿄에서 자랐고 아직 미혼이며 불어 전습소를 수석으로 졸업한 실력자였다.

빅토르와 내가 고지마치 구 이다마치(麴町區 飯田町)에 자리 잡은 공사관으로 들어섰을 때, 미치코는 반갑게 나를 맞아 주었다.

"비앙브뉘. 몽 디시플!(어서 와요. 나의 제자여!)"

머리카락을 뒤로 모아 틀어 올린 소쿠하쓰(束髪)가 시원하고 웃을 때마다 쏙 들어가는 볼우물과 언뜻 보이는 덧니가 귀여웠다. 입천장을 훑으며 되감기는 혓소리도 감미로웠다. 눈을 감고 들으면 풍만한 중년 여인의 목소리라곤 믿기 힘들 정도였다. 미치코가 조선어를 모르니 불어로 대화할 수밖에 없었다.

"불어 공부는 내일부터! 우리 이제 뭘 할까요?"

내가 머뭇거리자 미치코는 "새 술은……."으로 시작하는 야소경 구절을 읊었고, 내가 겨우 고개를 끄덕이자 대청소가 시작된 것이다. 공사관 일을 거드는 여인 셋이 더 가세했다. 우리는 2층부터 쓸고 닦은 후 계단과 1층으로 내려오기로 했다. 미치코는 청소를 시작하기 전에 주의할 점을 알려 주었다.

"아무리 어지러워도 절대로 책상 위는 손대지 마요. 다들 저마다 자기 방식대로 서류와 서책들을 모아 놓은 거니까요. 그래도 너무 어지럽긴 하다, 그렇죠? 지진이라도 나서 모두 뒤섞이는 걸 봐야 정신을 차리겠지만, 오늘은 뭐할 수 없지. 자, 그럼 시작해 볼까요?"

"네!"

여자 다섯이 즐겁고도 빠르게 방을 치워 나갔다. 여기저기 지도가 붙었고 또 책상마다 사진과 자료들이 높다랗게 쌓였다. 나를 제외한 미치코와 세 여인은 소리 높여 웃기도 하고 서로 등을 툭툭 치기도 했다. 미치코가 분위기를 밝게 이끈다는 것을 한눈에 알 수 있었다. 세 여인이 일본말로 무엇인가 물어 왔다. 나는 알아듣지 못했기에 그저 웃어 주기만 했다. 여기서 살아가려면 간단한 일본말 인사 정도는 할 줄 알아야겠다. 어디든 언어가 문제다.

조선에서도 일이 많았지만 이렇듯 분주하지는 않았다. 문득 한양 프랑스 공사관에 있던 서재가 그리웠다. 나는 얼마나 자주 또 얼마나 오래 조선에 두고 온 것들을 그리워할까.

미치코가 계단을 먼저 쓸면서 내려갔고 나는 그 뒤를 걸레로 훔치며 따랐다.

"나 때문에 괜히 고생하네요."

미치코가 고개를 들고 웃어 보였다.

"아니에요. 오히려 고맙지. 이 사람들, 일에 파묻혀 지내느라 청소할 엄두도 못 낸다니까요. 새 사람이 왔을 때 그 핑계로 후닥닥 해치우는 거죠."

"설마!"

"맞다니까요. 저 사람들 얼마나 씻는 걸 싫어하는
데…… . 처음엔 체취 때문에 여름 보내기가 참 힘들었답니
다."

그러다가 내 얼굴을 살피며 물었다.

"기분 상한 거 아니죠? 프랑스 사람 전부가 그렇다는 게
아니라…… ."

"괜찮아요. 몸 냄새가 다른 건 사실이니까요."

다른 게 어디 몸 냄새뿐일까. 하나하나 짚어 보자면 공통
점을 찾기 어려울 지경이다. 매일 밤 몸을 씻는답시고 윗옷
을 홀렁홀렁 벗을 때는 얼마나 당황스럽던지. 식사 때마다
이마와 가슴에 긋는 십자가 성호도 어색했고, 밥도 먹기 전
에 붉은 포도주부터 찾는 습관도 이상했다. 설설 끓는 구들
장 아랫목이 아니라 등이 딱딱한 침대에서 깨어날 때는 왠
지 허전했고, 속이 빈 둥근 원판에 망을 걸고 길쭉한 손잡
이를 붙인 후 이리 뛰고 저리 뛰며 작은 공을 쳐 대는 테니
스라는 놀이를 하는 오후에는 이게 뭐 하는 짓인가 싶었다.
하지만 흔들리는 의자에 등을 기댄 채 난롯불에 몸을 녹이
며 서책을 읽는 저녁은 언제나 좋았다. 미치코도 불어에 능
통하니 프랑스 습속을 잘 알고 있으리라.

청소를 끝마치니 땀이 등을 타고 흘렀다. 공사관 출입구
에 서서 헉헉대는 나를 쳐다보던 미치코가 말했다.

"우리 이제 빙수 먹어요. 내가 살게."

"빙수가 뭔가요?"

미치코가 조금 놀란 표정을 지어 보였다.

"얼음 과자! 아직 안 먹어 봤나 보네. 아, 저기 얼음 장수가 오네요. 나는 딸기 빙수 먹을 건데, 그쪽은 팥빙수 어때요? 값은 똑같아요. 하나에 1전씩."

나는 웃으며 고개를 끄덕였다. 어차피 처음 맛보는 것이니까.

젊은이가 상자 두 개를 끝에 매단 장대를 어깨에 지고 걸어왔다. 상자는 물론 둥근 등에도 얼음 빙(氷) 자가 큼지막하게 적혀 있었다. 미치코가 손짓하자 젊은이는 나는 듯 달려왔다.

빙수를 한 숟가락 혀 위에 얹었을 때는 턱이 얼어 버리는 줄 알았다. 온몸이 겨울로 곤두박질친다고 해야 할까. 조선에서는 여름에 군왕만이 서빙고에서 얼음을 꺼내 먹을 수 있는데, 여기에서는 단돈 1전이면 누구나 다디단 얼음 과자를 즐긴다. 시원한 얼음보다도 그 위에 얹은 고명이 더욱 신기했다. 말캉말캉 씹히는 건포도와 끈적이는 젤리는 태어나서 처음 보았다. 혀로 젤리를 감아 쪽 빨아 댈수록 단맛이 진해졌다.

"어때요, 먹을 만해요?"

미치코가 숟가락을 멋지게 입에서 뽑아낸 후 물었다.

"너무너무!"

맵지도 시지도 짜지도 싱겁지도 않은 정말 신기한 맛이었다. 광통교 아래에서 장탕반을 나눠 먹던 지월과 영은이 문득 떠올랐다.

'얘들아! 이거 정말 맛나. 함께 수다 떨며 빙수 먹을 날이 꼭 왔으면 좋겠다. 그땐 내가 빙수 실컷 사 줄게.'

시노바즈 연못, 입맞춤

하루 만에 삼추(三秋)를 겪은 기분이 들 때가 있다. 분주하고 복잡하면서도 놀라운 하루!

가을 바람이 선뜻 부니 빅토르의 후두염도 한결 누그러졌다. 이 고질병은 여름과 겨울이 역시 문제다. 봄가을만 있는 나라에서 살 수는 없을까. 어젯밤엔 모처럼 빅토르와 밤을 새워 사랑을 나누었다. 또 발등을 밟아 가며 왈츠의 기본 동작도 연습했다. 어려서부터 춤과 노래라면 누구에게도 지지 않을 자신이 있었는데 왈츠는 어렵다. 남자와 손을 잡고 약속된 걸음을 놀며 나아갔다 물러나는 것이 답답하고 어색했다. 궁중 무용에서도 짝을 이뤄 춤을 출 때가 있다. 그러나 감히 남녀가 마주 보고 서서, 그것도 손을 잡고 허리까지 감싸 안은 채 춤사위를 놀리지는 않았다.

"빅토르! 물어볼 말이 있어요."

빅토르가 발을 계속 놀리며 고개를 끄덕였다. 조금 쑥스럽지만 나는 궁금한 건 못 참는다.

"외간 남자랑…… 왈츠를 춰도 되나요? 그러니까 내 말은, 사랑하지도 않는 남자와 이렇게 손을 잡고, 그 사람에게 허리를 맡긴 채 빙글빙글 돌아도……."

"이건 그저 춤이라오. 물론 마음에 들지 않는 남자가 청한다면 거절할 수도 있지만, 파티에서 정중히 춤을 청해 오면 들어줘도 되오."

"그래도…… 빅토르 당신 괜찮아요? 내가 다른 남자랑……."

빅토르가 미소를 지으며 내 말허리를 잘랐다.

"그 대신 나도 다른 아름다운 귀부인에게 춤을 청할 수 있다오. 그게 구라파 관습이오."

그러니 결국 마찬가지란 말인가!

대화를 나눌 때 빅토르는 불어 공부도 할 겸 일부러 내게 말을 많이 시켰다. 조선에서 함께 보냈던 날들을 추억하다가 빅토르는 종종 엷은 웃음과 함께 농담을 건넸다.

"귀머거리인 줄 알았다오. 실내악 선율을 들으며 눈물을 쏟을 줄이야."

"그…… 뭐라더라! 그렇지 백정! 백정의 후예인 줄 알았다오. 쿠토(나이프)를 쥐고 나를 위협하는 솜씨가 무척 날렵했으니까."

"들개를 보고도 그냥 서 있기만 하더군. 혹시 들개를 호랑이로 착각한 거 아니오?"

키스를 해 주지 않으면 계속 농담을 쏟아 놓겠다고 했다. 나는 한껏 눈을 흘기다가 지는 척 그 입술을 찾았다. 조용히 서책을 읽고 깔끔하게 공문을 적는 빅토르도 좋지만 하룻밤에 열 번 사랑한다 속삭여 주고 스무 번 입 맞추는 빅토르가 훨씬 좋았다. 내 사랑!

"미치코 상에게 특별 수당이라도 드려야겠는걸."

새벽에 빅토르는 향상된 내 불어 실력을 칭찬하는 것으로 사랑의 여정을 마쳤다. 나는 빅토르 가슴에 돋은 털을 검지로 꼬며 턱을 들었다.

"그럼 저 내일 야외 수업 가도 돼요?"

"야외 수업?"

"미치코 상이 우에노 공원에 나들이 가자고 했거든요. 내일은 휴일인데도 당신은 특근을 해야 하고……."

"미안하오. 밀린 일이 너무 많아서……."

"아니에요. 그런 소리 들으려는 게 아니에요. 도쿄에 온지 두 달이 지났는데 아직 변변히 나들이 한 번 못 가 보고…… 미치코 상이랑 가면……."

"다녀오구려. 하나 해가 지기 전엔 꼭 와야 하오."

빅토르는 내 눈이 촉촉이 젖어 들기만 해도 마음이 약해졌다.

미치코는 만나서 함께 가자고 공사관으로 오라고 했다. 그러나 나는 인력거를 타고 혼자 공원까지 가겠다고 고집을 부렸다. 빅토르가 미치코 편을 들었다. 나는 승합 마차를 타든 자전거를 타든 철도 마차를 타든 알아서 하겠다고 단칼에 잘랐다. 빅토르가 물러간 후 미치코가 내 손을 꼭 쥐며 웃어 보였다.

"그럼 3시쯤 만나요. 시노바즈(不忍池) 연못 남쪽에서 기다릴게요. 연꽃이 활짝 피었으니 볼 만할 거예요."

미치코는 도쿄에 있는 동안 우에노 공원과 아사쿠사 공원엔 꼭 가 볼 필요가 있다고 했다. 흑과 백, 낮과 밤처럼 대조적인 두 공원을 돌아보노라면, 고요한 듯 내달리고 내달리듯 관조하는 일본인의 삶을 엿볼 수 있다는 것이다. 두 공원이 어떻게 다르냐고 다시 묻자 미치코는 눈을 동그랗게 뜨고 답했다.

"나도 어디서 들은 얘긴데……. 우에노는 잠자코 말이 없고 아사쿠사는 쉼 없이 지껄인다고 해요. 우에노에선 오늘 할 일이 뭔가 아직 남은 듯하고 아사쿠사에선 내일 할

일까지 다 끝낸 듯하다나……. 하여튼 오늘 우에노의 침잠부터 느껴 봐요. 알아요, 혹시 목 없는 기남(奇男)이라도 만날지……. 사실 그 공원, 에도 때에는 도쿠가와 일족의 묘지였대요."

빅토르는 점심 무렵 잠시 짬을 내서 집으로 온 후 기어이 우에노 공원 입구까지 동행했다. 내가 인력거에서 내리자 따라 내리려는 시늉을 했다.

"그냥 오늘 당신이랑 지낼까? 일이야 내일 해도……."

"그러다가 또 밤샘 하려고 그래요? 가요, 난 괜찮으니까."

남색 양산을 펴 어깨에 건 후 웃으며 손을 흔들어 주었다.

주말 우에노 공원은 나들이 나온 시민들로 붐볐다. 유모차에 아이를 뉘고 천천히 걷는 젊은 부부부터 양복 옷깃을 잔뜩 올린 채 지팡이를 돌리는 중년, 토끼를 품에 안고 뛰어다니는 아이, 새소리를 듣기 위해 멈춰 서서 하늘을 우러르는 노인까지 다양한 사람들이 있었다.

시노바즈 연못으로 가서 나무 그늘 짙은 벤치를 골라 앉았다. 어깨에 두른 양산보다도 더 넓은 연잎들이 연못을 가득 메웠다. 바람이 훅 끼칠 땐 산뜻한 향내가 코끝을 어지럽혔다. 불심이 깊은 할머니들은 연잎 사이로 숨은 희고 붉은 연꽃들을 향해 합장을 드리기도 했다.

나들이를 즐기는 일본인들을 구경하다가 픗 웃고 말았

다. 공원에 들어설 때부터 뭔가 이상했는데 뒤늦게 저들의 공통점을 발견한 것이다. 그것은 안경이었다. 아이부터 노인까지 열에 아홉은 안경을 썼다. 모양도 크기도 제각각이었지만 안경 쓴 모습을 자랑이라도 하듯 시선을 자주 하늘로 향하며 가슴을 내밀고 걸었다.

누군가를 기다리는 것은 지루하고 힘든 일이다.

3시가 지난 후에도 얼마 동안은 지루한 줄 몰랐다. 나들이에 대한 기대 때문인지 배도 고프지 않았고, 미치코한테 무슨 일이 생긴 거면 어쩌나 하는 생각은 애써 무시했다. 그렇게 기다리고 또 기다리다 보니 어느새 햇살이 이마를 비추고 해가 서산으로 기울어 나뭇가지들이 더 이상 나를 품을 수 없는 지경이 되었다.

이젠 결단을 내려야만 했다. 빅토르는 함께 저녁을 먹자고 재삼 강조했다.

'사고라도 난 걸까? 이럴 사람이 아닌데⋯⋯.'

벤치에서 일어섰다. 어둠에 젖은 연꽃 하나가 눈에 들어왔다. 그 앞으로 나아가서 허리 숙여 연꽃을 살폈다.

그리고 다시 고개를 들었을 때 나는 보았다. 연잎 가득한 연못 너머 종종종종 걸음을 옮기는 미치코를. 미치코는 평소와 달라 보였다. 흰 블라우스에 단정한 스커트 대신 정통 기모노 차림이었다. 성큼성큼 걸음을 옮기지도 못한 채 두 발을 오리처럼 놀렸다. 그리고 그녀 앞에 양복을 깔끔하게 차려입고 중절모를 쓴 마른 사내가 있었다. 미치코가 뭐라고 불렀지만 사내는 돌아보지 않고 몸을 틀어 숲으로 들어가 버렸다.

"미치코!" 하고 부르려다가 그만두고 급히 그녀를 쫓았다. 두 사람 사이가 심상치 않아 보였던 것이다. 왜 지금껏 결혼을 하지 않았느냐고, 평생 미혼으로 살 작정이냐고 물었을 때, 미치코는 환하게 웃으며 답했었다.

"독신으로 살 생각 없어요. 아직 내 영혼을 떨리게 만든 남자를 못 만났을 뿐이죠."

숲으로 접어들었다가 겨우 빠져나왔다. 들어가는 길은 분명한데 나오는 길이 따로 없었던 것이다. 나중에 미치코에게 들으니, 그 숲은 들어갔던 길로 나와야 한다고 했다. 그래야 그 숲에서 사랑을 나눈 연인들이 헤어지지 않는다나.

숲을 벗어나니 어느새 밤이었고 다시 시노바즈 연못이었다. 건너편에는 등불이 밝게 빛났지만 내 쪽에는 어둠뿐이었다. 갑자기 등골이 서늘해지면서 무서워졌다. 예전에 이곳은 무덤 자리라고 했는데…….

무릎에 힘이 풀려 그 자리에 털썩 주저앉았다. 그 순간 왼쪽 바위 아래 검은 물체가 보였다.

'귀, 귀신일까.'

산들바람에 실려 가느다란 일본말이 들려왔다. 미치코였다. 미치코의 일본말은 불어처럼 감미로워 금방 구별할 수 있었다. 나는 바닥에 떨어진 연잎을 들고 무릎걸음으로 천천히 다가갔다. 뒤엉킨 물체는 미치코와 그 사내였다. 사내의 중절모가 연못 쪽으로 뒤집힌 채 놓여 있었다. 나는 눈을 더욱 크게 떴다. 우윳빛 살결……. 미치코의 벗은 어깨였다. 미치코가 양팔로 사내의 허리를 붙든 채 고개를 들었다. 사내에게 모든 것을 맡긴 자세였다. 한 걸음 다가서자 오른쪽 어깨를 가렸던 기모노마저 벗겨졌다. 사내의 머리가 미치코의 가슴에 파묻힐 때마다 그녀의 하얀 등이 움찔거렸다. 사내의 얼굴이 궁금했다. 대체 어떤 사람이기에 미치코를 저렇듯 미치게 한단 말인가. 연잎을 내밀며 두 걸음 더 다가섰다. 그러다가 석고상처럼 멈추었다. 붉은 구슬 두 개가 나를 향해 이글거렸던 것이다. 미치코와 입을 맞추기 시작한 사내의 작고 날카로운 표범 눈동자였다.

료운가쿠에서 13층을 논하다

내가 표범 눈동자에 얼어 버린 다음 날, 미치코는 불어 수업을 시작하기 전에 사과부터 했다.

"어젠 미안했어요. 갑자기 몸이 아파서⋯⋯."

나는 눈을 흘겼다.

"뭐예요, 대체? 나만 혼자 기다리게 하고."

"정말 미안해요."

미치코가 거듭 머리를 조아렸다. 나는 슬그머니 화를 풀었다.

"시노바즈에서 미치코를 봤어요. 잘생긴 신사 분도 함께!"

그녀 얼굴이 미안함과 부끄러움으로 벌겋게 달아올랐다.

"미안해요. 연락도 없이 찾아오시는 바람에⋯⋯."

"대체 누구예요, 미치코 마음을 사로잡은 사내가?"

미치코가 시선을 내린 채 답했다.

"그분, 리심 당신처럼 조선인이에요."

나는 기다렸다는 듯이 말꼬리를 낚아챘다.

"조선인이라! 어떤 분이에요? 일본엔 왜 왔나요?"

미치코가 잠시 망설이다가 답했다.

"그럼 리심, 당신만 알고 있어요. 우리 사이 들키고 싶지 않은 내 맘, 이해하죠? 어제 당신이 본 신사 분은 고우(古愚) 김옥균 선생이세요. 갑신년에 조선을 변혁하고자 큰 뜻을 펴셨죠."

내 눈썰미가 틀리지 않았다. 표범 눈동자를 보는 순간, 행색은 달라졌지만 고우 선생임을 알아차렸던 것이다. 순간 큰아줌마의 바위 주먹과 넉넉한 품이 떠올랐다.

"나도 알아요. 조선 제일의 신진기예셨죠."

"신진기예! 멋진 말이네."

큰아줌마를 비롯한 많은 이들이 갑신년 일로 목숨을 잃었다. 그러나 정작 이 일을 주도한 고우 선생과 박영효, 서재필 등은 일본으로 밀항하여 살아남았다. 물론 그 일로 해서 내게도 처참한 지옥의 나날이 이어졌다. 그 고통과 좌절, 슬픔과 피비린내를 만든 까닭을 따져 묻고 싶어졌다. 고우 선생이 나를 기억할까.

"미치코! 부탁 하나만 할게요. 프랑스 공사관 서기관 빅토르 콜랭 드 플랑시가 조선 여인과 함께 산다고 고우 선생께 말씀드려 줄래요? 그 여인이 꼭 한번 뵙고 귀한 가르침 받고 싶다고."

"알겠어요."

그리고 오늘 수업을 마치며 미치코가 말했다.

"리심! 당신 얘기를 했더니 고우 선생도 만나고 싶어 하세요. 료운가쿠(凌雲閣) 12층에서 내일 밤에 만나자고 하시네요."

'내일 료운가쿠로 오라고? 그것도 밤에?'

도쿄에 도착한 날부터 아사쿠사 공원에 있는 료운가쿠에 대한 소문을 들었다. 벽돌로 지은 12층 건물. 층마다 불을 밝혀 밤에는 도쿄 어디에서나 '빛의 탑'이 보인다고 했다. 빅토르도 벌써 네 차례나 50미터가 넘는 료운가쿠를 구경했지만 나는 갖가지 핑계를 대고 빠졌다. 큰아줌마를 돕다가 붙잡혀 천장에 거꾸로 매달린 후로는 조금만 높은 곳에 올라가도 어지러웠다. 12층 꼭대기에 선다면 정신을 잃고 쓰러질 것이다.

그날 저녁 나는 배우 흉내를 그럴듯하게 냈다. 미치코가 내일 저녁 소고기 전골을 끓여 놓고 우리 부부를 초대했다

며 손뼉을 짝짝 쳐 보였던 것이다. 빅토르는 카이저 수염을
쓸어 올리며 난처한 표정을 지었다.

"내일은, 도쿄 주재 각국 서기관끼리 회합이 있다오. 나
도 당신과 함께 가고 싶지만…… 미안하오."

"아니에요. 당신 바쁜 거 다 아니까."

다음 날 저녁, 미치코랑 나란히 인력거를 타고 아사쿠사
공원으로 향했다. 미치코는 눈을 반쯤 뜨고 회상에 잠긴 듯
고우 선생과 처음 만났을 때를 들려주었다.

"작년 봄이었죠. 게이오기주쿠(慶應義塾) 대학에 후쿠자
와 유키치 선생의 특강을 듣기 위해 갔습니다. 후쿠자와 선
생 아세요? 일찍이 구라파를 여행하며 견문을 넓힌 후 일
본을 부국강병의 길로 이끌기 위해 애쓰시는 분이세요. 게
이오기주쿠 대학도 선생께서 설립하신 것이고요."

부국강병, 넉 자가 내 가슴을 쳤다. 홍종우의 큰 키와 자
신만만한 표정이 떠올랐다.

"거기서 고우 선생을 만났죠. 처음엔 일본말을 너무 잘해
서 조선 사람인 줄 몰랐답니다. 1886년부터 그 먼 오가사와
라 섬에서 2년 또 홋카이도에서 2년 유배 생활을 하고 막
도쿄로 돌아오셨대요. 오랜 유배 생활 때문인지 선생은 항
상 주변을 경계하셨어요. 선생을 죽이려고 조선에서 자객
들이 쉼 없이 오고 있다 하더군요. 지운영이란 자객 이름이

기억나요."

그랬는가! 일본까지 자객을 보낼 만큼 왕실의 분노가 크고 무거웠는가.

"처음엔 몇 마디 인사만 나눴죠. 이렇게 깊이 사귀게 될 줄은 정말 몰랐어요. 한데 이야기를 시작하고 얼마 지나지 않아서 선생에게 압도당했답니다. 후쿠자와 선생 외에 그토록 절 감동시킨 분은 없으셨어요. 세상 물정에 밝은 것은 물론이고 아름다운 것, 의로운 것에 대한 확고한 믿음과 조선을 사랑하는 한결같은 마음이 빛났죠. 정말 사랑하지 않을 수 없는 영혼이었답니다."

"그럼 곧 결혼을……."

"아니에요. 선생은 조선에 아내가 있다며, 당신 인생에서 아내는 그녀뿐이라고 하시더군요. 결혼 따윈 거추장스러운 짐이죠. 마음만 주고받으면 충분하답니다."

나는 미치코에게 큰아줌마의 호방한 걸음걸이와 신진기예였던 고우 선생의 젊은 날을 들려주었다. 미치코는 내 손을 붙들고 "어쩜, 어쩜!" 하고 감탄을 연발했다. 그러다가 3일 천하가 끝나 큰아줌마가 붙잡히고 내가 천장에 거꾸로 매달리는 대목에선 손수건에 눈물을 찍었다.

"그랬군요. 처음 만나는 날부터 낯설지가 않았어요. 고우 선생과 리심, 두 분 모두 비슷한 상처가 있네요."

료운가쿠를 올려다보았다. 한양 탑골에 있는 10층 흰 탑이 떠올랐다. 박지원을 비롯한 실학파들이 자주 모여 어울렸던 곳. 한양 어디에서도 하얀 탑이 보였다고 한다. 료운가쿠도 지금 일본인들에게 그런 역할을 하는 건 아닐까.

미치코가 입구에서 걸음을 돌렸다. 함께 올라가자 했지만 웃으며 고개를 저었다.

"오늘은 두 분의 날인걸요. 엘리베이터가 5월까진 운행을 했는데 지금은 걸어가야 할 거예요. 고우 선생은 엘리베이터가 다닐 때도 1층부터 계단으로 오르셨죠. 2층부터 8층까지 46개 상점에서 전 세계에서 온 물품을 팔고 있답니다. 9층은 전람회장이고 10층은 조망실이죠. 11층은 양쪽으로 50촉 아크등을 달았어요. 167개 창문으로 도쿄 전체를 구경하는 재미도 각별하답니다. 천천히 그 모두를 음미하며 오르세요. 시간은 넉넉하니까요."

그러나 12층에 닿을 때까지 나는 단 한 번도 창밖을 내다보지 않았다. 청국 의상을 입은 여자 점원들이 도자기와 그림을 사라며 손을 잡아끌어도 한 걸음 한 걸음 내딛기만 했다. 미치코가 고우 선생의 유배 생활을 들려주지 않았다면 5층쯤에서 포기했을지도 몰랐다. 그러나 이 팔각형 건물 꼭대기에서 조선을 바꾸려다가 실패하여 일본으로 피했고 또 그 일본에서도 버림받아 작디작은 섬으로 유배를 다녀온 신진기예가 표범 눈동자를 번뜩이며 나를 기다리고 있었다. 어지러워 쓰러지더라도 그를 만나고 싶었다. 무엇인가 내 삶에서 중요한 물음을 던져야 할 것 같았다.

10층보다는 11층이 좁고 11층보다는 12층이 더 좁았다. 난간을 겨우 붙들고 눈을 감은 채 꼭대기에 올라서서 깊게 숨을 들이마셨다. 여기가 끝이다. 50미터가 넘는 건물에 오른 것이다. 고우 선생이 먼저 나를 불러 주기를 바랐다. 그러면 실눈을 뜨고 소리가 난 위치를 확인한 후 천천히 걸음을 뗄 작정이었다. 그러나 한참이 지나도록 아무런 소리도 들리지 않았다. 양손을 가슴에 붙인 채 천천히 눈을 떴다. 다섯 걸음쯤 뗐을까. 바로 앞에 한 사내가 있었다. 엉덩이를 들고 망원경에 눈을 붙인 채 풍광을 살피느라 바빴다.

"선생님!"

떨리는 목소리로 그를 불렀다. 그는 눈을 떼지 않고 손만 들었다. 그리고 가까이 오라고 손짓했다. 나는 한 걸음 한 걸음 달팽이처럼 느리게 다가갔다.

"자, 보시오."

고우 선생이 허리를 펴고 한 걸음 물러섰다. 나는 그가 방금 얼굴을 고정시켰던 망원경에 바짝 다가섰다.

"육안보다 30배는 더 크게 보인다오. 관동 여덟 개 주를 한눈에 살필 수 있으니 참으로 장관 중에 장관이라오. 어떠

하오?"

나는 그때까지도 눈을 뜨지 못했다. 빅토르에게서 망원경을 얻어 본 적은 있지만 그것은 어디까지나 지상이었고 5배를 넘지 않았다. 시원한 바람 한 줄기가 엉덩이를 밀었다.

'눈을 떠라, 눈을 떠! 리심, 여기까지 와서 당달봉사 흉내를 낼 거니?'

눈꺼풀을 들어 올렸다. 그 순간 불빛들이 내 눈을 향해 한꺼번에 쏟아져 들어왔다.

"어떻소?"

고우 선생이 다시 물었다. 나는 대답하지 못했다. 두 발이 푹 꺼지는 기분이 들면서 속이 뒤집힌 것이다. 오른손으로 입을 막았지만 저녁 먹은 것이 모두 올라왔다.

쏟아지는 구토물에 놀라 고우 선생은 큰 소리로 근무자를 불렀다. 나는 선생 등에 업혀 9층 미술관까지 내려갔다. 마침 전시를 쉬고 있었기에 편히 바닥에 누워 안정을 취할 수 있었다.

한 시간도 넘게 누워 있었다. 10분쯤 흐른 뒤 정신이 돌아왔지만 부끄러워 고우 선생 얼굴을 볼 수 없었다. 선생도 내 마음을 알았는지 문을 열고 조용히 나갔다. 창을 통해 그림자가 비쳤다. 내가 평안을 되찾은 후 스스로 나올 때까지 기다리려는 것이다.

"내려갑시다."

문을 열고 나온 내게 선생이 말했다. 나는 내가 지을 수 있는 가장 밝은 미소로 답했다.

"아뇨. 10층 조망실로 가요. 거기가 좋겠어요."

솔직히 다리가 후들거렸지만 내려가고 싶지는 않았다. 이번에도 내려가면 영영 높은 곳에 오르지 못할 것 같았다.

조망실은 한산했다. 우리는 구석 자리에 나란히 앉았다. 도시를 내려다보자 다시 눈앞이 핑 돌았다. 양손으로 눈을 가리고 한숨을 몰아쉬었다. 선생이 나지막이 권했다.

"눈을 뜨고 고개를 들어 밤하늘을 보도록 하오. 료운가쿠 꼭대기보다 더 높은 곳에 참매 한 마리 날고 있다 여겨도 좋겠소."

고개를 들었다. 먹구름이 밀려왔는지 별이 하나도 보이지 않았다. 허공에 날개 한 쌍을 그려 넣었다. 힘껏 어둠을 가르며 날아가는 상상을 했다.

"1884년 혁명이 실패한 후 도일한 나를 후쿠자와 선생이 받아 주셨소. 그리고 선생의 『학문을 권함』이란 책을 읽었지. 하늘은 사람 위에 사람을 만들지도 사람 밑에 사람을 만들지도 않았다는 주장이 뒤통수를 후려쳤다오. 두 가지 측면에서 그러하오. 하나는 인간 불평등에 근거한 낡은 체제를 혁파해야 한다는 다짐이면서 또 하나는 구라파 여러 국민들과 아시아 국민들 역시 동등해야 한다는 주장이오.
둘 다 쉬운 문제는 아니라오. 특히 구라파 선진국들과 어깨
를 나란히 하기 위해선 뼈를 깎는 노력이 필요하오. 저들이
10층에 오르면 우리는 11층에 올라야 하고 저들이 11층에
오르면 우리는 12층을 차지해야 하오. 나는 후쿠자와 선생
보다 한 걸음 더 생각했다오. 일본이 12층에 오른다면 조선
은 13층에 올라야 하리라. 료운가쿠보다 더 높은 곳을 바라
보며 날아야 하리라. 그러나 12층에서 두 발만 훌쩍 뛰어오
르는 것은 옳지 않소. 엘리베이터도 헛것이오. 조선은 오로
지 조선인의 실력으로 일신의 독립과 일국의 독립을 이루
어야만 하오."

　그래서 엘리베이터도 타지 않고 계단을 이용했던 것인
가. 나는 그를 만나면 큰아줌마 얘기부터 꺼낼 생각이었다.
그런데 지난 시절을 되돌아볼 여유도 감정도 없어 보이던
그가 먼저 지난 인연을 되새겼다.

　"고대수가 사람 보는 눈은 있었군. 악착같이 배우시오.
일본도 배우고 프랑스도 배우고 수단과 방법을 가리지 말
고 익히고 또 익히시오. 그리고 그 모든 깨달음을 조선에
던지시오. 1866년 후쿠자와 선생이 『서양사정』으로 일본
열도를 뒤흔든 것처럼."

　그는 큰아줌마 곁에 있던 나이 어린 궁녀 리심을 기억하

고 있었다.

고우 선생의 들뜬 기분을 망치고 싶지 않았다. 뜨거운 열정이 남아 있는 것이 감동스럽기까지 했다. 그러나 한편으론 젊은 혈기와 일본의 도움만 믿고 거병했다가 실패한 혁명가란 생각도 지울 수 없었다. 그 때문에 큰아줌마도 죽었고 나도 높은 곳을 두려워하는 몹쓸 병에 걸렸다.

"조선이 스스로 13층에 올라서지 못한다면 어찌 하실 건가요?"

고우 선생은 기다렸다는 듯이 답했다.

"우리에게는 시간이 얼마 없소. 이대로 서너 해만 지나면 일본이든 청국이든 러시아든 조선을 삼키려 들 게요."

"일본이나 청나라나 러시아가 조선을 삼킨다고요?"

"도쿄에 와서 직접 보지 않았소? 조선만 제자리걸음이지 나머지 나라들은 세계 제일 강국을 향해 내달리고 있다오."

"조선이 그 대열에 합류할 방법이 정말 있다고 보시는지요?"

나는 묻지 않을 수 없었다. 선생은 내 얼굴을 잠시 쳐다보다가 말머리를 돌렸다.

"리심! 그대도 날 허풍쟁이로 보는 게요? 조선을 바꿀 힘도 전망도 없으면서 날뛰기만 한다는 게요? 사카모토 료마가 사쓰마번(薩摩藩)과 조슈번(長州藩)의 동맹을 이끌어 메이지 유신의 초석을 다졌을 때 그의 나이 겨우 서른두 살이었소. 후쿠자와 선생이 구라파 각국을 시찰하고 『서양사정』을 펴낸 것 역시 서른두 살이었소. 갑신년에 내 나이 서른네 살! 천하대업을 도모하고도 남을 나이였소. 지금도 늦지 않았소. 조선을 깨울 수만 있다면 나는 조선의 사카모토 료마가 되겠소. 조선의 후쿠자와 유키치가 되겠소."

"일본을 등에 업고 혁명을 성공한다 해도 곧 일본에게 나라를 잃지 않겠는지요?"

나는 기어이 속에 담아 둔 이야기를 뱉고 말았다. 나라의 미래를 걱정하는 고우 선생의 마음을 따스하게 품어 줄까도 생각했지만, 그가 지나치게 일본에 기댄다는 인상을 지우기 힘들었다.

"조선의 번영이 목적이며 일본은 수단이오. 수단이 목적을 넘어서진 못하오. 나는 조선을 위해서라면 일본도 이용하고 청국도 이용할 수 있다고 보오. 리심, 그대도 빅토르 콜랭 서기관을 통해 프랑스를 제대로 살피기 바라오."

말꼬리를 잡아챘다.

"그건 무슨 의미죠? 빅토르를 수단으로 삼아 프랑스를 정탐하고, 거기서 얻어 낸 것을 조선의 번영을 위해 쓰라는 건가요? 선생에겐 저와 빅토르의 사랑이 그렇게 하찮게 보이시나요?"

나랏일 앞에서 여인의 운명 따윈 사소하게 여기는 태도가 마음에 들지 않았다. 고우 선생은 코웃음을 쳤다.

"사랑? 사랑이라!"

나는 울컥 화가 치밀었다.

"그럼 미치코 상도 수단으로 여기시겠군요."

고우 선생은 즉답을 피하고 내 눈을 더욱 깊게 들여다보았다. 그리고 고개를 돌려 내가 방금 참매의 날개를 그려넣었던 허공을 우러렀다.

"사랑에 기대어 저기까지 날아오르고 싶은 게요? 사랑을 정말 믿소? 정녕 그러하다면 그 믿음을 끝까지 지키기 위해 애쓰시오. 하나 한 가지 충고하리다. 당신이 사랑하는 빅토르 콜랭 드 플랑시 서기관은 여러 얼굴을 지녔소. 미치코에게 들으니 그는 프랑스인이며 외교관이자 서책 수집가이며 독실한 신자이자 동물학자이기도 하오. 청국어에 박식하며 조선과 일본의 역사에도 상당한 조예가 있다오. 그리고 또한 리심 당신을 사랑하는 남자요. 당신은 내가 방금 열거한 전부를 지닌 남자를 사랑한다 믿겠지요? 하나 그중 하나 혹은 두 가지가 당신의 믿음에서 어긋나면 그때 당신은 어떻게 할 것 같소?"

"복잡해요. 간단히, 말해 줘요."

"사랑을 전부로 두고 믿지 말란 뜻이오. 차라리 당신 자신을 믿도록 하오. 고국을 떠난 이들, 그리하여 먼 여행을 나선 이들, 꼭 이뤄야 할 목표가 있는 이들, 13층의 아슬아슬함을 알아 버린 이들에겐 나 외엔 없다오. 미치코에 대해 물으니 답하리다. 미치코는 좋은 여자요. 또 나를 끔찍이 아끼지. 나도 미치코가 좋소. 하나 나는 조선으로 돌아가서 혁명을 해야 할 사람. 그녀가 내 아내가 되면, 행복할 때는 전혀 문제가 없지만 불행이 덮치는 날에는 내가 지닌 불행이 고스란히 그녀에게 옮겨 간다오. 나는 그게 싫소."

고우 선생도 미치코를 사랑하고 있었던 것이다.

그때 갑자기 선생이 허리를 숙이고 내 가슴 쪽으로 머리를 들이댔다. 나는 고개를 돌려 출입문 쪽을 살폈다. 말쑥한 양복 차림에 나비넥타이까지 맨 사내 둘이 자리를 잡고 앉았다. 나도 모르게 어깨가 움츠러졌다. 사내들의 날카로운 시선이 내 얼굴에 꽂혔다.

"가만있으시오. 무슨 일이 있어도……. 여기 가만 앉아 있어야 하오. 알았소?"

내가 고개를 끄덕이자, 선생은 천천히 일어섰다. 그리고 출입문 쪽으로 나아갔다. 사내들이 선생 앞을 막아섰다.

"고우 선생이시죠?"

"그렇다."

그들의 입가엔 옅은 웃음이 맴돌았다. 선생의 양손에서

작은 빛 두 개가 번뜩였다. 단검이었다. 사내들이 칼날을 피하기 위해 급히 물러섰다. 그 틈에 선생이 출입문을 열고 뛰쳐나갔다. 사내들 손에도 어느새 칼과 쇠몽둥이가 들려 있었다.

"자, 자객!"

갑신년 변란을 일으킨 주역들은 능지처참해야 마땅한 대역 죄인이라고, 이 세상 끝까지 추격해서라도 반드시 목숨을 취해야 한다고 주장한 것은 중전 마마셨다.

고우 선생이 위험했다. 그러나 나는 그들을 뒤쫓아 출입문을 나서지 않았다. 두 무릎에 힘이 풀려 걷기도 힘들었지만, 내가 끼어든다고 해서 고우 선생에게 득이 될 것이 없었다.

고우 선생을 기다렸다. 그러나 선생도 또 선생을 따라간 사내들도 료운가쿠의 영업이 끝날 때까지 돌아오지 않았다.

적군 혹은 아군

더도 덜도 아니고 딱 비수다. 이 가슴을 단숨에 꿰뚫기 위해 시퍼렇게 날이 선 작은 칼! 오늘 나는 편지 한 장을 받았고, 이 목숨이 다할 때까지 그 문장 하나하나를 외우리라 확신한다.

미치코에게 확인하니 고우 선생은 무사하다고 했다. 놀란 탓일까. 미열이 있어 나는 열흘 남짓 붓어 공부를 쉬었다. 병문안을 온 미치코는 해삼을 끓인 맑은 죽을 교자상에 얹어 머리맡에 두고 갔다. 그 죽을 두어 숟가락 떠먹었더니 신기하게도 마음이 편안해지면서 졸음이 밀려들었다. 꿈 없는 단잠이었다.

다시 눈을 뜨고 탁상시계를 보았다. 3시간이나 흘렀다. 열린 창으로 가을 햇살이 쏟아져 들어와 내 눈을 찔렀다.

빅토르는 외출 전에 문이란 문은 꼭꼭 걸어 잠그는 버릇
이 있었다. 귀한 서책과 도자기가 많다는 소문이 돈 후부터
는 더더욱 문단속에 신경을 썼다. 오늘 아침에도 빅토르는
창문이 모두 닫힌 것을 확인하고 출근길에 나섰다. 그런데
저 창문이 열려 있는 것이다. 섬뜩한 기분이 들어 고개를
돌렸다. 그 순간 쇠방망이 하나가 내 어깨에 턱 올려졌다.
곧이어 걸걸한 사내의 목소리가 귓전을 어지럽혔다.

"비명을 지르거나 수상한 짓을 하면 단숨에 머리를 박살
낼 겁니다. 아시겠습니까?"

나는 고개를 끄덕였다. 사내의 왼손이 등 뒤에서 내 어깨
앞으로 쑥 나왔다. 나는 마른침을 꿀꺽 삼킨 후 사내 손에
들린 서찰을 쥐었다. 겉봉을 열고 종이를 꺼내 양손으로 펼
쳐 들었다. 둥글고 큼직큼직한 낯익은 글씨를 보는 순간 식
은땀이 등줄기를 타고 흘러내렸다. 중전 마마의 언문 서한
이었다.

내 귀를 의심하게 만드는 소식을 접했느니라. 갑신년 역
도의 괴수 김옥균과 네가 어울린다고 하니 어찌 이것이 사
실일 수 있겠느냐. 만약 네가 나를 속이고 사특한 마음을
먹었다면 나는 너를 김옥균과 동당으로 묶어 대역 죄인으
로 간주할 수밖에 없느니라. 다시는 이런 허황된 이야기가

들려오지 않도록 언행을 각별히 조심하기 바란다.

숨이 턱 막혔다. 중전 마마께서 고우 선생과 나의 만남을 속속들이 알고 계신 것이다. 한양을 벗어나 제물포에서 배를 타고 고베에 이른 후 다시 기차를 타고 도쿄로 왔지만, 나는 아직 마마의 손바닥을 벗어나지 못했다. 섬뜩한 살기에 눈앞이 어지러웠다. 쇠방망이가 마지막으로 한마디 보탰다.

"한 번만 더 김옥균과 어울린다면 그 자리가 곧 무덤이 될 각오를 해야 할 겁니다. 아시겠습니까?"

코잔 포도주 두 잔 풀피리 두 곡

비수에 뚫린 가슴을 치유하기 위해선 시간이 필요하다. 권태와는 거리가 먼 나날이었는데도 거위 깃털 펜을 멀리 두었다.

1891년 6월부터 1893년 3월까지, 도쿄에서 나는 많은 것을 보고 읽고 느끼고 배웠다. 한없이 웃게 만드는 일도 있었고 아주 무서운 일도 있었으며 한양을 그리워하는 일도 프랑스 파리를 미리 예감하는 일도 있었다. 시간도 장소도 함께한 사람도 제각각이었지만, 내 눈에는 그 모두가 '13층'을 향한 일본인들의 갈망으로만 보였다. 그들은 기를 쓰고, 때론 유치하다 싶을 만큼 아시아를 벗어나고 싶어 했고 유럽을 닮고자 애썼다. 조선 사람이라고 차별하다가도 내가 몇 마디 불어를 내뱉는 순간 달라지던 그들의 눈빛. 조선이 너무 느려 답답했다면 일본은 너무 빨라 불안했다. 대체 이들은 무엇을 위하여 언제까지 어디로 질주하려는 것일까.

고우 선생이라면 답을 가지고 있을지도 몰랐다. 그러나 나는 두 번 다시 고우 선생을 청하지 않았고, 선생 역시 마찬가지였다. 우리가 함께 있는 동안 자객이 들었으니 다시 약속을 잡는 것은 자살행위였다. 도쿄를 돌아다니는 내내 불안했다. 골목 안, 계단 위, 갑판 뒤, 중전 마마의 눈과 귀가 어디에 숨었는지 몰랐다.

미치코가 없었다면 나는 두려운 눈빛 하나만 지니고 일본을 떠났을 것이다. 료운가쿠에서 내려온 후에도 계속 미치코에게 불어를 배웠고 그녀가 선물한 두툼한 프랑스 소설 『파리의 노트르담』을 더듬더듬 소리 내어 읽었다. 미치코는 빅토르 위고야말로 자유, 평등, 박애라는 프랑스의 공화국 정신을 작품 속에 잘 녹인 작가라고 했다. 미치코는 질주하는 일본의 다양한 모습들을 상쾌한 웃음과 함께 코잔 포도주를 곁들여 설명했다.

빅토르는 재생 와인인 코잔[香竄] 포도주를 싫어했다. 프랑스 와인에 감미료와 알코올을 섞어 파는 것은 얄팍한 상술이라고 비웃었던 것이다. 그러나 미치코는 어깨를 으쓱 들어 올리며 아무렇지 않게 답했다.

"입맛에 맞지도 않는데 와인은 역시 프랑스가 최고라고 감탄하며 억지로 마시는 게 이상한 일이죠. 독을 타는 것도 아니고 조금 달게 만들어 먹는 게 뭐가 나빠요? 자, 리심 당신도 마셔 봐요. 어때요? 맛있죠?"

그렇다고 미치코가 코잔 포도주를 많이 마신 것은 아니다. 한두 모금 입술만 적신 것이 대부분이었다. 딱 두 번 미치코는 포도주 한 잔을 말끔히 비웠다. 두 번 모두 이별을 준비하던 때였다.

1891년 겨울, 나는 빅토르를 간호하느라 바빴다. 기온이 내려가자 다시 기침이 잦아졌고 가래가 끓었으며 고열에 시달렸다. 의사가 휴가를 권했지만 빅토르는 일벌레답게 공사관을 떠나려 들지 않았다. 주말만 되면 병원 신세를 졌다. 아직 일본말이 서툴러 미치코의 도움을 받았다. 휴일인데도 불평 한마디 없이 병원으로 와서 병실을 잡고 약을 탔으며 의사와 상담을 할 때도 통역을 해 주었다.

신세 지는 것이 미안하던 차에 빅토르의 병이 조금 호전되어 이번 주말에는 병원에 가지 않아도 되었다. 나는 "미치코! 내일 당신 집에 놀러 가도 돼요?"라고 물었고, 미치코는 "어, 그래, 와요. 코잔 포도주 한 잔 하며 수다 떨어요."라며 반가워했다. 다음 날 나는 시바 공원 옆에 있는 미치코의 집으로 갔다. 아담한 단층집이었다. 현관문으로 들어서며 붉은 리본으로 묶은 선물 상자를 내밀었다.

"봄이면 꽃이라도 사 올 텐데, 이 향기 좋아하는지 모르겠어요."

미치코는 눈을 찡긋하며 리본을 풀고 상자를 열었다.

"이야! 게를랭에서 만든 오 드 콜로뉴 앵페리알(Eau de cologne impériale, 황제의 향수)이네. 고마워요. 꼭 갖고 싶던 거야."

그리고 손목에 향수를 묻혀 내 코에 대 주었다.

식탁에 마주 보고 앉아 코잔 포도주를 마셨다. 안주 대신 장미 모양 양초가 식탁 가운데 놓였다. 붉은 봉오리 끝에서 불꽃이 일렁이자 술을 마시지 않아도 취하는 듯했다. 우리는 많은 이야기를 나누었다. 미치코가 요즈음 빠져 있는 프랑스 시인 보들레르와 랭보에서부터 지난 가을 동경 대학에서 구경한 베이스볼 게임까지, 파리의 여러 모습을 담은 서양목경(西洋目鏡)부터 새로 나온 화장 비누까지, 우리들의 수다는 끝이 없었다. 손까지 마주 잡고 마음껏 웃으며 떠들었지만 분위기는 점점 어두워졌다. 붉은 봉오리가 반 정도 남았을 때 미치코가 먼저 입을 열었다. 눈에는 벌써 눈물이 그렁그렁했다.

"보이는 대로 보지도 말고 들리는 대로 듣지도 마요. 다른 사람들이 다 욕해도 리심, 당신은 고우 선생을 믿어야 해요."

고우 선생에게 딴 여자가 서너 명 더 생겼다는 풍문을 들은 것이 벌써 두어 달 전 일이었다. 료운가쿠에서 만났을 때 미치코가 아닌 다른 여인과 이미 사귀고 있었는지도 몰랐다. 나는 유리잔을 이마에 대고 말했다.

"참을 수 있어요? 고우 선생이 딴 여자를 품더라도……."

"선생을 처음 뵈었을 때 첫인사에서 그러셨어요. 자기는 료운가쿠의 꼽추라고……. 아, 나 연주할래요. 고우 선생에게 배운 건데, 하고 싶어."

미치코가 갑자기 일어나서 방에 들어갔다 나왔다. 손에는 아무런 악기도 들려 있지 않았고, 미소 띤 입술에 둥근 나뭇잎 한 장만 끼워져 있었다. 미치코는 양손으로 나뭇잎을 붙잡았다. 그리고 놀라운 일이 벌어졌다. '아리랑 아리랑 아라리요. 아리랑 고개로 넘어간다.' 아리랑 선율이 그녀의 입술에서 흘러나왔던 것이다. 미치코는 지그시 눈을 감고 소리의 고저장단을 자유자재로 조율했다. '나를 버리고 가시는 임은 십 리도 못 가서 발병 난다.'

"멋져요."

장악원 악공 중 수금이라는 맹인이 어린 무희들을 놀려 준다며 풀피리를 분 적이 있다. 그러나 도쿄에서 일본 여인이 풀피리로 아리랑을 연주하다니 믿을 수 없는 일이었다. 미치코가 나뭇잎을 떼며 얕은 숨을 두 번 뱉었다.

"료운가쿠에서…… 고우 선생이 가끔 부세요. 그럴 때면 료운가쿠 전체가 흐느끼는 것 같죠. 하도 신기해서 가르쳐 달라고 졸랐답니다."

그랬는가. 조선을 13층으로 끌어올리고 싶을 때, 고향 산천이 그리울 때 풀피리를 부셨는가.

"풀피리 소리를 듣고 확신했죠, 고우 선생이 흐트러진 모습을 보여도 그건 스스로를 지키기 위한 보호색이라고, 술꾼에 난봉꾼으로 행세해도 선생 가슴엔 오로지 조선을 일으켜 세울 열정뿐이라고."

"그래도…… 미치코 당신은 고우 선생을 사랑하잖아요?"

미치코의 눈물 한 방울이 유리잔에 떨어졌다. 그녀는 자신의 눈물이 만들어 낸 파문을 내려다보며 아랫입술을 살짝 깨물었다. 그리고 답했다.

"늘 함께 머무는 것만이 사랑은 아니죠……. 때론 이별까지도 사랑일 때가 있으니까."

집으로 돌아와서 숙제를 하려고 『파리의 노트르담』을 폈을 때 미치코가 연필로 밑줄을 그은 부분이 눈에 띄었다. 고우 선생이 풀피리를 불 때 료운가쿠가 흐느끼는 듯했다는 미치코의 이야기가 내내 가슴을 흔들었다.

　온 성당이 어떤 환상적이고, 초자연적이고, 무시무시한 것이 되어서, 눈과 입 들이 여기저기서 열리고, 괴물 같은 대성당의 주위에서 밤이고 낮이고 목을 뻗고 아가리를 벌리고 지키고 있는 돌의 개며 뱀이며 용 들이 짖는 소리가 들리고, 크리스마스 날 밤 같으면 그르렁거리는 듯한 큰 종이 자정의 촛불 미사에 신도들을 부르는 동안, 캄캄한 정면 위에는 어떤 야릇한 분위기가 흘러 퍼져, 마치 큰 현관문이 군중을 삼키고 원화창이 그것을 바라보고 있기라도 하는 것 같았다. 그런데 그 모든 것은 카지모도에게서 오는 것이었다. 이집트라면 그를 이 사원의 신으로 알았을 것이고, 중세는 그를 이 교회의 악마라고 믿고 있었지만, 그는 이 성당의 영혼이었던 것이다.
　　　　─빅토르 위고, 『파리의 노트르담』 제4부에서

　그리고 1893년 봄 도쿄를 떠나기 전날, 우리는 다시 코 잔 포도주를 마셨다. 열이 오르락내리락하는 빅토르 때문에 약속을 취소하려고 했는데, 빅토르가 웃으며 내 등을 떠밀었다.

　"프랑스에 닿을 때까지 내내 리심 당신을 괴롭힐 거요.

오늘 하루만이라도 나갔다 오구려. 일본에서 유일하게 사귄 친구와 이별주 한 잔은 해야지?"

미치코는 스마다가와 강변으로 나를 데리고 갔다. 달빛이 창으로 스며드는 방에서 우아하게 술을 마시겠구나 생각했다. 이별주를 마시기엔 어울리는 곳이었다. 그런데 미치코는 요릿집으로 들어가는 대신 나룻배에 올랐다.

"어서 와요. 주인한테 특별히 부탁해서 빌린 거야."

달콤한 맛을 벌에 비유하여 그린 코잔 술병과 유리잔 둘 그리고 간단한 안주가 뱃머리에 놓여 있었다. 미치코가 능숙하게 배를 저었다.

"도대체 못하는 일이 뭔가요?"

강 한가운데에 배를 띄우고 유리잔을 부딪쳤다. 코잔 포도주가 오늘따라 더욱 감미로웠다. 미치코는 빅토르와 내가 떠나자마자 대청소를 실시할 예정이라고 했다. 그리고 "새로 서기관이 오면 또 청소를 해야지!" 하며 손뼉을 쳐댔다. 나는 미치코에게 "파리에 와요. 함께 센강에 배 띄우고 와인 한 잔 해요."라고 권했다. 미치코는 고개를 끄덕이며 "가야지요. 죽기 전에 한 번은 가고 싶어. 보들레르랑 랭보의 흔적을 찾아서 프랑스를 빙빙 돌고 싶어. 리심, 당신까지 그곳에 있으면 더 좋겠네. 하지만 지금은 아니에요. 지금은……."

나는 포도주를 두 모금 연이어 마신 후 물었다.

"고우 선생 때문이죠? 선생이 조선으로 돌아가시고 나면 그땐 파리로 올 건가요?"

미치코는 긍정도 부정도 하지 않고 미소만 지어 보였다. 그러다가 갑자기 일어나서 허리를 숙여 나를 끌어안았다. 나는 오른손에 술잔을 든 채 왼손으로 그녀의 등을 토닥거려 주었다.

"리심! 파리에 가면 빅토르를 지켜요."

'빅토르를 지키라고?'

고개를 들었다. 미치코와 눈이 마주쳤다.

"고우 선생과 나, 이해받기 어렵다는 거 알아요. 하나 빅토르와 당신은 파리에서 더더욱 용납되기 힘들 거야. 사랑만 믿고 가기엔 힘든 일이 너무 많지. 그러니 좀 더 약삭빠르게 때로는 못되게 굴어. 사랑을 지키라고. 파리에서 빅토르를 잃으면 당신은 전부를 잃는 꼴이니까. 알겠지요?"

그리고 다시 제자리로 돌아갔다. 나는 술잔을 말끔히 비운 후 마지막 부탁을 했다.

"풀피리 한 곡만 더 불어 줄 수 있어요?"

"그럼요. 이번엔 즐거운 동요 어때요?"

미치코도 술잔을 비우고 장미꽃 무늬 접는 손가방에서 나뭇잎을 꺼내 입에 물었다. 그리고 오늘 아침, 마지막 불

어 수업에 가르쳐 준 「아비뇽 다리 위에서」를 흔들리는 달
빛 따라 경쾌하게 연주하기 시작했다.

우울한 귀국

모든 여행이 아름다운 것은 아니다. 때로는 기억하고 싶지 않은 여행이 옹이처럼 인생 한가운데 떡하니 자리 잡기도 한다.

1893년 3월 28일 고베를 출항하여 5월 4일 마르세유에 입항할 때까지 내내 마음을 졸였다. 빅토르의 후두염이 호흡 곤란으로 이어졌던 탓이다. 프랑스 외무부에서는 반년 정도 휴가를 주겠다고 했다. 그 휴가를 도쿄에서 보낼 수도 있었다. 그러나 빅토르는 병이 악화될수록 귀국을 서둘렀다. 파리 동양어 학교가 있는 릴 거리의 추억과 파리 뒷골목 풍광을 더 자주 더 오래 그리워했다. 계속 도쿄에 머물자고 권했더니 "객사(客死)는 싫어!"라고까지 말했다. 고향을 그리는 마음은 조선인이나 프랑스인이나 똑같았다.

배는 상하이와 싱가포르를 비롯한 여러 항구에 닿았다가 떠나고 또 닿았다가 떠났다. 많은 이들이 배에서 내렸고 또 많은 이들이 배에 올랐다. 식사를 하러 식당에 가면 새로 승선한 이들의 인사를 받곤 했다. 갑판에서 바라본 항구들의 풍광은 신기하고도 아름다웠다. 조선도 아니고 일본도 아닌 나라들의 모든 것이 내게는 새로울 수밖에 없었다. 그러나 나는 그 40여 일 동안 마음의 여유가 전혀 없었다. 오로지 빅토르의 얼굴만 살폈고 빅토르의 숨소리에만 귀를 기울였다. 빅토르를 위해서 『파리의 노트르담』을 세 번 반복해서 읽었고, 오한이 난 빅토르를 꼭 껴안고 잠이 들었다. 바람이 불고 비가 오고 해가 뜨고 해가 져도 별 감흥이 없었다.

"리심…… 아시아를 돌아 프랑스에 닿는 이 뱃길을 하나하나 가르쳐 주고 싶었소……. 그 섬들 항구들 음식들 사람들…… 이래서는 안 돼. 이렇게 나만……."

빅토르는 아쉬워했지만 나는 조금도 섭섭하지 않았다. 나는 외교관의 여자! 이런 먼 뱃길 여행을 떠날 기회는 얼마든지 있으리라. 우울한 분위기를 바꾸기 위해 노력했다. 덕분에 함께 식탁에 앉고 또 같은 침대를 쓰면서도 몰랐던 일들을 꽤 많이 알게 되었다. 가령 "빅토르! 당신은 왜 이름이 빅토르예요?"라고 물었더니 "내 고향 플랑시에서 가장 존경받고 유명한 성인이 바로 생 빅토르라오."라고 답했다. 내가 다시 "그분이 왜 존경받는데요?"라고 묻자, 빅토르는 자못 심각한 표정으로 "생 빅토르는 500여 년 전에 플랑시 마을에 사셨는데, 아주 검소한 분이었다오. 어느 날 왕이 마을을 지나다가 생 빅토르 댁을 방문했소. 한데 대접할 것이 전혀 없어서 생 빅토르는 물만 한 잔 내왔다는군. 그때 그 물이 포도주로 바뀌었다고 하오."라고 답했다. 나는 살짝 화난 표정을 지으며 "그건 야소경에 나오는 이야기잖아요?" 하고 지적했고, 빅토르는 "기적은 늘 가까이에서 일어나는 법이라오."라며 내 물음을 일축했다.

어느 밤엔 플랑시 마을에 관해 묻기도 했다. 처음에 빅토르는 그 마을 이야기를 하기 싫어하는 눈치였지만, 내가 계속 캐묻자 몇몇 추억을 들려줬다.

"플랑시 마을은 파리에서 얼마나 떨어져 있나요?"

"150킬로미터쯤 되려나. 한양에서 청주 정도라고 생각하면 된다오."

"멀구나!"

"플랑시 마을은 중세 때 유태인들이 많아 살았다고 하오. 제법 큰 시장이 섰기 때문에 돈을 좋아하는 유태인들이 자연스럽게 모여든 게지. 또 우리 마을은 물이 풍부한데, 러시아 죄수들이 땅을 파서 작은 운하를 만들었기 때문이라오. 지금도 죄수들의 후예들이 마을에 살고 있지. 일찍이 스탕달도 네 번이나 우리 마을에 왔고 또 그 운하를 배경으로 소설을 남기기도 했소. 나무가 무성하고 농토가 비옥한 정말 아름다운 곳이지."

"언제 당신 조상들이 플랑시 마을로 왔나요?"

"에듬 할아버지 때요. 아일랜드에서 건너오셨다는 건 이야기했었지?"

"형제는 없어요?"

빅토르가 잠시 머뭇거렸다.

"그게…… 내 위에 네 살 많은 누이가 있었소. 이름은 마리였는데 태어난 지 33개월 만에 아파서 죽고 말았다오. 내가 태어나기 바로 1년 전이었지. 부모님은 매우 슬퍼하셨소. 생 줄리앵 교회에 누이를 묻고 내내 통곡하셨다고 하오. 그 때문에 나는 어려서부터 조금만 아파도 병원에 갔다오. 병원에 있는 수녀님들로부터 가르침을 받기도 했소."

그리고 빅토르는 누이의 초상화를 보여 주었다. 빅토르는 마리의 크고 둥근 눈과 오똑한 콧날이 나와 무척 닮았다고 했다. 어머니도 첫딸을 잃은 슬픔을 달래기 위해 가끔 어린 빅토르에게 마리의 치마를 입히곤 했다고 한다.

"고향엔 그럼 아무도 없는 건가요?"

"그렇소. 우린 모두 플랑시를 떠났소……."

그리고 무엇인가 덧붙이려다가 입을 닫았다. 그 정도에서 이야기를 마무리 지었다면, 나는 빅토르의 고향을 가끔 그리워했으리라. 가 보자고 졸랐을지도 모른다.

"한데 왜 당신 이름 끝에 'de Plancy'를 붙이는 건가요? 고향을 떠나도 영원히 기억하기 위함인가요?"

빅토르의 목소리가 조금 높아졌다.

"리심! 당신이 이해하기 어려운 일도 때론 일어나는 법이오. 솔직히 말하리다. 혁명 뒤엔 귀족의 후손을 자처하는 경우가 많았다오. 여러 가지 가명을 쓰던 아버지도 마을 이름을 끝에 붙여 신분을 위장했던가 보오. 한데 플랑시에 살고 있는 진짜 귀족 가문과 소송이 붙었소. 그들은 오로지 귀족 가문만이 'de Plancy'를 쓸 수 있다고 아버지를 사기꾼으로 몰아붙였소. 결국 아버지는 졌고 그 마을을 떠나게 되었지. 하지만 난 아버지와 내 고향을 기리기 위해 이걸 없애진 않을 생각이라오."

고향을 떠날 때는 누구나 곡절이 있는 법인가 보다.

빅토르의 병이 다 나으면 함께 둘러볼 파리의 명소를 하나씩 고르는 일도 재미있었다. 내가 장소를 지적하면 빅토르가 계절을 정했다. "몽마르트 언덕!" "가을 새벽!" "개선문!" "여름 한낮!"과 같은 식으로! 마흔여덟 개의 방문지와 방문 일시가 결정되었을 때, 뱃길 안내인이 이프섬을 지나서 모르지옹곶까지 마중을 나왔고, 우리를 실은 배는 절벽마다 하얀 돌이 반짝이고 뜨거운 태양과 시원한 바람이 함께 어울리는 항구 마르세유에 닿았다. 프랑스였다.

2장

파리 I

1893년 5월~1894년 10월

콩셉시옹 병원

마르세유는 전 세계로 열린 프랑스의 문이다.

수많은 선박과 사람과 언어들이 섞여 24시간 내내 활기찬 항구!

빅토르는 프랑스의 미래가 바로 이 항구에 있다고도 했다. 첫발을 딛는 순간부터 틀림없이 아끼고 그리워하게 될 것이라고, 나를 꼭 닮은 도시라고도 했다. "나를 닮은 도시가 뭐예요?" 하고 물었더니 "당신처럼 아름답고 신비로우며 한없이 뜨겁다가도 때론 차가운 곳!"이란다. 난 그렇게 복잡한 여자가 아닌데.

그러나 나는 이 항구에 내리자마자 알렉산드르 뒤마의 소설 『몽테크리스토 백작』의 배경이 된 이프섬도, 5세기에 건립된 생 빅토르 성당도 둘러볼 겨를 없이 20인승 승합 마차에 올라야만 했다. 마차는 곧바로 콩셉시옹 병원으로 들어갔다. 땅에 발을 내딛는 동시에 극심한 호흡 곤란이 빅토르에게 찾아들었던 것이다. 급한 마음에 몇 군데 혈을 짚었지만 상태는 나아지지 않았다.

두 눈을 번뜩이며 고함을 질러 대는 뚱뚱한 간호사가 진료실 입구에서 나를 막아섰다. 빅토르와 떨어지고 싶지 않았다. 고베에서 마르세유까지 48일 동안 내내 우리는 함께였다. 그러나 간호사의 빠르고 높은 억양에 맞서서 내 특별한 처지를 설명하는 것은 불가능했다. 문이 '꽝!' 하고 닫히자 갑자기 고요가 찾아들었다. 머리카락은 온통 헝클어지고 신발 한 짝은 마차에서 내리며 벗겨졌는지 아예 없었다. 퀭한 눈의 환자들이 훌쩍이는 내 주위로 몰려들었다. 나는, 내가 방금 진료실로 들어간 빅토르 콜랭 드 플랑시의 아내라고, 말해야 한다는 생각이 들었다. 그러나 불어가 한마디도 떠오르지 않았다. 양손으로 얼굴을 가리고 주저앉아 조선말로 흐느꼈다.

"빅토르! 빅토르! 제발! 살려 줘요…… . 살려 줘요…… ."

정신을 차렸을 때는 복도 구석 긴 의자에 홀로 앉아 있었다. 머리를 벽에 대고 깜빡 잠이 들었던 것이다. 밖은 벌써 어둠이 깔렸다. 가슴을 쥐어뜯던 빅토르의 모습이 떠올랐다. 나를 흔들어 깨운 간호사를 붙들고 소리쳤다.

"빅토르! 빅토르!"

무표정한 얼굴의 간호사가 내 얼굴에 손을 대려고 했다. 흠칫 놀라 고개를 돌렸다. 간호사가 웃으며 내 머리칼을 벌레 집듯 엄지와 검지로 잡았다. 진흙 덩이가 매달려 덜렁거렸던 것이다.

"아가씨 이름이 리심인가요? 환자가 찾아요. 자, 어서!"

간호사를 따라 병실로 들어갔다. 빅토르가 창문 옆 침대에 눈을 감은 채 시체처럼 누워 있었다. 다가가 빅토르 옆에 섰다. 그리고 조선어와 불어를 섞어 가며 소리를 질러 댔다.

"안 돼! 이런 법이 어디 있어? 빅토르! 눈을 떠. 나예요. 리심! 당신만 믿고 왔는데, 이러는 법이 어디 있어? 난 어떡하라고. 빅토르! 빅토르, 내 말 들려요?"

두 주먹으로 빅토르의 가슴을 내리치다가 허리를 숙여 얼굴을 묻은 채 흐느꼈다. 그 순간 빅토르의 오른손이 천천히 내 이마를 어루만졌다.

"울지 마오. 이제 곧 나을 거요. 프랑스에 무사히 왔으니까."

깜짝 놀라 고개를 들고 빅토르의 얼굴을 살폈다. 그는 두 눈을 반쯤 뜬 채 나를 보며 웃었다.

"빅토르! 깨어났군요. 다행이야 정말!"

"아 배고파. 매콤한 부야베스(프랑스식 생선찌개)가 먹고 싶은걸. 가시 돋친 성게와 맛있는 무명조개도 곁들여서 말이오. 리심 당신은 뭣 좀 먹었소?"

빅토르 가슴에 또 얼굴을 묻고 한참을 울었다. 환자 앞에서 우는 법이 아니라지만 흘러내리는 눈물을 막을 도리가 없었다.

새벽에 다시 그 간호사가 왔다. 빅토르는 깊이 잠들었고 나는 아기처럼 쌔근거리는 그의 얼굴을 보고 또 보았다. 간호사가 내 어깨를 짚으며 나오라고 손짓했다.

"약을 먹었으니 아침까진 깨지 않을 거예요. 옆방에서 잠깐 눈이라도 붙이든지 아님 커피 한 잔 어때요?"

"네, 감사합니다."

간호사 이름은 조세핀이었다. 내가 깜빡 잠들었던 의자에 나란히 앉아서 우리는 커피를 마셨다. 조세핀은 "프랑스 말을 한마디도 못하는 일본 사람인 줄 알았어요. 한데 발음까지 훌륭하군요."라고 칭찬했고, 나는 "조선 사람입니다. 칭찬해 주셔서 감사해요."라고 답했다. 조세핀은 청국이나 일본은 들어 보았으며 올해도 일본 젊은이 셋을 치료해 주었다고 했다. 조선도 일본과 같은 섬나라냐고 물어 왔다. 나는 조선이 청국과 일본 사이에 있는 나라이고 위대한 왕이 다스리는 문화 수준이 높은 나라라고 답했다. 조세핀은 고개를 끄덕였지만 믿기 힘든 표정이었다. 청국이나 일본을 제외하고 아시아에 문명국이 또 있다는 사실을 받아들이기 어려운 모양이다.

"너무 급해 저 침대를 쓰긴 했지만…… 하여튼 고비를 넘겨 다행이에요. 노트르담 드 라 갸르드 성당에 올라가서 성모님께 감사 기도라도 올리도록 해요."

"침대에 무슨 문제가 있나요?"

조세핀이 멋쩍은 얼굴로 답했다.

"미신이죠 뭐. 2년 전에 북아프리카와 아랍을 떠돌던 무기 상인이 저 침대에서 죽었지요. 오른 무릎에 종양이 생겨 절단을 했지만 가을을 넘기지 못했어요. 그 후론 이상하게 저 침대에 누운 환자들에게 불행이 닥쳤답니다. 큰 병이 아닌데 죽어 나가는 일도 잦았지요. 하지만 다 미신이에요. 빅토르 콜랭 씨는 큰 고비를 넘기셨잖아요? 그런데 떠도는 풍문엔 그 무기 상인이 그냥 무기만 팔던 사람이 아니었대요."

"무기만 팔지 않았다면?"

"시인이었다네요. 파리에서도 아주 유명한…… 우리 같은 사람이야 공화국 정신을 시로 승화시킨 빅토르 위고 외엔 모르죠. 한데 시인이 왜 무기 상인이 되었을까요? 몸도 비쩍 마르고 고생을 굉장히 많이 한 얼굴이었답니다."

"그 사람 이름이 뭐죠?"

"글쎄요. 차트를 보면 알 수 있는데…… 아르튀르 뭐라고 했는데…….."

"아르튀르 랭보인가요?"

"맞아요. 아르튀르 랭보! 아는 시인인가요?"

미치코의 얼굴이 스치고 지나갔다. 시인도 사람이니까 언젠가는 숨을 거둔다. 그러나 무기 상인으로 귀국하여 오른 다리를 절단당한 채 죽어 가는 시인은 흔치 않다. 또 그 시인이 죽은 병원에서 프랑스의 첫 밤을 보내는 것도.

입원 환자의 호출을 받은 조세핀이 커피를 단숨에 들이켠 후 자리를 떴다. 나는 다시 빅토르 곁으로 돌아갔다. 손을 뻗어 침대를 만져 보았다. 이 자리에서 아르튀르 랭보가 죽었다고 생각하니 빅토르를 그 위에 눕히고 싶지 않았다. 아무리 미신이라고 해도 불길한 일이 닥쳤던 곳은 피하는 것이 상책이다. 내일도 기차를 탈 수 없다면 병실부터 바꿔 달라고 하리라.

빅토르의 잠든 이마에 입을 맞추었다. 그 이마가 낯설었다. 랭보의 원혼이 서렸는가. 스스로에게 묻다가 피식 웃고 말았다.

'미치코 상! 당신이 좋아한 시인 랭보가 무기 상인이었대요. 시인이 무기를 팔다니 놀랍지 않아요?'

미래를 달리는 기차

사흘 뒤 리옹을 거쳐 파리로 가는 기차에 올랐다.

기차를 타고 고베와 도쿄를 오간 적이 있지만 프랑스 기차는 그 맛이 또 달랐다. 산과 협곡을 자주 지나는 일본 기차는 시원한 느낌이 덜했다. 프랑스 기차는 완만한 언덕과 넓은 들판을 가로질러 경쾌하게 나아갔다. 일본 기차보다 빠른데도 급행이라는 느낌이 들지 않았다. 빨간 기와를 인 예쁜 집들이 밭을 끼고 서 있었다. 모양과 색깔은 달랐지만 프랑스에서도 지붕에 기와를 얹는다는 사실이 신기했다.

특별히 누워 갈 자리를 마련하려 했지만 빅토르는 이제 완쾌되었다며 고집을 부렸다. 귀국했기 때문일까. 고열도 내리고 혈색도 한결 좋아졌다. 어제는 내 손을 끌며 마르세유를 구경시켜 준다고 망루와 요새를 돌기도 했다. 잔기침이 간간이 이어졌지만 걱정할 정도는 아니라고 했다. 무릎에 담요를 덮은 채 의자에 깊숙이 몸을 묻고 남프랑스의 봄 풍광을 살피던 빅토르가 말했다.

"지금은 일본에서 배를 타고 아시아 여러 항구를 돌아서 40여 일만에 프랑스에 닿지만, 러시아와 청국에 철도가 놓이면 프랑스에서 조선의 한양까지 한 달 아니 보름 만에 기차로 내달릴 수 있다오. 비바람이나 해적 걱정 않고 사람과 물품을 세계 곳곳에 실어 나른다 이 말이오."

"프랑스에서 한양까지 기차로 간다고요? 조선엔 아직 기차가 없어요. 철도를 한 치도 놓지 않았다고요."

"조선도 곧 철도를 놓게 될 거요. 기차는 새 시대를 이끄는 혈관과 같다오. 구석구석 빠르고 정확하게 기차가 다니는 나라는 부강할 거고, 그렇지 않은 나라는 퇴보하고 말 거요. 나라와 나라 사이에도 협정이 체결되어 자유롭게 사람과 물품이 오갈 시절도 멀지 않았소. 다음에 조선으로 갈 일이 생긴다면 그땐 프랑스에서 러시아와 청나라를 거쳐 조선으로 바로 갑시다."

빅토르의 목소리에 힘이 실렸다. 나는 고개를 끄덕였다. 조선으로 돌아갈 날이 정말 올까. 여기까지 오는 것도 힘들었는데 돌아가는 것은 또 얼마나 어려울까.

"하나만…… 궁금한 게 있는데 물어봐도 되나요?"

빅토르가 미소로 승낙했다.

"철도를 깔고 높은 건물을 올리는 건 미래에 대한 희망 때문이겠지요? 한데 프랑스 시인들의 시는 왜 그리 어두운가요? 미래에의 기대보다는 절망과 한숨, 방황과 고통, 악취와 질병만이 가득해요."

미치코에게 배운 보들레르와 랭보의 시편을 떠올렸다. 빅토르가 미소를 잃지 않고 답했다.

"중요한 지적이오. 도쿄의 료운가쿠도 그렇고 또 우리가 지금 타고 있는 이 철도도 미래를 향해 뻗어 있다오. 하나 이런 직선적인 삶, 부와 명예를 얻기 위해 세계로 뻗어 가는 삶에 대해 문제를 제기하는 문인들도 적지 않소. 지금이 세기말이니 더더욱 절망에 기대는 시들이 많다오."

"세기말? 그게 뭔가요?"

"올해가 1893년이니 곧 19세기도 끝이 나는 것이 아니겠소? 보들레르로부터 영향을 받은 몇몇 젊은 시인들을 중심으로 데카당스(퇴폐주의)를 자처하는 모임들이 만들어지고 있다는 풍문이오. 하나 기껏해야 10년이겠지. 20세기가 시작되자마자 데카당스는 전부 사라지고 남는 것은 높은 건물과 질주하는 기차뿐일 거요."

처음 태양력을 접했을 때는 음력과 달과 년을 계산하는 방법이 달라서 크게 혼란스러웠다. 더군다나 야소의 탄생부터 새롭게 셈을 시작한다는 사실이 놀라웠다.

"그럼 데카당스는 태양력을 쓰는 야소교의 나라들에만 해당되겠군요. 조선도 청국도 아직은 야소로부터 자신들이 살고 있는 시절을 정하지는 않으니까요."

"맞소. 구라파에선 데카당스인데 조선과 청국은 아니지. 하나 멀리 떨어져 있다는 이유로 인류가 서로 다른 시간관과 공간관을 지니는 문제도 곧 극복될 게요. 그 선봉엔 물론 이 늠름한 기차가 설 것이고."

나는 고개를 갸웃거렸다.

"그럼 전 세계가 함께 슬퍼하고 절망을 품고 두려워할 날이 오겠군요."

빅토르는 대수롭지 않게 받아넘겼다.

"그렇소. 전 세계가 함께 기뻐하고 희망을 품고 두려움을 떨칠 날이 올 게요."

새장 속으로

답답한 하루!

차라리 도쿄가 더 나았다. 미치코의 도움으로 기모노를 입고 거리로 나서면 일본인인지 조선인인지 구별할 수 없었으니까. 어디든 가고 무엇이든 구경했었다.

빅토르는 기차에서 내리기 전 누누이 강조했다.

"혼자 외출해선 절대로 안 되오. 밤에 나가는 일은 더더욱 불가하오."

나는 반발했다. 한양보다 도쿄가 자유로웠듯이, 도쿄보다 파리가 더욱 자유로우리라 기대한 탓이다.

"그럼 전 어디에 갇혀 지내라는 거죠? 새장에 가둬 두려고 절 파리까지 데리고 온 건가요?"

빅토르가 안타까운 듯 내 어깨에 손을 얹고 속삭였다.

"아니오. 곧 산책을 나갈 날이 올 거요. 하나 당장은 집 안에서만 지냈으면 하오. 날 믿고 기다려 주오. 파리는 아름답고 멋진 곳이지만 또한 추하고 위험한 부분도 아주 조금은 있소."

'추하고 위험한 부분!'

그 문장을 입에 올릴 때 빅토르의 표정이 유난히 딱딱했다.

"지금 파리는 구라파는 물론 전 세계의 중심이오. 다양한 언어를 쓰고 피부 색깔도 제각각인 사람들이 몰려들고 있소. 대부분은 법을 잘 따르지만 그중에는 자신의 불운을 올바르지 않은 방법으로 회복하려고 벼르는 자들도 있소. 당신은 그들의 표적이 될 가능성이 크오. 당신이 집 밖으로 나서는 순간, 당신에 대한 풍문이 파리 전역으로 퍼질 거고 그 소문은 선한 이들 뿐만 아니라 악한들에게도 전해질 거요. 당신에 대한 풍문이 가라앉을 때까지, 그때까지만 바깥 출입을 삼가 주오."

빅토르의 간절한 눈동자를 외면할 수 없었다. 게다가 나는 파리를 전혀 모른다.

"알겠어요."

내가 너무 풀이 죽어 보였던 걸까. 빅토르가 내 이마에 입을 맞추었다.

"파리는 또 기차만큼이나 빨리빨리 풍문이 나고 또 지워지는 도시라오. 곧 당신이 누구인지 잊혀질 날이 올 게요. 그땐 마흔여덟 군데를 하루에 하나씩 찾아봅시다. 반년이나 휴가를 받았으니, 그때까지 나, 빅토르 콜랭 드 플랑시는 리심 당신 거요."

백마 세 마리가 끄는 30인승 대중 마차를 타고 바빌론 거리까지 오는 동안, 나는 빅토르의 충고가 무엇을 뜻하는지 단숨에 알아차릴 경험을 했다. 마차 안에 미리 자리를 잡고 앉은 승객 중에는 여자도 없었고 황색 피부를 가진 이도 없었다. 빅토르는 가장자리에 나를 앉혔다. 사내들은 호기심 어린 혹은 경멸에 찬 눈으로 쳐다보았다. 그 시선에 발가벗겨지는 기분이 들어 불쾌했다. 빅토르의 귀에 대고 속삭였다.

"왜 저래요?"

빅토르는 그들을 향해 미소를 지어 보인 후 내게 답했다.

"조금만 참으시오. 조금만!"

봉 마르셰 백화점 앞에서 마차가 멈추자 빅토르가 부축하여 나를 일으켰다. 그 순간 나는 분명히 들었다.

"세 텅 셍쥬(원숭이다)!"

사내들의 웃음이 터져 나왔다. 내가 못 알아들으리라 여긴 모양이었다. 나는 고개를 돌려 이 부당한 놀림에 항의하려 했다. 빅토르가 내 팔을 세게 잡아끌며 말했다.

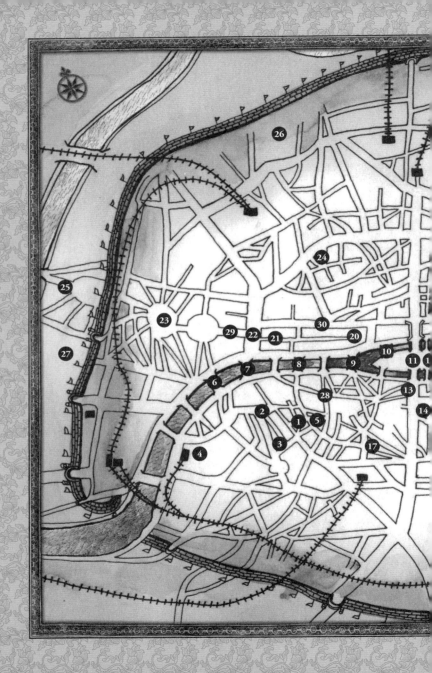

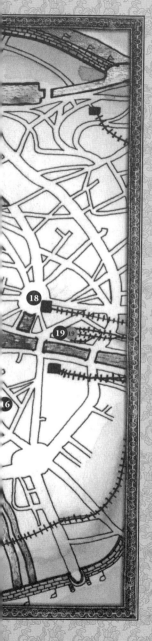

1890년경
프랑스 파리 지도

"내려요, 빨리!"

빅토르에게 원망의 눈초리를 보냈지만 그는 외면했다. 원리 원칙을 따지고 예의에 어긋난 짓을 하는 이들에겐 따끔한 충고를 아끼지 않던 빅토르답지 않았다.

마차가 떠나고 나자 분함을 참을 수 없었다.

"괜찮소?"

빅토르가 다가섰다. 나는 그의 가슴을 밀며 두 걸음 물러섰다.

"어서 집으로 갑시다. 저 길 건너가 바로 외방 선교회라오. 아시아를 비롯하여 복음이 전해지지 않은 여러 나라로 선교사들을 파견하는 곳이지. 지하실에는 그 땅에서 순교한 이들의 유품과 유골을 모시고 있다오. 언제 한번 같이 방문합시다. 저 길로 조금만 올라가면 5층 건물이 주욱 이어진 거리가 나온다오. 바빌론 거리 58번지, 그곳이 바로 파리에서 리심 당신과 내가 편히 쉴 우리 둘만의 집이오. 갑시다."

빅토르의 자상한 속삭임도 귀에 들어오지 않았다.

"왜 가만히 있었죠? 빅토르! 저놈들이 날 원숭이라고 놀렸잖아요?"

화를 내며 더 물러나려다가 멈췄다. 발밑이 물컹했고 지독한 냄새가 코를 찔렀다. 거대한 말똥이었다.

모랭과 조선

원숭이, 원숭이!

지옥에나 가라지.

보름 남짓 집에만 머물렀다. 거리로는 단 한 걸음도 나가지 않았고 창문 한 짝 여는 법도 없었다. 빅토르의 친구들이 소식을 듣고 찾아왔을 때도 여행의 피로와 감기를 핑계로 자리를 피했다. 그들의 시선을 받을 자신도, 또 그 앞에서 태연한 척 웃을 여유도 없었다. 빅토르는 대중 마차에서의 일은 잊으라고 했다. 그리고 다시는 그런 무식한 자들과 동석하는 일이 없도록 하겠다고 맹세했다. 그래도 내가 방문을 닫아걸자, 그도 약간 언성을 높였다.

"내가 처음 제물포에 내렸을 때 조선인들도 날 보며 붉은 도깨비라고 놀렸소. 하나 그건 조선인의 진심이 아니었소. 파리 시민도 마찬가지요. 황색인을 경멸하는 사람도 있지만, 청나라와 일본 그리고 조선을 마음 깊은 곳에서부터 좋아하는 이들도 적지 않다오. 잠시 외무부에 다녀오리다. 돌아왔을 땐 웃는 얼굴을 보여 주오. 리심, 당신은 웃을 때가 제일 예뻐!"

문 닫는 소리가 난 후 긴 침묵이 이어졌다. 나는 갑자기 빅토르에게 미안해졌다. 유럽의 백인들이 조선에 와서 놀림을 당하듯 나도 유럽에 왔으니 놀림감이 되는 것을 피하긴 힘들다. 빅토르는 조선말을 한마디도 못했지만 나는 불어를 읽고 쓰고 말할 수 있지 않은가. 서로 만나 깊이 사귀다 보면 나에 대한 시선도 바뀔 것이다. 괴물 빅토르를 사랑하게 된 여인이 바로 나 리심이 아닌가.

"시장에 다녀와야겠어요. 채소랑 치즈가 다 떨어졌거든요."

부엌일을 도맡은 하녀 마리가 빅토르처럼 문 앞에 서서 말했다. 열일곱 살을 겨우 넘겼다는데 못하는 요리가 없었다. 내가 보름 내내 고함을 지르고 짜증을 부렸기 때문인지 잔뜩 겁을 먹었다. 너무 화가 나서 조선말로 고함을 질렀을 땐 울음을 터뜨리기까지 했다. 큰 덩치에 비해 마음이 여린 소녀였다.

방문을 열었다. 마리의 손에 은화 한 닢을 집어 주었다.

주근깨투성이 마리의 볼이 붉어졌다.

"먹고 싶은 거 있으면 사 먹어."

"고맙습니다, 부인!"

마리가 꾸벅 고개를 숙였다.

"시장이 커?"

육의전과 광통교 거리를 떠올리며 물었다.

"그럼요. 없는 게 없답니다. 항상 붐비죠. 멀리 아프리카와 아시아에서 들여온 물품들까지 있어요. 신기한 구경거리도 많고요."

광통교도 그랬다. 청국에서 들여온 그림들, 서책들, 기기묘묘한 물건을 구경하다 보면 하루가 금방 지나갔다.

"필요하신 거라도 있으세요?"

고개를 저었다. 왜 필요한 것이 없겠는가. 하지만 시장을 돌아보며 직접 고르고 싶었다. 그때를 위해 오늘은 참기로 한다.

마리가 나간 후 화장대 앞에 앉았다.

'정말 내가 원숭이처럼 생겼을까?'

아직 원숭이를 본 적이 없다. 청국에서 들여온 그림을 통해 못생긴 얼굴과 긴 팔, 온몸에 돋은 털을 살폈을 뿐이다. 내 팔은 길지도 않고 몸에 털도 없다. 그렇다면 얼굴이 못생겼나? 아니다. 궁중 무희 중에서도 내 얼굴이 가장 예뻤다고 빅토르가 거듭 말하지 않았는가.

종소리가 들렸다. 빅토르는 중국에서 가져온 작은 구리 종을 문 앞에 달았다. 승천하는 용과 구름이 어우러진 문양이 아름다웠다. '방문객은 우선 이 행운의 종을 울리세요.'라는 친절한 안내판까지 종 밑에 붙였다. 혼자 집에 남았을 때는 종소리가 들려도 문을 연 적이 없었다. 그들은 전부 빅토르의 손님이었다. 그러나 오늘은 문을 열기로 했다.

'원숭이라고 놀리면, 붉은 도깨비라고 맞받아치면 돼.'

문을 열었다. 감색 코트를 입고 하얀 셔츠 깃을 세워 목을 가린 신사가 중절모를 들고 일본말로 인사를 건넸다. 단정하게 빗어 넘긴 머리가 깔끔하고 세련되었다.

"안녕하세요. 부인."

'원숭이'라는 말 대신 정중한 인사를 받으니 적잖이 당황스러웠다. 더구나 일본말이다.

"봉주르 무슈. 무슈 콜랭 에 소르티.(안녕하세요. 콜랭 씨는 외출했어요.)"

이번에는 그의 두 눈이 놀라움으로 가득 찼다. '이 작은 황색 여인이 불어를 하다니!' 하는 표정이었다.

그리고 우리의 대화는 불어로 이루어졌다.

"저는 봉 마르셰의 사장 모랭이라고 합니다. 빅토르 콜랭 씨와 오후에 만나기로 했지요. 약속 시간이 아직 한 시간 남짓 남았습니다만, 조금이라도 빨리 뵙고 싶어서 이렇게 왔습니다. 결례인 줄은 압니다만 괜찮으시다면 들어가서 기다려도 될까요?"

"그게……."

"동양의 진주처럼 눈부신 여인과 함께 귀국하였다는 풍문을 들었습니다. 과연 선녀처럼 아름다우시네요."

나는 문을 활짝 열고 그를 맞아들였다. 원숭이가 선녀로 탈바꿈하는 순간이었다. 일본에서 가져온 녹차를 내왔다. 모랭 씨는 차를 마시기에 앞서 찻잔을 유심히 살폈다. 가부키 배우들의 희고 창백한 얼굴이 차받침과 잔에 그려져 있었다.

"일어는 어디서……."

"불어는 어디서……."

우리는 동시에 질문을 던지다가 말을 맺지 못하고 웃었다.

"그저 인사말 정도 하는 편입니다. 아내가 청국과 일본 문물을 너무 좋아한답니다. 처음엔 탐탁지 않았지만, 자주 접하다 보니 저도 지금은 동양의 신비에 푹 빠져 있습니다. 일본 여인이 직접 끓인 차는 그 맛이 더욱 깊고 아득하다던데 오늘에야 비로소 그 말이 진실임을 알겠습니다."

"저는 일본인이 아닌데요."

모랭 씨가 찻잔을 입술에 댔다가 뗐다.

"그, 그럼······."

"저는 조선인이에요."

"조선?"

미간이 좁아지면서 검은 눈동자가 올라갔다. 조선이란 나라를 기억해 내려고 노력하고 있는 것이다.

"죄송합니다만······. 저는 아직 조선이란 나라를 들어 본 적이 없습니다. 조선은 일본과 같은 섬나라인가요?"

"아뇨. 조선은 섬나라가 아닌데요."

"베트남 근처에 있습니까?"

"아뇨. 베트남에서 조선은 매우 멀리 떨어져 있어요."

"그럼 청나라 북쪽에, 추운 지방에 있는 나라입니까?"

"아닙니다. 조선은 청나라 동쪽에 있습니다. 겨울에는 물론 춥지만 봄 여름 가을 겨울 네 계절이 뚜렷합니다."

질문을 던질수록 모랭 씨는 점점 더 늪으로 빠져들고 있었다. 동양을 논할 때 조선이란 나라를 포함시킨 적이 없는 듯했다.

"조선인은 그럼 조선말을 씁니까?"

"그럼요. 프랑스인이 프랑스 말을 쓰듯이."

"마지막으로 한 가지만 더! 조선인도 조선인의 문자가 있습니까? 청나라의 한자나 일본의 히라가나 가타카나처럼."

"물론입니다. 조선에는 훈민정음이란 글자가 있어요. 450

여 년 전 세종이라는 위대한 임금이 만드셨지요."

"사과드립니다. 정말 몰랐습니다. 조선은 일본이나 중국처럼 말과 글을 가진 문화국이로군요."

"괜찮아요. 양국이 수교를 맺은 게 불과 7년 전이니까요. 모랭 씨가 조선을 모르듯 많은 조선인들도 법국을 몰라요. 아, 조선에서는 프랑스를 법국이라고 불러요. 도성 안에 법국 공사관이 있어서 법국이란 나라 이름은 들어 보았다고 해도 법국이 어디에 있는지 아는 조선인은 거의 없어요."

모랭 씨의 표정이 조금 밝아졌다.

"죄송합니다. 아직 이름을 묻지도 않았네요."

"리심이에요."

"리, 심! 무슨 뜻인가요?"

"배나무의 마음이죠. 배나무의 마음을 어떻게 알 수 있을까요? 당연히 활짝 핀 배꽃을 통해서겠죠. 그러니 제 이름은 희디흰 배꽃이에요. 조선 배는 구라파 배와는 다르답니다. 더 크고 더 감미롭지요. 꽃도 맑다고 해야 할까 단정하다고 해야 할까. 배꽃 하얀 잎이 질 때면 세상 사람들이 모두 착한 마음을 지닐 것 같아요."

"꽃잎 떨어지니 세상이 모두 착해진다……. 이 말씀이지요? 하이쿠를 읽을 때처럼 울림이 큽니다."

"조선에는 짧은 시가인 시조가 있지요."

"시조! 그렇다면 가인(歌人)이신가요?"

나는 모랭 씨의 연이은 질문이 전혀 불쾌하지 않았다. 그의 눈망울은 청국과 일본에 이어 조선을 배울 마음으로 가득했다.

"가인이기도 하고 무희이기도 하며 의술도 약간 배웠습니다."

"진정 르네상스인이시로군요."

모랭 씨가 감탄했다. 그때 빅토르가 돌아왔다. 나는 부엌으로 가서 빅토르를 위해 차를 한 잔 더 끓였다. 모랭 씨의 약간 들뜬 목소리가 부엌까지 들렸다.

"조선 여인들은 모두 저렇듯 아름답고 총명하며 또한 다재다능합니까?"

빅토르의 잔잔한 웃음이 듣기 좋았다. 나 역시 소리 죽여 웃었다.

봉 마르셰 백화점

"봉 마르셰가 뭐 하는 곳이니?"

내 질문에 마리가 큰 눈을 끔벅이다가 되물었다.

"봉 마르셰를 모르세요?"

나는 조금 기분이 나빠졌다.

"모르니까 묻는 것 아니니?"

날 선 목소리를 듣고서야 마리는 엄지를 치켜들며 답했다.

"세계에서 가장 오래된 백화점이에요."

백화점이 무엇이냐고 묻고 싶었지만 마리가 또 큰 눈을 끔벅일까 봐서 그만두었다.

종일 기다린 끝에 그날 밤 빅토르에게 물었다.

"백화점이 뭐예요?"

"백화점? 간코바[勸工場] 비슷한 거야. 상점들이 큰 건물에 운집해 있고 다양한 물품들을 팔지. 상점 주인은 제각각이고."

그제야 느낌이 왔다. 미치코와 하루 종일 긴자 거리에 있는 간코바를 돌아다닌 적도 있었으니까. 입주 상인들에게 세를 받는 간코바의 주인은 엄청난 부자다. 그렇지만 모랭 씨에게서는 거부(巨富) 냄새가 나지 않았다.

보름 뒤 모랭 씨가 다시 왔을 때 나는 그에게 부탁했다.

"봉 마르셰 구경 좀 시켜 주세요."

모랭 씨가 양 손바닥을 하늘로 들며 답했다.

"언제든지 오세요. 대환영입니다."

그리고 오늘 빅토르를 졸라서 봉 마르셰 백화점에 다녀왔다.

봉 마르셰는 내 집에서 느릿느릿 걸어도 5분이 채 걸리지 않는 사거리에 있었다. 빅토르는 마르세유에 도착한 일본 도자기를 돈 한 푼 받지 않고 감정해 주는 대신 백화점이 문 닫는 밤 시간에 방문해도 좋다는 허락을 받았다. 이왕이면 사람들이 북적대는 백화점을 보고 싶었지만 빅토르는 아직 내가 그런 자리에 나설 때가 아니라고 생각하는 듯했다.

백화점으로 들어가기에 앞서 출입문 양쪽 벽에 직사각형으로 길게 세운 모자이크를 유심히 살폈다. 맨 아래는

'1876'이라는 숫자를 새겼고 중간에 자리 잡은 푸른 원에는 'B'를 좌우 대칭으로 겹쳐 놓고 그 가운데 'A'를 덧붙여 넣었다. 똑같은 그림을 좌우에 쌍으로 배치했다고 여겼는데, 자세히 살피니 푸른 원을 가운데 두고 푸른 사각판 두 곳에 써 넣은 단어들이 제각각 달랐다. 왼쪽에는 'TOILE(옷감)'와 'RIDEAUX(커튼)', 오른쪽에는 'RUBANS(리본)'와 'DENTELLES(레이스)'가 적혀 있었다. 고급 물품들을 한데 모아서 가격을 낮추어 판다는 봉 마르셰의 정신이 깃든 모자이크라고 했다.

모랭 씨는 나를 위해 백화점 내부를 훤히 밝혀 주었다. 그리고 천천히 마음껏 구경하라고, 자신은 3층에서 일본 도자기나 감상하며 기다리겠다고 했다.

1층부터 3층까지 백화점에는 기기묘묘한 물건들로 가득했다. 여기 있는 물건만 해도 산더미 같은데, 옆 건물 창고엔 이보다 더 많은 물건들이 손님들 앞에 전시될 날만 기다리고 있다고 했다.

옷과 화장품, 보석도 좋았고 가방이나 구두, 안경도 갖고 싶었다. 빅토르는 내 손을 꼭 잡고 미안해했다.

"리심, 당신이 원하는 건 다 사 주고 싶소. 하나 내겐 그럴 여유가 없다오. 월급도 적고, 또 많은 서책을 사느라 그마저도 저축을 못했소."

나는 불쑥 나아가서 그와 눈을 맞춘 채 답했다.

"난 빅토르 당신만 있으면 돼요. 다른 건 있어도 그만, 없어도 그만!"

빅토르가 나를 번쩍 안아 들었다.

"이것 놔요. 왜 이래요?"

나는 장난스럽게 그의 뺨을 미는 시늉을 했다.

"당신과 나 둘뿐이잖소?"

"모랭 씨가…… 모랭 씨가…….."

"파리에서 첫손에 꼽히는 동양 애호가라오. 이 백화점이 불타도 모를 만큼 도자기에 푹 빠져 있을 거요."

긴 입맞춤을 끝내고 3층으로 올라갔다. 빅토르의 추측대로 모랭 씨는 모양과 크기가 제각각인 도자기 열 점을 일렬로 세워 놓고 감상하느라 바빴다. 그는 우리를 보자 반색하며 맞았다.

빅토르는 약속대로 도자기들을 한 점 한 점 살피기 시작했다. 모랭 씨와 나는 뒤에 서서 빅토르의 감정이 끝나기를 기다렸다. 도자기를 찬찬히 들여다보는 빅토르의 표정은 딱딱하게 굳어 있었다. 내가 보기에도 도자기들은 그 색이 지나치게 화려했다. 처음 볼 때는 좋지만 저렇게 원색적이면 곧 싫증이 난다. 나는 빅토르가 어떻게 도자기들을 평할까 궁금해졌다. 비싼 값을 주고 사들인 도자기를 혹평하면 모랭 씨는 실망하여 울음을 터뜨릴지도 몰랐다. 이윽고 빅토르가 안경을 고쳐 쓰며 돌아섰다. 침묵이 흘렀다.

"가품(假品)은 없습니다."

모랭 씨가 안도의 한숨을 내쉬었다. 청국과 일본의 도자기가 인기를 끌자, 원산지 불명의 가품들이 진품으로 둔갑하여 파리에 들어오던 무렵이었다.

"실례지만 모랭 씨는 짧고 화려한 파티를 좋아하십니까 아니면 은은하고 여운이 긴 여행을 즐기십니까?"

"젊을 때야 파티가 좋지만 지금은 편히 쉬면서 책도 읽고 풍광도 살피고 또 인생도 찬찬히 돌아볼 수 있는 여행이 더 끌립니다."

빅토르가 고개를 끄덕이며 내게 시선을 주었다. 파티와 여행을 끌어들인 이유가 궁금했다. 청국과 조선, 일본에서 젊은 날을 보내며 얻은 것이 무엇인지 물었을 때, 빅토르는 '비유'라고 했다. 삶을 삶 그 자체로 보지 않고 다양한 사물에 기대어 바라보는 방법을 배웠다는 것이다. 유럽에도 물론 비유가 있지만 동양처럼 깊지 않다고 했다.

"다음엔 조선 도자기를 구입하십시오."

"조선에도 도자기가 있습니까? 일본과 청국 도자기와는 어떻게 다릅니까?"

"조선 도자기는 전부이면서 전무입니다. 가만히 들여다

보고 있노라면 일본이나 청국 도자기의 장점을 모두 품었지만, 결코 그 둘을 흉내 낸 건 아니니까요. 조선 백자도 뛰어나지만 조선보다 앞선 고려라는 왕조에서 만든 청자는 가을 하늘이 비친 호수와도 같은 빛깔을 지녔습니다. 청자의 푸른빛이 제 마음의 빛깔처럼 느껴졌다면 믿으시겠습니까?"

"가을 하늘이 비친 호수…… 사람의 마음을 닮은 빛깔이라……. 그렇군요. 그런 도자기여야 여운이 긴 여행과 비슷해지겠네요. 고맙습니다. 오늘 참으로 큰 도움을 받았습니다. 어떻습니까, 3주 후에 제 아내의 살롱에서 '청일회(淸日會)'라는 모임을 하나 가질까 합니다. 청국과 일본의 문화에 관심 있는 사람들을 위한 자리입니다만, 그 자리에서 조선의 문화를 알아보는 것도 뜻깊은 일일 것 같습니다. 두 분이 꼭 참석하셔서 자리를 빛내 주셨으면 합니다."

빅토르가 즉답을 피하고 눈으로 내게 물었다.

'리심! 당신이 정하오. 가고 싶소?'

물론 나는 밝게 답했다.

"초대해 주셔서 감사해요."

모랭 부인 살롱에서

"파리의 살롱에 꼭 가 봐요!"

미치코가 작별 인사 대신 건넸던 충고다. 랑베르, 탕셍, 조프렝, 뒤데팡, 레스피나스, 장리스, 스탈, 레카미에까지 미치코는 살롱을 꾸민 여인들의 이름을 줄줄 외는 것은 물론이고 각 살롱이 있는 거리와 내부 구조, 또 그곳을 드나들었던 인사들까지 모조리 알고 있었다. 살롱에서 시작해서 살롱으로 끝나는 나라! 프랑스에 도착하고 한 달 만에 모랭 씨로부터 살롱이란 단어를 들은 것이다.

하루 종일, 화장을 하고 코르셋을 손질하고 이브닝드레스를 고르느라 바빴다. 빅토르가 선물한 여러 옷들을 입었지만 이브닝드레스는 처음이었다. 빅토르가 또 외출을 했기 때문에 파티 준비는 마리와 나 둘의 몫이다. 빅토르가 내게 준 이브닝드레스는 모두 두 벌이었다. 등과 가슴이 많이 파이고 어깨 끈에 레이스가 달린 연한 청색 드레스와 노출이 적은 대신 치마가 풍만한 보라색 드레스였다. 마리에게 두 옷을 번갈아 들어 보게 했지만 내 마음은 이미 정해졌다.

"아! 정말 리심 당신은 정말……."

빅토르는 청색 드레스를 입은 나를 보더니 말을 맺지도 못하고 입부터 맞추었다. 등과 목 그리고 앞가슴이 휑하니 드러나서 조금 부끄러운 마음도 있었는데, 빅토르가 감탄하자 새삼 용기가 났다. 미치코는 꿈을 꾸듯 드레스에 대해 설명했었다. 낮에는 햇볕에 그을릴까 봐 목과 등을 드러내지 않고 손에도 장갑을 끼는 경우가 많지만 밤에는 다르다고, 남자들의 시선이 살갗에 닿는 것을 충분히 즐길 줄 알아야 살롱의 묘미를 알 수 있다고 했다. 그때는 "아무리 그래도 이브닝드레스는 못 입을 것 같아!" 하며 고개를 저었는데, 이렇게 입고 보니 살롱에서 어떤 일이 벌어질까 걱정보다 기대가 앞섰다.

모랭 씨가 보낸 마차를 타고 편히 갔다. 다신 파리에서 마차를 타지 않겠다고 결심했지만, 빅토르와 나 두 사람만을 위해 준비한 금빛 마차였다.

창을 통해 비로소 파리의 밤거리를 구경했다. 길 좌우로 빽빽이 들어찬 건물들은 장성처럼 높고 웅장했다. 큰길 쪽은 어둠에 잠겼지만 골목 사이사이에서는 색색의 불빛이 흘러나왔다. 빅토르는 그곳에 좁고 더러운 싸구려 술집들이 올빼미처럼 자리 잡고 있다고 했다. 거리에서 혹시 낭패를 당하더라도 골목으로 숨어서는 결코 안 된다는 말도 덧붙였다. 그 자리에서 고함을 지르는 편이 낫다는 것이다. 오늘은 퉁명스럽게 대꾸하지 않고 짧게 알겠다며 웃어 주었다. 매일 이런 마차를 타고 파티에 간다면 골목으로 숨어들 이유가 없을 것이다.

안내를 맡은 집사를 따라서 파티가 열리는 방으로 들어섰다. 한쪽 벽에는 일본 그릇들이 진열되었고, 그 맞은편은 청국의 여백 많은 풍경화와 인물화가 가득했다. 입구에서 기다리던 모랭 씨가 반갑게 다가왔다. 그 곁에 선 턱이 각지고 광대뼈가 나온, 어딘지 창백해 보이는 여인에게 인사를 건넸다.

"리심이에요."

그녀도 웃으며 인사를 받았다.

"어서 와요. 남편에게 얘기 많이 들었어요. 정말 곱군요. 이브닝드레스와 너무너무 잘 어울려요. 다만……."

그녀가 왼손을 들자 방구석에 서 있던 하녀가 급히 나왔다. 하녀는 허리를 반쯤 숙인 채 그녀의 명을 듣고 방을 나갔다. 원탁을 중심으로 삼삼오오 모여 소르베를 먹으면서 이야기를 나누던 남녀들의 시선이 빅토르와 내게 쏠렸다. 모랭 씨가 양팔로 우리 두 사람의 등을 가볍게 미는 시늉을 하며 두어 걸음 나섰다.

"자, 소개하겠습니다. 오늘은 매우 귀한 손님들을 모셨으니 조르주 상드의 살롱도 부럽지 않겠네요. 이쪽은 청나라와 일본, 그리고 조선에서 16년이나 통역관이자 외교관으로 프랑스 정부를 대신하여 중요한 공무를 수행한 빅토르 콜랭 드 플랑시 씨입니다. 『지옥 사전』으로 유명한 자크 콜랭 드 플랑시 선생의 아드님이시기도 하지요."

사람들의 감탄이 이어졌다. 그들 중 절반 이상은 『지옥 사전』을 읽었고, 읽지 않은 사람도 제목 정도는 아는 눈치였다.

"그리고 이 아리따운 선녀는 조선에서 온 리심 씨입니다. 방금 전에도 아시아 지도를 펼쳐 놓고 말씀드렸듯이, 조선은 청국과 일본 사이에 있는 나라입니다. 여기 계신 빅토르 콜랭 씨가 1888년 조선의 수도인 한양에 초대 공사로 부임하셨지요. 리심 씨는 가인이자 무희이고 또한 의술에도 상당한 조예가 있다고 합니다. 빅토르 콜랭 씨와 함께 2년 남짓 일본에서 생활하셨기 때문에 오늘 우리 논의에 많은 도움을 주시리라 기대합니다."

내게는 감탄하는 이도 고개 끄덕이는 이도 없었다. 서먹서먹한 분위기를 바꾸고 싶어 시 한 편을 읊기 시작했다.

오늘 저녁 무엇을 말하겠나, 가엾은 외로운 넋이여,

내 가슴, 전에 시든 가슴, 무엇을 말하겠나,

그 성스러운 시선이 별안간 너를 다시 꽃피게 한

지극히 아름답고, 지극히 어질고, 지극히 사랑스러운 그

녀에게!

여기까지 불어로 낭송한 후 좌중의 분위기를 살폈다. 미치코가 즐겨 애송하던 시였다.

"보들레르를 아십니까?"

붉은 포도주가 찰랑대는 잔을 들고 가장 가까이 서 있던 매부리코 여인이 물었다.

"물론입니다. 「파리의 우울」을 알기 위해 이 도시로 왔죠."

그제야 그들은 유리잔을 높이 들었다. 조선이라는 듣도 보도 못한 나라에서 온 황색 피부, 흑목처럼 까만 머리카락의 여인이 불어를 하고 게다가 보들레르의 시까지 암송했으니 신기하기도 했으리라.

하녀가 비단으로 싼 나무 상자를 가져왔다. 모랭 부인은 비단을 벗기고 상자를 열었다. 비취 목걸이였다.

"동양 여인이 이 목걸이를 하면 어떤 모습일까 궁금했답니다. 프랑스에 온 청국과 일본 여인들을 몇 명 만나기도 했지만 선뜻 걸어 보라 권할 수가 없었지요."

내가 잠시 머뭇거리는 동안 그녀는 비취 목걸이를 내 목에 걸어 주었다. 모랭 씨가 곁에서 칭찬했다.

"드디어 주인을 제대로 만났군요. 리심! 그 목걸이를 당신께 선물로 드리겠습니다."

빅토르가 나보다 먼저 거절했다.

"과분한 선물입니다. 이 비싼 것을……."

모랭 부인이 웃으며 말허리를 잘랐다.

"남편과 저는 이곳 파리에 진정한 동양 문화를 꽃피우고 싶어요. 그들의 옷이나 장신구, 음식은 물론이고 집까지 그대로 옮길 예정이거든요. 이왕이면 마당엔 석등도 놓고, 출입문 앞엔 잡기를 쫓는 성수(聖獸) 두 마리를 세우고, 좌우엔 상서로운 한문 문장도 써 넣었으면 해요. 멀리서 쉽게 집을 찾도록 아름드리나무도 한 그루 심으려고요. 창은 이왕이면 스테인드글라스로 멋을 낼까 해요. 얼마 전 갑옷 입은 일본 장수들의 그림과 사진을 보았는데 정말 대단하더군요. 그 용맹한 모습을 창에 새겨 늘 바라보며 즐기고 싶습니다."

"바빌론 거리에 그런 집을 지으실 예정이라고 들었습니다."

"맞아요. 일단 물건들을 백화점 창고에 보관할 테니까 거기서 가까운 곳이면 좋겠죠. 빅토르 씨와 리심 씨 집이 바빌론 거리 58번지죠? 그럼 정말 가깝네요. 그 집이 완성될 때까지 동양 전문가인 빅토르 콜랭 씨와 또 조선 여인 리심 씨를 계속 귀찮게 해 드릴 것 같네요. 앞으로 저희 부부가 받을 도움에 비하자면 이 정도는 약소합니다."

"그래도 이건 너무 과합니다."

빅토르와 내가 거듭 사양하자 모랭 씨가 벽에 걸린 그림 한 점을 가리켰다. 궁녀들을 거느린 여인이 구름 걸린 높은 산에 앉아 있었다.

"어떻습니까, 리심 씨가 저 서왕모를 쏙 빼닮지 않았습니까?"

"서왕모도 서왕모지만, 제 눈엔 양귀비가 다시 태어난 듯합니다."

매부리코 여인이 서왕모보다 대각선으로 왼쪽 위에 있는 그림 속 여인을 가리키며 말했다. 조금 통통한 몸에 정면을 쳐다보는 눈이 매력적이었다.

모랭 부인은 다른 의견을 냈다.

"이 아래를 보세요. 여포와 동탁 사이에 선 가냘픈 초선의 얼굴이야말로 리심 씨와 같은걸요."

모인 사람들이 각자 그림 속 여인을 추천했다.

나는 금방 벽에 걸린 여인들의 총합이 되고 말았다. 빅토르도 더 이상 목걸이를 받지 않겠다고 할 수 없었다.

"절 그렇게 칭찬해 주시니 감사해요. 조선에 가면 저 같은 여인은 차고 넘친답니다."

모랭 씨가 놀란 표정으로 물었다.

"그럼 조선이야말로 미인국(美人國)인 게로군요. 어떤 중국 서책에 보니 미인들만 사는 나라가 있던데 그곳이 상상 속의 나라만은 아니었나 봅니다. 빅토르 씨는 초대 공사를 지내셨으니 조선 여인들에 대해 확실히 아시겠군요. 어떻습니까? 조선 여인이 정말 그렇게 아름답습니까?"

나는 빅토르를 향해 눈을 찡긋 해 보였다. 빅토르도 즐겁게 답했다.

"그렇습니다. 특히 그네들만의 무희복을 입고 춤을 출 때는 시간이 멈춘 듯한 황홀 그 자체에 빠져들지요."

"시간이 멈춘 듯한 황홀! 그 정도입니까? 조선 춤을 보고 싶군요."

내가 끼어들었다.

"따로 자리를 마련하겠습니다. 오늘은 무희복을 갖추지 못한 터라……."

모랭 씨가 빅토르를 보며 물었다.

"하면 그 대신 오늘 이 아름다운 동양 선녀에게 왈츠 한 곡 청해도 되겠는지요? 딱딱한 논의에 앞서 잠시 친교 시간을 가졌으면 합니다."

빅토르가 승낙하자 모랭 씨가 정중히 내게 인사를 했다. 그는 내 손을 가볍게 잡고 살롱 중앙으로 나갔다. 자연스럽게 둥근 무대가 만들어졌다. 나는 자꾸 주위를 살폈다. 왈츠를 연주할 악사들이 보이지 않았던 것이다. 모랭 씨에게 물어보려 했지만 너무도 다정한 미소를 머금은 채 자세를 잡고 있어서 입을 열 수 없었다. 그의 손에 힘이 주어지는 순간 일본 그릇 아래 놓인 검은 상자에서 쇼팽의 「화려한 대왈츠 op. 18」이 흘러나왔다. 축음기였다.

시간이 꽤 흐른 것 같은데도 햇살이 남아 있었다. 시계를 보니 9시를 훌쩍 넘겼다. 여름엔 낮이 길고 겨울엔 밤이 긴 것이 세상 이치지만 파리의 여름은 유별났다. 밤 10시에도 길거리에서 서책을 읽을 정도였다. 나는 고집을 부려 뤽상부르 공원 근처 생 쉴피스 성당에서 내렸다. 빅토르도 마차에서 내린 후 모자를 고쳐 썼다. 바렌 거리를 거쳐 곧바로 바빌론 거리로 가지 않고 세브르 거리를 따라 내려갔다. 앵발리드 대로를 만나면 왼편으로 방향을 틀거나 아니면 브르퇴이유 광장까지 가 볼 심산이었다. 마지막에 마신 리큐어 주 석 잔이 용기를 불러 넣은 것일까.

날은 훤해도 행인은 눈에 띄게 줄었다. 이따금 어느 주점에서 한 잔씩 걸친 사내들이 우스꽝스러운 노래를 부르며 죄 없는 가로등을 발로 차며 지나갔다. 그때마다 빅토르는 지금이라도 걸음을 돌려 귀가를 서두르자고 했다.

"여자 혼자 나다니는 게 위험하다 했죠? 하지만 오늘은 이렇게 빅토르 당신이랑 함께인데 무슨 걱정이 있나요? 바람도 선선하고 공기도 맑으니 이대로 사관 학교까지 가요, 우리!"

브르퇴이유 광장을 지나서 앵발리드를 올려다보며 보방 광장에 이르자 해가 완전히 넘어갔다. 에펠탑의 꼭대기도 겨우 형체만 살필 정도였다. 빅토르의 팔짱을 꼈지만 자꾸 발을 헛디뎠다. 술기운이 오르는 듯했다.

"앵발리드엔 옛날부터 쓰던 무기들이 그득하다죠? 나폴레옹 황제는 저 세상에서도 대포 펑펑 쏘면서 여러 나라를 정복하고 계시겠군요. 멋지네요. 아, 빅토르 그럼 차라리 앵발리드를 돌아서 센강으로 나갈까요? 어때요? 이런 날에 한 잔 더 하는 것도 좋지 않아요?"

"리심, 당신은 너무 많이 취했어. 가서 쉬어야 해."

빅토르에게 이끌려 바랜 거리로 접어드는데 입담배를 피워 문 사내 둘이 우리 앞을 막아섰다. 그리고 또 다른 사내가 내 손목을 확 낚아채서는 골목으로 끌어당겼다. 빅토르와 내가 동시에 끌려 들어갔다. 길 건너 가스등 불빛만으로는 사내들 얼굴을 살피기에 부족했다.

"이게 뭣들 하는 짓인가? 나는 외무부 정무과장으로 있는……."

빅토르가 나를 등 뒤에 숨기고 꾸짖듯 말했다.

"콜랭 씨! 우리가 경고를 했을 텐데……. 이러면 곤란합니다. 카악!"

앞니 하나가 빠진 사팔뜨기 사내가 가래침을 뱉었다. 낡은 터키 모자에 단추가 떨어져 나간 프록코트를 걸쳤다.

'경고?'

금품을 노린 단순 강도가 아니다. 사내들은 빅토르와 구면인 것이다. 초점 없는 시선이 내게 향했다.

"노예 계집이 예쁘긴 하군. 하지만 저 드레스 걸친 꼴 좀 봐. 빈약한 가슴은 못 봐 주겠군. 노란 원숭이에게 저런 옷이 가당키나 해?"

다른 두 사내도 고개를 숙인 채 킬킬킬킬 웃음을 흘렸다. 때가 덕지덕지 묻은 바지는 끝단이 해어져 너덜거렸다.

"뭐라고요? 노예라뇨?"

사내를 노려보며 쏘아 주었다. 사내가 핏발 선 눈으로 내 몸을 훑었다.

"빅토르 콜랭 씨! 전엔 청국에서 금개구리를 들여온 적이 있지요? 동양의 진귀한 걸 사들이는 게 취미신가 봐요. 그치만 개구리랑 노란 원숭이는 다르죠. 유대인 녀석들이 독일을 위해 간첩질을 한다는 풍문을 모르진 않겠지요? 지금까지 유대인들이 이 땅을 더럽히고 우리 돈을 갈취했다면 앞으로는 왜소한 원숭이들이 우리 땅에서 붙어먹으려고 들 겁니다. 하루라도 빨리 저 노예를 처치하시오. 아니면 우리에게 넘기시든가. 손해 보지 않게 넉넉히 쳐 드리리다. 몸이 저렇게 작고 약하니 일이나 제대로 할까 걱정이지만, 프랑스어도 곧잘 알아듣는다니 쓸 만하겠지. 이번이 마지막 경고요. 계속 저년을 연인처럼 데리고 다닌다면 우리도 가만있지 않겠소."

사내가 한 걸음 내딛자 빅토르의 어깨가 움찔 떨렸다.

"이건 옳은 방법이 아니오."

사내의 목소리에 쇳소리가 섞이며 날카로워졌다.

"아일랜드에서 온 인간들은 대부분 악질 범법자 아니면 유대인 같은 돈벌레들이더군. 빅토르 콜랭 씨는 품위를 지킬 줄 아는 외교관이라 믿었는데, 역시 피는 못 속이나 봅니다."

사내들이 사라진 후에도 한동안 골목을 벗어나지 못했다. 빅토르는 나를 꼭 껴안은 채, 앞머리를 두 갈래로 빗어 넘긴 내 세모꼴 이마에 계속 입을 맞추었다. 그때마다 내 눈썹 끝이 떨렸다.

"저 사람들…… 누구죠? 언제 빅토르 당신에게 경고를 한 거예요?"

"파리에서 가장 사악한 자들이오. 평등과 박애를 끔찍이 싫어하는 집단이지. 유대인은 물론이고 흑인과 황인까지 파리에 발을 들여놓지 못하게 해야 한다고, 그것이 바로 신의 뜻이라고 믿는다오. 마르세유에 내린 다음 날 발신인이 없는 편지를 한 통 받았소. 이제 내가 거리로 나가지 말라고 한 이유를 알겠지?"

"왜 진작 말해 주지 않았어요, 빅토르? 혼자서만 끙끙 앓고."

"리심, 당신에게 파리의 좋은 면만 보여 주고 싶었다오."

시메르와 방상씨

한 달 남짓 몸조심을 했다. 온종일 집에 머물렀으며, 마리나 빅토르를 따라서 산책을 나설 때도 봉 마르셰 백화점에서부터 생 프랑수아 자비에 성당까지, 바빌론 거리를 오가는 것이 전부였다. 처음에는 몰랐는데 이 바빌론 거리는 극성맞은 신도들로 넘쳤다. 외방 선교회와 생 프랑수아 자비에 성당에게 앞뒤가 막힌 형국이랄까. 선교회 길 건너에는 1830년에 기적을 일으킨 노트르담 드 라 메다유 미라퀼뢰즈 성당까지 있어서 참배객의 발길이 끊이질 않았다. 묵언하며 걷는 수녀들과 아침 거리에 축복을 내리는 신부들, 미사를 알리는 종소리, 예쁘게 차려입고 성당으로 가는 여인네들도 거리의 일부였다. 공화국의 수도 파리 안에 작은 야소의 나라가 자리 잡은 듯했다.

가끔 바빌론 거리 40번지에 자리 잡은 가구점 앞에 서서 시간을 보내기도 했다. 믿음도 깊고 솜씨도 좋은 털보 주인은 선교회나 성당의 가구를 아주 싼값에 고쳐 주었다. 청국이나 일본에서 온 질 좋은 소반이나 교자상이 종종 진열되기도 했다. 그러나 조선의 가구는 진열되지 않았다. 털보 주인에게 부탁을 했지만 조선에서 물건을 가져오는 것도 어렵고 그 물건을 찾는 사람도 나 한 사람뿐이기 때문에 이문이 남지 않는다고 했다. 조선 가구가 없는 줄 뻔히 알면서도 나는 가구점 앞에서 걸음을 멈추곤 했다. 꽃 장식이 화려한 프랑스 책상을 바라보면서 군더더기 없는 조선 책상을 떠올렸고 등받이 문양이 다채로운 영국 의자를 살피면서는 조선 궁중에서 맞춰 쓰던 키 작은 의자를 기억해 내려고 애썼다. 진열장을 열기 전부터 가구점에 찾아간 적도 있었다. 왼쪽 아래 손잡이를 돌린 후 유리창 위에 덧댄 사각 나무판을 떼어 낼 때는 밤사이 그 안의 가구들이 모두 조선의 것으로 바뀌지나 않을까 기대했다. 그러나 그런 기적은 일어나지 않았다.

빅토르는 나와 함께 외방 선교회나 생 프랑수아 자비에 성당에 가기를 즐겼다. 야소교 신자인 줄은 알았지만 파리에 온 후론 더욱 믿음이 깊어지는 듯했다. 특히 외방 선교회 지하에 가서 순교한 이들의 유골 앞에서 기도를 드릴 때는 하루가 금방 지나갔다. 나는 빅토르와 다른 이유로 그곳에서 한나절을 보내곤 했다. 거기에 남아 있는 사진과 자료들을 찬찬히 뜯어보는 것이 흥미로웠던 것이다. 특히 미지의 나라로 떠나기 직전 함께 모여 찍은 젊은 선교사들의 사진은 묘한 감동을 불러일으켰다. 그들 중 몇몇은 젊은 나이에 순교자가 되었고 또 몇몇은 파리로 돌아와서 먼저 간 벗들을 그리워하며 남은 생을 보냈을 것이다.

가끔 파송을 앞둔 젊은 선교사들의 초청을 받아 빅토르와 함께 가기도 했다. 청국이나 조선, 일본으로 가는 선교사들에게 빅토르는 참으로 좋은 교사였다. 빅토르는 격려나 희망 섞인 위로만 늘어놓지 않았다. 오히려 동양 삼국이 지닌 마음의 벽이 얼마나 높고 두터운가를 지적했다. 그들은 내게도 조선인의 특징에 관해 물어 왔다. 나는 적당한 답을 주지 못하는 경우가 많았다. 나 자신이 야소의 종이 아니라서 그런지도 몰랐다.

생 프랑수아 자비에 성당에서도 나는 미사에 참여하는 시간보다 혼자 마당에 서서 호기심 가득한 눈으로 성당을 요모조모 뜯어보는 시간이 많았다. 창을 가운데 두고 턱을 괴고 선 베드로와 지팡이를 든 바울을 우러러보며 먼저 인사를 건넨 다음에는, 내가 '조개 속 십자가'라고 이름 붙인 문양을 오래도록 쳐다보았다. 반만 남은 조개 껍데기 속에

십자가가 있고 좌우에 수염이 아가미를 덮은 물고기 두 마리가 새겨져 있었다. 허리를 비틀며 꼬리지느러미를 흔드는 모습이 당장이라도 물살을 가를 것처럼 보였다. 한참 그 섬세한 조각에 감동하고 있는데, 구멍난 솥을 두르고 굵은 나무 지팡이를 든 노파가 다가와서 혀를 끌끌 차 댔다.

"아직 노트르담 대성당을 보지 못한 모양이군."

빅토르는 바빌론 거리를 나와서 박 거리로 올라가다가 오른편으로 꺾어 생 제르맹 거리로 접어들 때까지도 주변을 경계했다. 나는 내 머리의 두 배가 넘는 밀짚모자를 쓰고 부채로 얼굴을 가린 채 땅만 보고 걸었다. 한 줌 사악한 무리가 있다 하여 이 아름다운 도시에서 파리지엔으로 사는 것을 포기할 수는 없었다. 클뤼니 박물관을 바라보며 센 강 쪽으로 몸을 돌려 생 미셸 분수 앞으로 갔다.

날개를 단 여인은 오른손에 칼을 든 채 발밑에 깔린 사내를 노려보았다. 사내 역시 날개를 달았지만 여인의 것보다 훨씬 작았고 앞머리에 돋아난 뿔은 그가 악한 영혼의 세계에 속함을 드러내고 있었다. 사내가 웅크리며 의지하고 있는 바위 아래로 폭포처럼 쉼 없이 물이 흘렀다. 그 좌우로 마주보고 있는 신수(神獸) 두 마리의 입에서도 물줄기가 뿜어 나왔다. 머리는 사자 같지만 양 갈래로 뿔이 돋았고 박쥐처럼 날개를 등에 달았으며, 앞발만 한 쌍 있고 뒷발은 아예 흔적도 없었다. 신수의 몸은 가슴부터 뱀처럼 똬리를 틀었고 맵시 있게 말린 꼬리는 갈라진 채 바닥에 붙었다.

빅토르는 왼쪽 신수 곁에서 청일회 사람들을 발견하고 서야 비로소 미소를 지어 보였다. 리심이 아직 파리 나들이를 못했다고 하자 청일회에서 함께 가겠다고 나선 것이다. 빅토르는 폐를 끼치기 싫다며 사양했지만 모랭 씨는 이제 리심 씨도 파리에 정착하였으니 노트르담 성당 정도는 둘러보아야 한다며 설득했다.

"반가워요, 리심!"

매부리코 여인이 먼저 알은체를 했다.

"안녕, 쥘리에트!"

그녀는 나와 동갑이었고 소르본 대학을 드나들며 아시아 역사를 공부하고 있다고 했다. 정식으로 입학한 것은 아니지만 청강도 여자로서는 대단한 일이다. 조선으로 치자면 성균관을 출입하며 학문을 닦고 있는 것이겠다.

나머지 사람들도 두 번째 만나니 훨씬 낯이 익었다. 우리는 삼삼오오 짝을 지어 생 미셸 대로를 따라 걸었다. 다리에 이르자 쥘리에트가 손을 들어 강 건너 오른쪽을 가리켰다.

"노트르담 성당이에요."

아주 높은 탑이 하늘로 솟고 좌우로 직사각형 모양 두 건물이 나란히 섰다. 그 아래 중앙에는 송송 구멍이 뚫린 큰 원과 그 안에 작은 원이 있었다. 자세히 살피니 그 원은 꽃잎 같기도 하고 바퀴 같기도 한 무늬들로 촘촘히 채워졌다.

"저 둥근 건 뭐예요?"

"장미창이에요. 지름이 12미터가 훨씬 넘죠. 남쪽과 북쪽에 각각 하나씩 있답니다. 남쪽에는 신약, 북쪽에는 구약에 나오는 여러 이야기들을 스테인드글라스로 새겨 놓았죠."

"스테인드글라스? 그게 뭔가요?"

쥘리에트는 피식 웃음을 터뜨렸다.

"미, 미안해요. 지금껏 스테인드글라스가 뭐냐고 묻는 사람은 없었거든요. 이걸 어떻게 설명해야 할까…… 간단히 말하자면 색유리판이에요. 통유리는 아니고 색색의 유리 조각들을 하나하나 이어 붙인 거죠. 성경에 나오는 인물들과 사건들을 색유리로 표현해 내는 거예요. 햇빛이 쏟아져 들어오면 색상에 따라 다른 빛을 낸답니다. 정말 천국이 이런 곳이겠구나 하고 찬탄이 절로 나오죠. 말로 설명하긴 참 어렵네요. 직접 가서 보면 제 말을 이해할 거예요."

"저 아래 공원이 있군요."

"베르 갈랑이에요. 시테섬과 생 루이섬은 센강에 떠 있는 배와도 같죠. 이물에 있는 게 베르 갈랑 공원이고 고물에 있는 게 베리 공원이랍니다. 하녀들이 유모차 끌고 자주 찾는 곳이기도 하고요. 시테섬 꽃시장에 들러 꽃 한 다발을 사서 사랑을 고백하러 가기에 적당한 곳이기도 해요. 어때요? 정말 처음과 끝이 모두 초록으로 가득한 아름다운 배죠?"

다리를 건너 시테섬으로 들어섰다. 쥘리에트는 역사학도답게 가는 곳마다 설명을 곁들였다.

"아주 먼 옛날에는 시테섬이 곧 파리였어요. 측량을 할 때도 이곳이 기준이 된답니다."

"종탑엔 올라갈 수 있나요?"

쥘리에트는 내 속을 들여다본 것처럼 미소 지었다.

"물론입니다. 하지만 카지모도는 없어요."

에스메랄다란 여인을 사모하는 꼽추 이야기를 열 번이나 읽으며 불어를 익혔다. 짧은 불어 실력 때문에 글자를 한 자 한 자 짚어 가며 반복해서 읽노라면 노트르담 성당이 떠오르고 종탑에 홀로 숨어 흐느끼는 카지모도의 굽은 등이 보였다. 미치코는 소설일 뿐이라고 했지만, 나는 틀림없이 카지모도의 흔적이 종탑에 남아 있을 것 같았다.

장미창은 아름다웠다. 눈부신 빛이 장미창에 이르자 붉고 푸르고 노랗고 검은 빛깔로 바뀌면서 손이 되기도 하고 팔이 되기도 하며 웃기도 하고 울기도 했다. 한 걸음만 전후좌우로 움직여도 숨어 있던 이야기들이 튀어나왔다. 북쪽 장미창 가운데는 젊은 여인이 아기를 무릎에 올려놓았다. 청일회 회원들은 경건하게 양손을 모으고 눈을 감은 채 저마다 소원을 빌었다. 그러나 나는 어머니가 두지강에 나를 버리고 떠난 후로는 신에게 기원한 적이 없다. 특히 서양의 신 야소에게는 분노가 먼저 치밀었다. 어머니가 비명에 돌아가신 후에도 이 상처는 사라지지 않았다. 야소에게 기대느니 차라리 센강에 몸을 던지리라.

홀로 성당을 나와서 오른쪽으로 돌아 나왔다. 반쯤 열린 문이 내 시선을 끌었다. 소설에서는 성당 좌우로 난 작은 문을 통해 종탑까지 올라갈 수 있다고 적혀 있었다. 문 사이로 들어서니 둥글게 말려 올라간 계단이 나왔다. 고개를 높이 들어도 계단의 끝을 알 수 없었다. 나는 두 주먹을 쥐었다가 편 후 한 걸음 한 걸음 숫자를 세며 어둠을 딛고 오르기 시작했다. 종탑에 서서 파리 전경을 꼽추의 시선으로 바라보고 싶었다. 그 풍광을 단 하나도 빼놓지 않고 정성껏 적어 미치코에게 보내기로 약속했었다. 백을 훨씬 넘겼는데도 계단은 끝나지 않았다. 가끔씩 나타나는 나무 문틈과 길쭉한 직사각형 창을 통해 겨우 형체를 분간했다. 이대로 영영 하늘까지 올라가는 것은 아닌지 겁이 났다. 그렇다고 오던 길을 되돌려 계단을 내려갈 수는 없었다. 내가 들어온 출구는 벌써 사라졌고 이대로 지옥까지 추락할지도 모르는 일이었다. 어쨌든 두 다리를 믿고 계속 걸음을 뗄 수밖에 없었다.

이윽고 계단이 끝났다. 두려운 마음으로 문을 밀었다. 다행히 잠겨 있지 않았다. 눈부신 햇살과 차가운 바람 때문에 눈을 뜰 수 없었다. 더듬더듬 겨우 좁은 길을 찾아서 난간에 기댄 채 눈을 끔벅거렸다. 난간 끝에 선 석상이 차츰 또렷하게 형체를 드러내자 숨이 멎는 줄 알았다. 흉측하게 생긴 날개 달린 괴물이 턱을 괴고 파리 시내를 내려다보았다. 그놈뿐만이 아니었다. 난간 곳곳마다 새도 아니고 범도 아닌 괴물들이 파리의 동서남북을 향해 자리를 잡았다. 포도를 먹는 놈도 있었고 머리 가운데 뿔이 난 놈도 있었으며 코가 유난히 긴 놈도 있었고 학처럼 부리가 툭 튀어나온 놈도 있었다. 그중에서도 특히 나를 두렵게 만드는 놈은 고개를 약간 왼쪽으로 젖히고 시선을 하늘로 향한 채 작은 새로 보이는 먹이를 머리부터 물어뜯는 석상이었다. 마치 내 머리가 석상의 큰 입 속에서 으깨지는 기분이었다.

"시메르 갤러리가 제법 멋지죠? 계단을 벗어나자마자 마주치는 턱을 괴고 앉은 시메르의 이름은 스트리주라고 한답니다. 밤의 새란 뜻이죠. 그 외에도 이 갤러리에 자리 잡은 시메르들은 각자 나름대로 이름과 역할이 있어요. 처마 끝에 무수히 매달린 가르구유와 함께 노트르담에서 가장 못생긴 녀석들이죠. 예전에는 이놈들도 신전에서 예배를 받았겠지만 지금은 이렇게 난간에 붙어 사악한 기운이 오지 못하게 망이나 보고 있답니다."

나는 길게 안도의 한숨을 쉬었다. 이렇듯 친절하게 설명해 주는 사람은 쥘리에트뿐이라니까. 밝게 웃으며 고개를 돌렸다. 흉측한 눈동자 네 개가 번쩍였다.

"아악!"

나는 크게 엉덩방아를 찧으며 쓰러졌다.

"이, 이런. 나예요. 쥘리에트!"

쥘리에트가 탈을 벗고 황급히 나를 부축했다. 나는 파랗게 질린 얼굴로 쥘리에트의 손에 들린 탈을 가리켰다. 쥘리에트가 그 탈을 들어 보이며 말했다.

"동양 탈이랍니다. 비싸게 주고 샀어요."

"방상씨예요. 장례를 치를 때 맨 앞에서 춤을 춰 잡기를 쫓지요."

쥘리에트가 탈을 내려다보며 말했다.

"방상씨? 이게 조선 탈이었군요."

쥘리에트와 나는 시메르 갤러리를 지나서 다시 좁은 계단을 올라갔다. 앞장선 그녀의 발을 보고 걸으니까 어지럼증도 줄고 두려움도 덜했다. 문을 밀고 나가니 난간은 더욱 좁고 바람은 더욱 거셌다. 펼쳐진 풍광이 가슴을 쿵쿵 울려 댔다.

"정말 발 아래로 파리가 다 보이죠? 몽마르트 언덕에서 센강, 에펠탑까지."

나는 대답하지 않고 난간으로 한 걸음 더 다가섰다. 어지러웠지만 눈을 감거나 허공만 바라보진 않았다. 지금 이 순간만은 어떤 과거에도 갇히기 싫었다. 이 느낌을 고스란히 내 몸 곳곳에 새겨 두고 싶었다.

고베 이진칸의 푸른 연이 떠올랐다. 푸른 연처럼 훨훨 날아올라 세상을 내려다보는 것이 나의 오랜 소원이었다. 그 소원을 이루기 위해 적성현에서 한양으로, 한양에서 동경으로, 동경에서 다시 파리까지 왔다. 그러나 솔직히 한동안은 높이 날아오르기는커녕 하루하루를 버티느라 허덕거렸다. 일본어와 불어를 익히다가 반나절이 갔고 또 그 나라 문물을 습득하려고 아등바등하면 해가 졌다. 하늘을 올려다볼 겨를조차 없었다.

지금 나는 세상의 모든 연보다 더 높은 곳에 머무르고 있었다. 시메르와 가르구유도 미치지 못하는 노트르담 꼭대기, 이곳은 한없이 나부끼는 내 마음의 푸른 연과도 같았다. 에펠탑을 끼고 흘러든 센강이 내 가슴을 뚫고 리옹역 쪽으로 흘러내렸고, 몽마르트의 풍차들을 돌려 대던 바람이 내 머리카락을 흔들고 나폴레옹이 잠든 앵발리드 둥근 지붕에 내려앉았다. 광장들을 질주하는 마차들, 공원들을 산책하는 여인과 아이들, 박물관과 도서관들, 지평선 너머로 사라지는 기차들, 영광과 상처를 간직한 크고 작은 문들, 신을 영접하기 위해 세워진 각양각색의 성당들. 이것이 바로 파리였고 비로소 나는 파리를 발견했다는 생각이 들었다. 내가 곧 파리가 되는 날, 다시 내 마음의 푸른 연 위로 날아오르리.

오페라 드 파리

오늘의 결론을 당겨 말하면, 춤은 하나다!

오페라 드 파리에서 「라 트라비아타」란 오페라를 보았다. 모랭 씨 부부가 빅토르와 나를 초청한 것이다. 도쿄에서 서양 극을 보고 나올 때 빅토르는 이렇게 아쉬워했었다.

"아기자기 재미나긴 해도, 웅장한 맛이 없고 화려하지도 않네. 오페라 드 파리에서 베르디의 「리골레토」나 구노의 「파우스트」를 보고 싶어."

늘 사양만 하던 빅토르도 이번에는 정중히 초대에 응했다.

가르니에가 설계했다는 오페라 드 파리는 대형 발레와 오페라를 1년 내내 공연한다고 했다. 마차를 타고 콩코르드 다리를 건너 튈르리 공원 쪽으로 기운 오벨리스크의 긴 그림자를 자르며 카푸신 대로를 따라 오페라 드 파리에 내렸다. 극장 입구에는 벌써 관람객들이 긴 줄을 이루었다.

빅토르는 계단을 오르기 시작했지만 나는 고개를 든 채 자꾸 뒷걸음질을 쳤다. 이 웅대한 극장을 한눈에 살피고 싶었던 것이다.

우리는 주프루와가 만든 음악상(像)에서부터 페로의 서정 드라마상까지 천천히 거닐었다. 내 발걸음은 꽹과리 비슷한 악기를 오른손에 치켜들고 벌거벗은 여인들에게 둘러싸인 조각상 앞에 멈춰 섰다. 다른 조각상들도 매우 역동적이지만 특히 이 조각상은 당장이라도 장단에 맞춰 춤을 출 것 같은 느낌이었다.

"갑시다. 아무리 예술이라도 이건 좀……."

빅토르가 내 팔을 잡아끌었다.

며칠 전 그가 파리의 첫인상을 물었을 때, 나는 파리지엔들이 사람의 '몸'에 관심이 많은 것 같다고 답했다. 집이든, 다리든, 정원이든, 조그마한 빈 공간만 있어도 조각상을 세웠다. 짐승이나 괴물의 조각도 있었지만 사람이 압도적으로 많았다. 벌거벗은 여인들의 조각도 심심찮게 있었다. 그러나 그 조각들은 성스러운 자태를 띠거나 교묘한 자세와 선이 고운 옷가지로 부끄러운 부위를 가렸다. 그러나 고개를 왼쪽으로 젖히고 두 무릎을 포갠 채 왼 어깨를 비틀어 손등이 밖으로 드러나도록 옆 사람과 손을 맞잡은 이 여인만은 달랐다. 젖가슴은 물론 아랫도리까지 실오라기 하나 없이 완전히 발가벗은 것이다. 그리고 너무나도 행복하게 웃고 있었다.

"대단하지요. 조각가 카르포 씨가 춤을 형상화한 겁니다."

고개를 돌리니 모랭 씨가 나비넥타이를 매고 허리에 금줄을 드리운 채 서 있었다.

'그랬구나. 파리의 무희였어.'

나는 몰래 입을 가리고 웃었다.

"서왕모님! 오늘은 더욱 아름다우십니다."

살롱에서 왈츠를 춘 후로 그는 나를 서왕모라고 불렀다. 애칭치고는 너무 거창했지만 듣기에 싫지 않았다. 모랭 씨를 따라서 곧장 극장 안으로 들어가려는데 긴 줄 가운데서 누군가 내 이름을 불렀다. 돌아보니 쥘리에트였다. 동행도 없이 혼자 오페라를 구경하러 왔다는 것이다. 나는 모랭 씨에게 쥘리에트도 함께 데리고 갔으면 좋겠다고 부탁했다. 그러나 모랭 씨는 애석한 표정을 지어 보였다.

"4인이 앉는 1등석 로주(loge, 박스로 된 좌석)를 이미 예약했습니다. 동석하여 오페라를 보긴 힘들 것 같습니다."

실망이 클 텐데도 쥘리에트는 손을 흔들며 웃어 보였다.

"리심! 난 괜찮아. 오페라 구경은 처음이지? 뭐든지 처음이 중요한 법이야. 잘 보고 나중에 얘기해 줘."

"그래, 집으로 한 번 놀러 와."

"바빌론 거리라고 그랬지? 알았어."

그녀가 방상씨를 쓰고 나를 놀랜 날부터 우리는 서로 말을 놓기로 했다. 진짜 친구가 된 것이다.

오페라 드 파리의 내부는 바깥보다 더 놀라웠다.

갖가지 무늬로 멋을 낸 대리석을 딛고 올라가니 아름다운 계단이 나왔다. 샹들리에가 사방에서 빛나고 있었다. 움푹 들어간 천장 중앙에는 사각 유리창을 냈고 네 곳으로 나뉜 천장 벽에는 사람과 짐승, 천사와 악마가 어우러진 그림들이 가득했다. 내달리는 마차가 특히 눈길을 끌었다. 계단은 양 갈래로 나뉘었는데, 한껏 멋을 낸 부인들은 행여 넘어지기라도 할까 봐 조심조심 걸음을 옮겼다.

"어멋!"

그녀들 중 하나가 나를 보며 깜짝 놀란 표정을 지어 보였다. 계단을 오르던 여인들의 시선이 일제히 내게 쏠렸다. 신기한 듯 둥근 눈을 반짝이기도 했고 눈살을 잔뜩 찌푸리며 혀를 차기도 했다. 그러나 내 곁에 선 모랭 씨를 보자 금세 표정이 돌변해서는 과장스럽게 인사를 건넸다.

"모랭 씨 반가워요. 이번에 새로 페르시아에서 옷감들이 들어온다면서요? 그땐 꼭 저부터 불러 주세요."

"북극곰 가죽으로 만든 카펫 아직 안 팔렸죠? 내일 아침 일찍 갈게요."

"일본 여인들이 입는다는 옷, 뭐라더라……. 아 맞다, 기모노! 그건 들어왔나요? 돈 걱정은 마세요. 남편이 제가 그 옷 입은 모습을 꼭 한 번 보고 싶대요."

모랭 씨는 일일이 친절하게 그녀들의 인사를 받았다. 살롱에서 보여 주던 동양 문물 애호가로서의 면모와는 또 다른 모습이었다. 그가 왜 파리에서 가장 큰 백화점의 주인인지 알 수 있었다.

둥근 복도가 나왔다. 둘 혹은 셋씩 짝을 지은, 번호가 붙은 문을 관객들이 열고 들어갔다. 숫자를 읽었다. 29, 31, 33, 35, 37, 39. 그 옆 38번 문을 모랭 씨가 열었다.

무대는 깊었고 객석은 끝이 보이지 않을 정도로 높고 아득했다. 빅토르가 13층 높이 정도는 된다고 했을 때 12층인 료운가쿠를 떠올렸다. 지상에서 펼쳐지는 공연을 료운가쿠 꼭대기에서 보는 기분은 어떨까. 과연 배우의 연기와 목소리가 들리기는 할까. 붉은 의자에 앉은 후에도 부채로 입을 가리고 계속 주위를 두리번거렸다. 빅토르와 내가 앞자리에 나란히 앉았고 모랭 씨 부부는 우리 뒤에 자리를 잡았다. 모랭 씨 부부가 들어오기 전에 빅토르가 부러운 듯 말했다.

"이런 자린 귀족이나 돈 많은 그랑 부르주아지들만 앉을

수 있다오. 나같이 가난한 프티는 어림도 없지. 쥘리에트를
1등석 로주에 함께 데리고 오자고 모랭 씨에게 청한 건 큰
실례였소. 우리도 모랭 씨의 초청이 있었기에 이런 값비싼
로주에 들어온 게고, 그렇지 않다면 저 꼭대기 뒷자리에서
공연을 보아야 할 거요."

나는 이렇게 꼬집어 주었다.

"민주나 평등이니 외치는 프랑스도 돈이 최고네요."

"값비싼 정통 오페라는 오페라 드 파리에서 보지만 좀
더 싸고 가볍고 신나는 극은 오페라 코미크를 비롯한 작은
극장에서 열린다오. 그곳은 여기보다 좌석 구별이 심하지
않은 편이오."

나는 허리를 숙여 오른편 로주를 쳐다보았다. 오른손으
로 안경을 집어 든 사내가 내 쪽을 살피고 있었다. 왼쪽을
보니 이번에는 남색 드레스 차림의 할머니 둘이 마찬가지
로 안경을 쓴 채 나를 보고 있었다. 나는 급히 허리를 젖히
고 물었다.

"프랑스인도 일본인만큼이나 안경을 좋아하는군요. 극
장에까지 와서 안경을 들고 다니니……."

빅토르가 내게 그들이 가진 것과 똑같은 안경을 건네며
말했다.

"오페라 글라스라오. 이렇게 큰 극장에서 배우들 얼굴이

143

제대로 보이기나 하겠소? 그러니 안경을 쓰는 게요."

어느새 등 뒤에 앉은 모랭 부인이 속삭였다.

"그리고 또 아래 바닥 객석에서 멋진 남자를 찾았을 때도 이용한답니다. 오페라 글라스를 들고 무대를 살피는 척하며 그 남자 얼굴을 찬찬히 뜯어보는 거죠."

나는 오페라 글라스를 쓰고 주위를 둘러보았다. 과연 저멀리 떨어져 앉은 사내의 뺨에 난 점까지 또렷이 보였다.

오페라가 시작되었다. 노래는 모두 이태리 말로 이루어졌다. 물론 나는 이태리 말을 한 자도 모르지만, 오페라 드 파리로 오기 전에 「라 트라비아타」의 원작이 되는 알렉산드르 뒤마의 『춘희』를 밤새워 읽은 덕에 줄거리를 이해하는 데 불편은 없었다.

막이 열리면 여주인공 비올레타의 살롱이다. 1막에선 알프레도가 부른 「축배의 노래」가 가장 좋았다. 2중창인 「빛나고 행복했던 어느 날」도 감미로웠지만, 「축배의 노래」에는 힘이 넘쳤다. 2막은 조금 지루했다. 비올레타를 두고 알프레도 혼자 돈을 벌려고 떠난 후 알프레도의 아버지 제르몽이 찾아온다. 그리고 알프레도와 비올레타가 동거한다는 소문 때문에 혼인을 앞둔 자신의 딸이 파혼당할 위기라고 한다. 비올레타는 알프레도를 떠나겠다고 한 후 듀폴 남작이란 사내와 사귄다. 뒤늦게 이 사실을 안 알프레도가 와서 이야기는 복잡하게 얽힌다. 그리고 3막은 내내 슬픔으로 가득 찬다. 병든 비올레타의 「찬란한 추억이여, 안녕」이란 노래는 마지막 유언처럼 처량했고, 알프레도와 함께 파리를 떠나며 부르는 「파리를 떠납시다, 오 내 사랑」은 죽음 직전에 마지막으로 꽃피우는 불꽃과도 같았다.

2막이 끝나자 관객들이 자리에서 일어섰다. 휴식 시간이었다.

"재미있으신가요? 그랑 푸아예에 가셔서 차라도 한 잔 하시죠?"

"그랑 푸아예? 얼마나 큰가요?"

빅토르가 웃으며 일어섰다.

"직접 가서 보시오. 이 극장을 만든 가르니에가 가장 심혈을 기울인 곳이니 실망하진 않을 겁니다."

모랭 씨를 따라서 갤러리를 지났다. 사람들의 웃고 떠드는 소리가 쟁쟁쟁쟁 울렸다. 모랭 씨가 큰 문으로 들어선 후 뒤돌아섰다. 나는 빅토르의 팔짱을 낀 채 그랑 푸아예로 들어섰다. 그곳은 지금까지 내가 본 어느 것보다 높고 크고 화려한 갤러리였다. 50미터는 족히 넘을 복도를 따라 샹들리에가 두 줄로 늘어섰다. 기둥 위에는 갖가지 조각상들이 자리를 잡았고 턱을 조금만 쳐들어도 둥근 천장의 그림들과 만났다. 삼삼오오 모여 담소를 나누던 관객들이 모두 침묵하면서 나를 쳐다보았다. 모랭 씨가 부드러운 웃음으로 침묵을 깼다.

"옛날엔 동양을 페르시아로만 알았습니다. 그러나 이제 우리는 동양이 페르시아에만 머무르지 않고, 인도와 일본 그리고 청국까지 포함한다는 것을 압니다. 그 나라의 신비로운 문물은 우리로 하여금 감탄을 금할 수 없게 만듭니다. 어떤 화가와 작가들은 일본과 청국의 영혼을 그리워하고 또 그 여인들로부터 영감을 받아 작품을 만든다고 합니다. 오늘 저는 여러분들에게 새로운 영감을 선사할 동양에서 온 진주, 동양에서 온 천사를 소개해 드리고자 합니다. 제가 오늘 특별히 초청한 이 여인의 이름은 리심, 배꽃의 마음이란 뜻입니다. 그녀는 청국과 일본 곁에 있는 조선이란 나라에서 왔습니다. 춤과 노래, 시와 문장에도 능한 예술가입니다."

모랭 씨의 소개가 끝나자 짧은 침묵이 이어졌다. 내가 인사말을 할 차례였다. 고개를 돌려 빅토르와 눈을 맞추었다. 그는 미소를 지으며 오른 주먹을 가볍게 들어 보였다. 나는 오른 손바닥으로 가슴을 누르며 숨을 골랐다. 불어 단어와 문장들이 머릿속을 빙빙 맴돌았다.

"안녕하세요. 리심이라고 합니다."

청중이 술렁이기 시작했다. 내 불어 발음이 나쁘진 않았던 모양이다.

"파리에 와서 무척…… 기쁩니다. 오늘 처음…… 이 오페라 드 파리에 왔는데, 제…… 인생에서 가장 행복한 날로 기억될 것 같습니다. 열심히 파리의 모든 것을…… 아직 전 길도 잘 모르고 센강에 다리가 몇 개인지도 모르고…… 배우고 익혀…… 저도 여러분 같은…… 그러니까…… 파리지엔이 되고 싶습니다."

할 말은 많았지만 문장이 꼬이면서 단어들이 자꾸 혀끝에서 말렸다.

"…… 감사합니다."

너무 짧게 이야기를 맺은 탓일까. 사람들은 내 입술만 바라보며 석고상처럼 서 있었다. 모랭 씨가 박수를 천천히 탁 탁 탁 세 번 쳤다. 그러자 그랑 푸아예에 모인 이들이 기다렸다는 듯이 환영의 박수를 보내 주었다.

감격의 눈물이 찔끔 나오려는 걸 겨우 참으며 문을 열고 로지아로 나왔다. 그랑 푸아예만큼이나 웅장한 테라스였다. 시원한 저녁 공기가 두 뺨에 닿았다. 난간에 서서 오페라 대로를 쳐다보았다. 새삼 내가 이국 도시에 와 있다는 느낌이 들었다. 한양에는 저렇듯 높은 건물도, 길게 뻗은 길도, 화려한 갤러리나 테라스도, 함께 모여 춤과 노래를 즐기는 극장도 없다. 조선에 없는 이 모든 것들을 나는 지금 하나하나 체험하는 중이다.

낯익은 손길이 어깨에 닿았다. 빅토르였다.

"멋진 연설이었소. 당신 발음에 파리 토박이 말투가 스며 있다고 다들 놀라워하고 있소. 정말 조선이란 동양의 작은 나라에서 태어난 것이 맞느냐고, 혹시 파리에서 나고 자란 여인이 아니냐고 묻기까지 했다오. 발음도 발음이지만 당신이 입은 이브닝드레스며 제비 꼬리처럼 날렵한 분홍 모자가 너무 잘 어울린다는군."

"놀리지 마요."

나는 슬쩍 눈을 흘겼다.

"놀리는 게 아니오. 정말 오늘 당신은 아름답소. 진주나 천사란 찬사만으로는 아까울 정도라오. 사랑하오. 리심!"

빅토르가 갑자기 다가와서는 내 허리를 잡아당기면서 입을 맞추었다. 나는 입안으로 밀려오는 그의 혀를 받아들였다. 오페라 드 파리의 새로운 조각상이 된 느낌이었다. 사랑해요. 빅토르!

결국 3막부터 내내 울었다.

비올레타가 병들어 죽는다는 사실을 알고 있었지만 흘러내리는 눈물을 멈출 수 없었다. 내가 너무 우는 바람에 빅토르는 내 어깨를 감싸며 걱정스러운 목소리로 물었다.

"괜찮소?"

모랭 씨 부부도 혹시 어디 아픈 게 아니냐며 염려했다. 나는 손수건으로 눈물을 훔치며 웃어 보였다.

"너무 아름다워서 그래요. 너무 행복해서!"

물론 「라 트라비아타」를 오페라 드 파리에서 구경했다는 사실은 행복한 일이다. 오페라는 활기가 넘치면서도 음울하고 경쾌하면서도 사람의 마음을 애잔하게 만드는 구석이 있었다. 그렇지만 내가 눈물을 흘린 진짜 이유는 이 오페라의 제목 때문이었다.

'길을 잘못 든 여자!'

빅토르는 비올레타의 직업이 몸을 파는 천한 여자라고 했다. 그렇지만 음악과 미술에 상당한 조예가 있고 귀족들과 거의 매일 파티에서 어울렸다고 했다. 빅토르는 얼버무렸지만, 나는 그 설명을 들으며 비올레타가 조선에서 태어났다면 기생이었으리라 상상했다. 그리고 나 역시 기생이었다.

기생은 사랑도 못하나? 진정한 사랑을 추구하겠다는데 어찌 길을 잘못 들었다고 할까?

어린 시절 희미한 기억이지만, 어머니는 못된 사내에게 정을 주었다가 비참하게 생을 마친 기생들 이야기를 종종 했었다. 사내란 계집의 마음을 얻기 위해 물불을 가리지 않고 덤벼들지만 그 마음이 한번 식으면 원수처럼 영원히 돌아서 버리고 만다는 것이다. 사내에게 재물을 몽땅 바쳤다가 알거지가 된 기생도 있었고, 사내와의 사이에 난 아들이 자식으로 인정받지 못하자 그 아이를 죽이고 자살한 기생도 있었다. 그리고 대부분의 기생은 병들어 시름시름 앓다가 임 그리는 시조 한 수 읊지도 못한 채 세상을 하직했다. 그녀들이 아픈 것은 마음의 상처가 곪아 터져서라고, 자기는 절대로 그런 꼴 당하지 않겠노라고, 어머니는 몇 번이고 다짐했었다.

사랑의 길로 빠져든 비올레타가 무슨 잘못이 있는가. 잘못이 있다면 그녀에게 상처를 준 저 귀족들의 욕심과 또 가난에 있을 뿐이다. 어머니의 말투와 표정을 흉내 내며 다짐해 본다.

'난 절대로 비올레타처럼 죽지는 않겠다. 비올레타처럼 사내를 위해 내 삶을 희생하진 않겠다.'

문득 저 무대에 내가 서면 어떨까 하는 엉뚱한 상상을 했다. 이태리 말을 모르니 당장 노래는 어렵겠지만 저 정도로 손발을 놀릴 자신은 있었다. 빅토르에 따르면, 오페라에 선 배우들의 몸짓은 발레라는 춤에 비하면 아무것도 아니라고 했다. 일본에서도 발레 공연을 알리는 쪽지를 보았으나 구경할 기회를 얻지 못했다. 오페라 드 파리에선 발레 공연도 한다고 하니 다음엔 꼭 그 춤을 봐야겠다.

사선무

인간의 영혼을 흔든다는 점에서 이 세상 춤은 하나지만 그 방법과 역사는 천 갈래 만 갈래다.

청일회 회원들이 오페라 드 파리에서 「라 트라비아타」를 본 소감과 함께 유럽의 창법과 조선의 창법, 유럽의 춤사위와 조선의 춤사위가 어떻게 다른지 물어 왔다. 나는 며칠 동안 그 문제를 곰곰이 따져 보았다.

"여기에서 여자 가인들이 내는 소리는 높고 맑았어요. 고드름에 가슴을 찔리는 기분이랄까요. 그에 반해 남자 가인들의 소리는 속이 빈 통나무나 동굴 안에서 울려 나오는 소리처럼 둥글면서도 힘이 넘쳤어요. 노랫말을 몰라서 정확히 판단하긴 어렵지만, 가인들은 노랫말에 감정을 싣기 위해 때론 빠르고 때론 느리게 때론 한 글자 한 글자 힘을 싣고 때론 부드럽게 전체를 감싸며 노래하더군요. 속삭이다 가도 분노하고 울다가도 환하게 웃는 연기가 일품이었습니다. 조선에서는 판소리라고, 가인 혼자서 한 시간이고 두 시간이고 무대를 이끌어 가는 예술이 있습니다. 오페라처럼 무대 의상이나 배경이 화려하진 않지요. 그렇지만 판소리 광대가 소리 하나로 만들어 내는 세계만은 오페라 가인들보다 더 낫다고 자부합니다. 그 소리엔 남자도 있고 여자도 있고 귀족도 있고 천민도 있고 식물도 있고 동물도 있으며 앞서 언급한 모든 감정들 역시 섬세하게 실려 있으니까요."

나는 말을 끊고 좌중을 살폈다. 고개를 끄덕이긴 하지만 완전히 믿는 눈치는 아니었다. 나는 자리에서 일어선 후 이야기를 이었다.

"춤사위가 어떻게 다른가는 설명하기보다 직접 보여 드리죠. 사선무(四仙舞)가 좋겠군요. 이 춤은 1500여 년 전 신라의 젊은 귀족인 화랑 네 사람이 춘 춤에서 유래했다고 해요. 원래 네 명의 무희와 연꽃을 든 두 명의 무희가 함께 추는 춤이지만 오늘은 저 혼자 보여 드릴게요. 여러분 중에 혹시 조선 춤을 배우고 싶으신 분은 언제든 말씀해 주세요. 내년 이맘 때 즈음에는 여섯 명이 함께 완전한 사선무를 추고 싶거든요. 자, 그럼 시작할게요."

그리고 나는 춤을 추었다. 악공도 없이, 무희도 없이, 침묵 속에서 홀로 춤사위를 이어 갔다. 노래도 불렀다.

어와 성대(盛大)로다.
동해금일(東海今日) 성대로다.
나대(羅代)에 놀던 사선(四仙)이
이제 와 다시 노니
봉래(蓬萊)로 오시는가
영주(瀛洲)로 오시는가

프랑스 파리에서 사선무를 추게 될 줄은 몰랐다. 봉래도 영주도 파리에선 아득히 멀었다. 춤사위를 놀리면서 언뜻 언뜻 지월과 영은을 떠올렸다. 서로 마주 볼 때 또 등을 대고 춤출 때, 거기 지월이 있었고 영은이 있었다. 조금이라도 늦게 돌거나 빨리 돌면 춤사위가 흐트러져 맵시가 나지 않았다. 내가 정확하게 사위를 움직이는 것도 중요했지만, 마주 보거나 등을 대는 무희와의 호흡도 중요했다. 지월과 영은이 곁에 서면 걱정이 없었다. 눈을 감고서도 그들과 나는 한 몸처럼 움직였으니까. 그러나 지금 그들은 조선에 있고 나만 홀로 파리에 와서 사선무를 춘다. 등을 대도 온기가 느껴지지 않았고 한 손씩 뒤로 내리며 좌우로 돌아도 흥이 나지 않았다. 그러나 이 공허를 애써 감추며 미소를 지어 보였다. 조선 춤을 처음 보는 프랑스인들에게 조선이 결코 미개한 나라가 아님을, 청국과 일본에 버금갈 만큼 시도 문도 춤도 노래도 간직하고 있음을 보여 주고 싶었다.

두 걸음 물러난 후 멈춰 섰다. 춤이 끝난 것이다.

짧은 침묵이 이어졌다. 그제야 뒤쪽에 서서 앞뒤로 회색 가죽을 덧댄 공책에 연필로 무엇인가를 열심히 그리는 사내가 눈에 들어왔다. 시선이 마주치자 그가 연필을 낀 엄지를 들어 보였다. 두꺼운 안경 속에서 오른쪽 눈자위가 심하게 떨렸다. 눈을 끔벅거릴 때마다 오른뺨과 이마까지 찡그릴 정도였다. 덥수룩하게 흘러내린 반백의 수염은 옥양목 셔츠의 목을 완전히 가렸다. 예순 살은 족히 넘어 보였지만 손놀림은 첫사랑을 향해 달려가는 스무 살 청년의 발걸음보다 더 빠르고 힘찼다.

이윽고 박수가 터져 나왔다. 모랑 부인이 손을 들고 청했다.

"조선 춤을 조금만이라도 이 자리에서 배울 수 없을까요?"

여기저기서 춤을 가르쳐 달라는 부탁을 했다. 나는 미소를 잃지 않고 그 청을 받아들였다.

"초무(初舞)라고 처음 춤을 배우는 무동(舞童)들이 익히는 춤이 있어요. 그걸 가르쳐 드리죠. 이 살롱은 좁으니까 다섯 분만 제 앞으로 나오세요."

모랭 부부와 쥘리에트 그리고 두 사람이 더 자원했다. 내 오른쪽에 모랭 부부, 왼쪽에 쥘리에트와 두 사람이 섰다. 빅토르는 안경을 고쳐 쓰며 오른 손바닥을 입술에 댔다가 내게 날려 보냈다.

"자, 먼저 두 팔을 이렇게 펴서 듭니다. 그래요, 너무 힘을 주진 마시고 가볍게 드세요. 그다음엔 왼손부터 들고 오른손은 내리는 겁니다. 그리고 이번엔 오른손을 들고 왼손을 내리세요. 자, 시작하겠어요. 팔을 드세요. 시이이작!"

왼손을 들고 오른손을 내렸다. 쥘리에트는 곧 따라 했지만 모랭 부부와 두 사내는 오른손을 들고 왼손을 내렸다.

"이번엔 반대로!"

쥘리에트는 이번에도 능숙하게 따라 했고, 모랭 부부는 두 손을 동시에 들었다가 내렸으며, 나머지 사내들은 왼손을 들고 오른손을 내렸다.

그다음에 나는 앞으로 나아가고 뒤로 물러서는 법도 가르쳤으며 마지막으로 손과 발을 동시에 놀리도록 했다. 쥘리에트도 여기까진 익히지 못했다. 첫술에 배부른 법은 없으니까.

힘들어하면서도 그들은 다음부터 조금씩 조선 춤을 배

우고 싶다고 했다. 나는 기꺼이 그들의 춤 선생이 되기로 했다. 조선을 떠나면서 다시는 춤을 출 기회가 없으리라 여겼는데, 춤과 나의 인연은 동아줄보다 질기고도 질긴가 보다. 어머니는 이걸 팔자라고 하셨지. 기생 팔자, 어디 가겠느냐고.

에펠탑에 오르다

아직도 가슴이 뛴다. 믿기지 않는 하루!

에펠탑 정상에 올랐다. 그 높이가 자그마치 300미터에 이른다.

12층 료운가쿠와는 비교할 수 없는 감동!

어지럽지도 않았고 울렁거리지도 않았다. 이제 세상에서 제일 높다는 에베레스트 정상에 서도 겁을 먹지 않을 자신이 생겼다. 차근차근 오늘 일을 적어야 하는데, 쿵쿵 쿵쿵 심장이 너무 빨리 뛴다. 일본에서 만났던 프랑스 사람들이 왜 하나같이 에펠, 에펠 했는지 알겠다. 에펠이란 사람, 정말 대단하다. 혹자는 사기꾼에 예술이 뭔지도 모르는 날건달이라고 비난한다지만, 그건 큰 착각이다. 세상에 이보다 더 크고 웅장한 탑이 있는가. 이런 탑을 계획하고 만든 사람이라면 그는 영웅이다. 프랑스만의 영웅이 아니라 전 세계의 영웅이 분명하다.

그러나…… 이 감동이 밝고 희망차지만은 않다. 그 이유를 소상히 적어 두는 것은 혹시 내게 큰 불행이 닥치더라도 죄 지은 자를 분명히 하기 위함이다. 이제 파리를 점점 더 자세히 알아 나가는 것 같다. 파리는 소문대로 아름답고 예술적 자극이 가득한 곳이지만 또한 항상 편안하고 행복한 느낌만을 주지는 않는다. 파리의 두 얼굴! 아, 어쩌면 내가 아직 몰라서 그렇지 파리는 처음부터 열 가지 백 가지 얼굴을 지녔는지도 모른다.

"지금이라도 늦지 않았소. 여기 2층만 해도 지상에서 149미터나 되오. 파리 시내가 한눈에 보이지 않소?"

빅토르는 걱정스러운 듯 내 눈을 들여다보며 말했다. 아이들이나 여인들, 심지어 남자들도 최상층까지 가는 엘리베이터 타는 것을 포기하고 지상으로 내려갔다. 그러나 안내판을 꼼꼼히 읽은 나는 붉은 모자끈을 질끈 동여맸다.

1889년 파리 박람회를 위해 조성된 이 탑은 공사 기간이 무려 2년 2개월에 이르고 높이는 300미터에 무게는 7300톤이 넘었다. 탑의 조성을 놓고 '예술'과 '산업'이 거대한 논쟁을 벌였다. 파리 문화계 인사들은 1미터마다 한 명씩 총

300명의 예술가들로 위원회를 꾸려 에펠탑 건설을 반대했지만, 에펠은 기어이 탑을 완공했고 지상에서 꼭대기까지 겨우 7분밖에 걸리지 않는 엘리베이터까지 설치하였다. 2층에서 최상층까지는 160미터인데, 한 번에 곧장 올라가지 못하고 80미터까지 가서 승강기를 갈아타야 한다.

"그냥 내려갈 거면 여기까지 올라오지도 않았어요. 인간이 만든 탑 중에서 가장 높다는데, 그 꼭대기에 오를 기회를 어떻게 접을 수 있겠어요. 나는 가겠어요."

"리심, 제발 내 말 들어요. 더 이상은······."

나는 그의 청을 무시하고 긴 줄을 찾아서 끝에 섰다.

차례를 기다리며 에펠탑의 철조물을 살폈다. 노트르담의 거대한 돌덩어리가 겹쳐 떠올랐다. 종교와 산업의 상징이 쇠와 돌의 대비로 이어졌다. 많이 디뎌 움푹 파인 돌계단은 정겨움을 더하지만 이 철조물은 인간의 온기가 전혀 느껴지지 않는다. 햇빛을 받으면 지나치게 뜨거워지고 북풍이 불면 손도 대지 못할 만큼 얼어붙는다. 그래서 많은 예술가들이 에펠탑이야말로 가장 파리답지 못한 건축물이라고 비난하는지도 모른다. 생각해 보니, 새로운 산업을 이끄는 발명품들은 모두 철이 중요한 원료다. 기차도 증기선도 모두 쇠로 만든다. 돌의 시대는 가고 쇠의 시대가 올 것이라는 에펠의 주장은 벌써 실현되고 있다. 그렇다면 언젠가는 돌이 아닌 쇠로 지은 성당과 박물관과 저택들도 등장할까.

이윽고 우리 차례가 되었다. 잠시 실랑이가 벌어졌다. 검은 장갑을 끼고 은색 부채로 얼굴을 가린 늙은 귀부인이 나와 함께 엘리베이터에 타지 않겠다고 주장한 것이다. 내 몸에서 원숭이 오줌 냄새가 난다고 했다. 냄새가 난다는 것은 핑계고, 작은 황색 인간과 엘리베이터 안에 머무는 것을 용납할 수 없었던 것이다. 빅토르가 정중히 양해를 구했지만 그녀는 계속 고집을 부렸다. 빅토르가 나를 아내라고 소개하자, 그녀의 눈이 휘둥그레졌다. 그러나 아무리 세상이 바뀌어도 이런 일은 있을 수 없다고 언성을 높였다. 나는 더 이상 참지 못하고 그녀를 쏘아붙였다.

"부인! 프랑스 공화국은 관용의 나라라고 배웠습니다. 누구라도 공화국을 아끼고 그 정신을 준수하면, 공화국은 그 사람이 어디에서 태어났고 어떤 피부색을 지녔는가로 차별하지 않는다고 또한 배웠습니다. 제가 동경한 그 나라가 프랑스가 아니라 다른 나라였던가요? 지금이라도 정정해 주신다면 저 탑에 올라가지 않는 것은 물론이고 당장 파리를 떠나겠습니다."

대답이 궁색해진 귀부인은 눈도 맞추지 못한 채 뒤로 빠졌다. 사람들에게 밀려 들어가다 보니 어느새 나는 빅토르 품에 안겨 있었다.

"멋진 연설이었소."

고개를 들고 그의 눈동자를 보며 웃었다.

"이렇게 비좁은 것도 나쁘진 않네요."

철컹.

쇳소리와 함께 천천히 엘리베이터가 올라가기 시작했다. 료운가쿠는 8층 엘리베이터도 위험해서 사용이 금지되었는데 이곳에선 300미터 꼭대기까지 엘리베이터가 놓인 것이다. 발밑이 허전해지면서 몸이 부웅 떠올랐다. 두 팔만 좌우로 벌리면 그대로 날아오를 듯싶었다. 30초가 지나고 1분이 지났는데도 엘리베이터는 멈출 줄 몰랐다. 다시 30초 가까이 흐르자 엘리베이터가 멈추었다. 나는 빅토르의 손을 잡고 승강기에서 내렸다.

눈을 질끈 감은 채 빅토르의 가슴에 이마를 댔다. 바람 소리가 귓속을 우우웅웅 울렸다. 300미터가 얼마나 높은지 비로소 실감이 되었다.

"괜찮소. 내가 이렇게 당신 곁에 있지 않소? 자, 눈을 뜨오."

나는 고개를 들어 다시 실눈을 떴다. 멀리 작은 점으로 보이는 몽마르트를 발견하는 순간 두려움은 찬탄으로 바뀌었다.

"대단해요. 정말 대단해. 저기 꼼지락거리는 점들, 저게 사람인 거죠? 저 겨우 보이는 조그만 상자들이 집이고요?"

빅토르가 내 어깨를 감쌌다. 바람이 제법 매서웠다. 지상에서는 바람 한 점 없는 날에도 이곳에선 돌풍이 분다고 했다. 나는 빅토르의 귀에 대고 큰 소리로 말했다.

"예술이니 아니니 하는 논쟁이 무슨 필요 있겠어요? 저기 바라보이는 풍광들이 곧 시요 문이며 화(畵)인 것을요."

그 순간 바람이 내 얼굴을 후려쳤다. 목끈이 아니었다면 장미꽃 문양이 예쁜 모자를 잃어버렸을 것이다.

"여기 있으면 별도 해도 달도 더 잘 보이겠네요. 전쟁이라도 나면 적군의 동태를 살피기도 쉽고 정말 일석이조로군요. 에펠 씨는 이런 이점까지 모두 염두에 뒀겠죠?"

"그렇소. 공문서에 의하면 에펠은 그런 장점을 근거로 300인 위원회와 첨예하게 맞섰다고 하오. 예술품으로서의 가치뿐만이 아니라 산업적, 군사적 가치까지 함께 고려해 달라고 말이오."

나는 문득 목소리를 낮추고 물었다.

"성경에 나온다는 거대한 탑 이름이 뭐죠? 신에게 도전했다가 단숨에 무너진 탑."

"바벨탑이지."

"맞다, 바벨탑! 이 정도 높은 탑을 쌓고 나서 에펠 씨는 두렵지 않았을까요? 뾰족하게 하늘로 뻗은 탑에는 반항의 기운이 역력해요."

"에펠 씨는 이런 일로 두려워할 위인이 아니오. 오히려 유명세를 얻어 더 크고 높은 탑을 쌓으려 들겠지. 그게 에펠 씨가 살아가는 방식이라오. 비판할 일도 아니지만 칭찬할 것도 못 되오."

빅토르는 탑의 높이보다 신앙의 깊이가 더 중요하다고 했다. 에펠탑에서는 에펠탑만 생각하고 느끼는 것이 내 방식이었다. 어제도 오늘도 그리고 먼 미래까지도.

내려올 때 우리는 나란히 밖으로 서서 풍광을 살폈다. 빅토르가 눈으로 물었다.

'괜찮소? 어지럽지 않소?'

나는 가볍게 고개를 저었다. 속으로 조금 걱정도 했지만 이상하리만큼 담담하고 정신도 맑았다.

갑자기 오른쪽 귀가 간지러웠다. 더운 입김이 귓불에 닿았던 것이다. 지독한 구취가 코로 밀려들었다. 혼잡한 틈을 타서 음침한 욕정을 채우려 들다니. 나는 들고 있던 레이스 달린 부채를 접어 옆구리 뒤로 찔렀다. "윽!" 하는 소리와 함께 사내가 엉덩이를 뒤로 뺐다. 그 순간 나는 고개를 돌렸다. 톡톡히 망신을 줄 생각이었다. 그러나 사팔뜨기 사내의 초점 없는 시선과 앞니 빠진 입 그리고 단추 하나가 떨어진 프록코트를 보는 순간, 말문이 막혀 버렸다. 사내는 벙글벙글 웃으며 내게 바짝 다가섰다. 사내의 가슴과 허벅지가 내 등과 엉덩이에 닿았다. 거대한 거머리가 달라붙는 듯했다.

비명을 지르고 싶었다. 그런데 이상하게도 혀와 입술이 돌처럼 굳어 한마디도 뱉을 수 없었다. 갑자기 허벅지가 허전했다. 사내가 작은 칼로 내 드레스를 찢은 것이다. 비명을 질렀지만 엘리베이터 안에 탄 사람들은 흘끔흘끔 쳐다보기만 했다. 도와주려는 눈빛이 아니었다.

"물러서!"

소리친 것은 빅토르였다. 사내도 빅토르의 단호한 태도에 놀란 얼굴이었다.

"빅⋯⋯ 토르!"

나는 겨우 이름을 불렀다. 빅토르의 오른손이 불쑥 앞으로 나왔다. 그 손에는 권총 한 자루가 쥐어져 있었다. 빅토르는 총구를 사내의 옆구리에 댔다. 사내가 양손을 들어 머리 위로 올리며 애써 웃어 보였다.

"살인자가 되겠다고? 이렇게 많은 사람들 앞에서 날 죽이겠다고?"

빅토르도 따라 웃었다.

"못할 것 같은가?"

방아쇠에 검지를 걸자, 사내가 급히 소리쳤다.

"자, 잠깐! 쏘지 마세요. 알았어요. 알겠습니다."

빅토르는 총구를 겨눈 채 겁을 잔뜩 집어먹은 사내를 구석으로 몰았다. 엘리베이터가 내려가는 쇳소리만이 침묵을 깼다. 1분 30여 초가 1년 하고도 반년처럼 길게만 느껴졌다.

2층 승강기가 열리자 빅토르가 먼저 사내와 함께 밖으로 나왔다. 뒤이어 승객들이 앞다투어 엘리베이터를 벗어났다. 그는 자살이나 추락 사고를 방지하기 위해 근무하던 두 경관에게 자신의 신분을 밝힌 후 사내를 넘겼다.

나는 빅토르를 힘껏 끌어안고 입을 맞추었다. 사람들이 쳐다보았지만 아랑곳하지 않았다. 그가 코트를 벗어 찢어진 드레스를 가리며 말했다.

"이제 집에 갑시다, 그만."

결혼식

오늘 나, 리심은 드디어 빅토르 콜랭 드 플랑시의 정식 아내가 되었다.

오페라 드 파리에서 돌아온 후 사실 조금 심란했다. 살롱에서 춤을 출 때도 저들이 혹시 나를 동양에서 온 비올레타로 보는 것은 아닌지 불편했다. 머리로는 깔끔하게 정리되는 일도 가슴으로는 여전히 천 갈래 만 갈래로 갈라졌다. 헛배가 부르고 식은땀이 흘러 잠을 설치기도 했다. 얼굴에는 검은 기미가 끼고 방에서 거실로 나올 때도 어지럼증 때문에 이런저런 가구들을 붙들었다. 「라 트라비아타」에 대한 감상이 아무리 짙다고 해도 이렇듯 몸까지 상할 정도는 아니었다. 그리고 사흘 전 아침 식탁에선 기어이 먹던 것을 죄다 토하고 혼절했다.

빅토르가 급히 왕진 왔던 의사를 배웅하고 돌아와선 내 이마에 입을 맞춘 다음 나를 꼭 끌어안고 머리카락을 쓸면서 속삭였다.

"옥인! 축하해. 임신이래."

'아이를 가졌다고? 내가?'

심장이 쿵쿵 요동쳤다.

'내가 빅토르의 아이를 가졌어. 엄마가 되는 거야.'

눈시울이 뜨거워졌다.

남녀가 만나 사랑을 나누면 아기가 생긴다는 것을 알고는 있었다. 그러나 솔직히 기대 반 두려움 반이었다. 한양에서는 혹시 아이를 가져 왕실의 큰 노여움을 살까 두려웠고 도쿄에서는 왜 아이가 생기지 않을까 걱정했다. 하지만 내게 그 일이 이렇듯 갑자기 닥칠 줄이야.

"며칠 전 꿈을 꿨어요. 처음엔 새라고 생각했어요. 그러나 네 다리와 길게 뻗은 허리와 탐스러운 엉덩이를 보는 순간, 조류가 아니라 포유류임을 알았죠. 말처럼 생겼지만, 말은 아니었어요. 쭉 뻗은 앞발엔 물갈퀴가 나 있고 날카로운 발톱 세 개가 끝에 매달려 흔들렸거든요. 게다가 그놈 어깨엔 성화(聖畵) 속 천사들에게나 있을 법한 날개가 돋아나 흔들렸어요. 얼굴은 더 이상했죠. 입술은 툭 튀어나왔고 둥근 코는 정면을 향해 들려 콧구멍이 훤하게 보였죠. 눈은 또 왜 그리 둥글고 붉은지. 날카로운 두 귀 사이로 은빛 갈기가 바람에 살랑살랑 흔들리더군요. 나는 그놈이 서양의 용이라고 생각했어요. 동양의 용과 몸체는 많이 다르지만 얼굴은 비슷했거든요. 그 순간 갑자기 놈이 고개를 돌리더니 나를 노려보더군요. 그리고 날개를 힘껏 퍼덕여 네 발을 공중에 띄운 후 나를 향해 달려들었어요. 태몽이었나 봐요. 갑자기 엄마 생각이 나는 거 있죠. 엄만 나 낳기 전에 하얀 배꽃이 핀 언덕을 거닐었대요. 그래서 이름도 리심이라 지었고…….”

빅토르는 다시 나를 꼭 안아 주었다.

“고마워. 사랑해.”

나는 그와 깊이 입맞춤을 나눈 후 입술을 떼며 물었다.

“이제 때가 온 것 같아요. 나 정말 정식으로 당신 아내가 되고 싶어요.”

빅토르가 내 눈을 깊이 들여다보며 답했다.

“그래야지. 그럽시다.”

그러고는 엉뚱한 이야기를 꺼냈다. 신의 축복을 받으며 성당에서 혼인을 하려면 내가 야소교 신자로 입문하여 세례를 받아야 한다는 것이다.

“세례라고요? 야소교 신자가 되라고요? 싫어요.”

빅토르는 웃는 낯으로 나를 설득했다. 내가 계속 싫다고 버티자, 아기를 위해서 그 정도도 못해 주느냐고, 이건 단지 형식에 지나지 않는다고도 했다. 나는 야소에 대한 믿음도 없이 세례를 받는 것이야말로 신에 대한 모독인데, 그런 짓을 하고 받는 축복이 정말 축복이겠느냐고 맞섰다.

외출하고 돌아온 빅토르는 조금 굳은 얼굴로 아침에 낸 제안을 보충하였다. 원래 세례를 받으려면 6개월 정도 교리 공부도 하고 문답도 해야 하지만 당신은 위급한 경우로 간주할 테니 딱 한 달만 공부를 하라는 것이다. 생 프랑수아 자비에 성당까지 갈 필요도 없이 절친한 외방 선교회 소속 신부를 집까지 모시고 오겠다고도 했다. 빅토르는 세례를 받기까지 들일 노력과 수고 때문에 내가 이 일을 주저하고 있다고 착각한 것이다. 나는 목소리를 높여 내 뜻을 분명히 했다.

"교리 공부 없이 내일 당장 세례를 받는다고 해도 싫어요."

"그럼 결혼식도 치르지 않고 아이를 낳겠다고? 나는 결코 그럴 수 없소."

빅토르와는 가끔 이런 식으로 엉뚱한 부분에서 부딪치곤 했다. 야소교 집안에서 자란 탓에 때때로 지나치게 완고한 부분이 있었다. 이럴 거라면 신앙을 갖지 못한, 아니 그가 믿는 신을 끔찍하게 싫어하는 나 같은 여자에게 사랑을 고백하고 또 아이까지 임신시킬 일이 아니었다. 그러나 그는 또한 호기심이 많고 중국과 일본, 조선의 서책을 아끼며, 가끔은 신비로운 환상과 모험 이야기에 젖어 드는 자유분방한 구석도 있었다. 나는 두 가지 모두를 빅토르의 모습으로 받아들이고 있었다. 물론 완고한 빅토르보다는 자유분방한 빅토르가 좋았다.

"옥인! 왜 이렇게 날 힘들게 하는 거요? 이것도 신부님들을 겨우 설득해서 허락을 얻은 거라오. 날 위해서, 아기를 위해서 한 번만 양보하면 안 되겠소? 다시는 이런 권유하지 않으리다."

이틀 동안 빅토르는 나와 눈을 마주치지 않았다. 키스도 해 주지 않았고 서재에서 혼자 잤다. 낮에는 내내 외출이었고 아침 식사를 위해 식탁에 앉지도 않았다. 마리는 난처한 얼굴로 우리 눈치만 살폈다.

그동안 나도 곰곰이 빅토르의 제안을 따져 보았다. 야소교도가 되려면 지금이 가장 좋은 시기인 것만은 분명하다. 아기를 위한다는 명분도 있고 또 성대하지는 않지만 성당에서 조촐하게 결혼식을 올릴 수 있다. 자려고 침대에 누워 이 생각 저 생각을 할 적에는 마음이 흔들리기도 했다.

'아기를 위해서, 빅토르를 위해서, 눈 딱 감고 세례를 받아 버릴까?'

그러나 나는 또한 깨달았다. 엄마가 야소를 위해 나를 버리고 떠난 후부터 나는 그 양이들의 신을 저주해 왔다. 이제 와서 야소를 믿으면 나 역시 아기를 버리는 매정한 어미가 될지도 몰랐다.

어젯밤, 빅토르가 또 다른 제안을 해 왔다.

탁자에 마주 앉아 그의 얼굴을 살폈다. 이틀 사이 몰라보게 수척해졌다. 눈과 볼이 쏙 들어가고 수염도 제멋대로 뻗었다.

"7구 구청장 로돌프 님은 아버지의 오랜 친구이자 동양 문화를 깊이 아끼는 분이라오. 내게 중국이란 나라의 말을 처음으로 들려주신 분도 로돌프 님이오. 무신론자로서 공화국만을 최고로 치는 조금 독특한 견해를 지닌 분이긴 하지만. 파리에 오자마자 당신과 함께 찾아뵈었어야 하는데 깜빡 잊고 있었소."

빅토르가 말을 끊었다. 구청장이 무슨 상관이람. 나는 이런 딱딱한 표정을 지어 보였다.

"프랑스에는 결혼이 두 가지가 있소. 하나는 파리 시민으로서의 결혼이고 또 하나는 신자로서의 결혼이라오. 물론 파리 시민이면서 신자라면 차례대로 둘 다 할 수도 있소. 당신이 끝까지 세례를 받지 않겠다고 하고 또 신부님들은 세례 교인이 아닌 사람의 주례는 서실 수 없다고 하니, 성당에서 결혼식을 치르기는 어렵게 되었소. 그러니 로돌

171

프 님 앞에서 결혼식을 올리도록 합시다……. 우리들 사정을 들으시고 기꺼이 결혼의 예를 주관하겠다고 하셨소."

빅토르와 눈을 맞추었다. 아쉬움이 가득한 눈빛이었다. 아직도 성당에서 신의 축복을 받기를 원하는 것이다.

"저는 아직 프랑스인도 파리 시민도 아니잖아요?"

"그건 걱정 마오. 로돌프 님이 알아서 도움을 주실 거요."

더 이상 캐물을 수는 없었다. 로돌프 님을 만나야 해결될 일이었으니까.

"결혼식은 언제 하죠?"

"내일 밤이오."

"내일이라고요? 하루 만에 어떻게 결혼 준비를 다 해요?"

남자들이란! 결혼식을 하려면 얼마나 준비할 것이 많은데, 내일이라니!

"준비할 건 거의 없소. 증인만 한 사람씩 세우면 되오. 필립이라고 파리 동양어 학교 시절부터 친하게 지내던 친구가 있소. 그 친구가 내 증인이 될 거요. 당신 증인도 내가 구해 볼까?"

"아니에요. 제가 쥘리에트에게 부탁할게요."

빅토르가 잠시 침묵했다가 고개를 끄덕였다.

"좋소. 그럼 내일!"

빅토르가 일어서서 서재로 가려는 듯 몸을 돌렸다. 나는 빅토르의 손목을 붙들었다.

"당신 지금 이렇게 청혼하고 말 건가요?"

"청혼은 무슨! 우리가 함께 보낸 날이……."

"몇 년 아니 몇십 년을 동고동락했어도 혼인 예식을 치르는 건 처음이잖아요? 그 예식에서 우린 신랑과 신부고요. 미래의 신랑이 미래의 신부에게 이렇듯 냉랭하게 청혼하는 법은 없죠. 다시 해요. 다시 정식으로 하라고요."

그리고 오늘 밤, '떠 있되 가라앉지 않는다.'라는 문장이 새겨진 구청 대문을 지나 결혼식을 거행할 식장 앞에서 로돌프 구청장을 만났다. 눈초리가 아래로 처지고 주먹코에 턱수염을 기른 후덕한 인상이었다. 그는 정복을 깔끔하게 입은 빅토르와 하얀 모슬린 드레스 차림의 나를 반겨 맞았다. 1862년부터 이곳을 구청으로 쓰고 있다고 했다. 증인인 필립과 쥘리에트는 아직 도착하지 않았다. 나는 빅토르에게 던졌던 물음을 반복했다.

"저는 파리 시민도 아닌데 혼인할 자격이 있나요?"

"시민이란 인종이나 민족으로 구성되지 않습니다. 의지만 있으면 누구나 프랑스인도 되고 파리 시민도 될 수 있습니다. 다시 말해 프랑스를 사랑하고 파리 시민으로 살고자 하는 사람은 누구나 받아들이는 것, 그것이 공화국 정신이지요. 리심, 당신은 파리 시민으로 살고자 하는 의지가 있습니까?"

"예!"

"조선을 버리고 프랑스를 조국으로 여길 의지가 정말 있죠?"

잠시 망설였다. 빅토르 쪽으로 얼굴을 돌렸다. 빅토르가 천천히 고개를 끄덕였다. 나는 결심을 굳혔다. 지금 이 순간부터 나도 내 아기도 파리 시민이 되는 것이다. 영원히 행복하게!

"예, 조선을 버리고 프랑스를 조국으로 여기며 살겠어요."

"됐습니다. 그럼 지금부터 리심 당신은 파리 시민이 된 것이고, 구청장인 나는 빅토르와 당신의 결혼식에 주례를 기꺼이 서겠습니다."

로돌프 구청장을 따라서 식장으로 들어갔다. 아주 큰 벽난로와 아름다운 마룻바닥이 눈길을 끌었다. 르네상스 스타일의 장엄한 천장에는 파리 시 문장(紋章)이 가득했다. 로돌프는 손을 들어 벽화를 가리켰다.

"에밀 레비란 화가의 작품입니다. 청혼, 결혼식의 축복, 가족이란 세 가지 주제를 다루었죠. 벽난로 위 저 여인은 공화국을 상징하는 마리안입니다. 리심과 빅토르! 두 분은 이제 공화국 정신 아래 부부가 되는 겁니다."

그 순간 필립과 쥘리에트가 거의 비슷하게 구청으로 들어섰다. 쥘리에트 손에는 부케가 들렸다. 탁자 앞에 빅토르와 내가 나란히 섰다. 내 곁에는 쥘리에트가 빅토르의 곁에는 필립이 자리 잡았다. 정복을 입은 로돌프가 엄숙한 표정으로 어깨에 삼색기를 맨 채 예식을 시작했다.

"프랑스 오브(Aube) 플랑시에서 1858년 11월 22일에 태어난 빅토르에밀마리조제프 콜랭 드 플랑시는 조선 경기도 적성에서 1875년 12월 8일에 태어난 리심을 맞이하여, 필립과 쥘리에트를 증인으로 삼아 공화국 정신에 입각하여 결혼함을 선언합니다."

긴 입맞춤과 함께 결혼식이 끝났다. 로돌프는 필립과 악수를 한 후 쥘리에트와 가볍게 포옹했다. 신랑 신부는 나란히 주례가 내민 서류에 서명했다. 빅토르는 남은 공문들은 알아서 처결하겠노라며 구청장과 함께 뒷문으로 잠시 나갔다. 떠나기 전 구청장이 내 귀에 대고 속삭였다.

"완전한 파리 시민이 되기 위해 할 일이 하나 더 남았습니다."

"그게 뭔가요?"

"잠들기 전에 「프랑스 혁명 인권 선언문」을 열 번만 소리 내어 읽으십시오. 꼭 소리 내어 읽어야 합니다. 읽기를 마치는 순간 당신은 완벽한 프랑스인, 멋진 파리 시민이 되는 겁니다."

빅토르가 따로 만찬 자리를 마련하겠다고 했지만, 로돌프 씨는 나중에 샴페인이나 한 잔 마시자고, 그 값도 자기가 내겠다며 환하게 웃어 주었다.

지금부터 나는 로돌프 구청장이 낸 마지막 숙제를 하려고 한다. 곤하게 잠든 빅토르를 깨우지 않으려고 조용히 서재로 건너왔다. 그리고 의자에 올라서서 책장 구석에 놓인 『프랑스 혁명 자료집』을 꺼냈다. 그 속에서 「프랑스 혁명 인권 선언문」을 얼핏 본 기억이 났던 것이다. 빅토르는 공화국이 교회를 핍박하고 신에 대한 믿음을 흐트러뜨린다며 그와 관련된 서책을 내 눈길이 닿지 않는 곳에 치워 두었다. 나는 천천히 책장을 펴고 헛기침을 두어 번 했다. 그리고 작지만 또렷한 목소리로 선언문을 읽기 시작했다.

제1조: 인간은 자유롭고 평등하게 태어나서 생활할 권리를 가진다. 사회적 차별은 공동 이익을 근거로 해서만 있을 수 있다.

제2조: 모든 정치적 결사의 목적은 인간의 자연적이며 시효에 의해서 소멸될 수 없는 권리들을 보전함에 있다. 이

권리들이란 자유, 재산, 안전 및 압제에 대한 저항이다.

제3조: 모든 주권의 근본은 본질적으로 국민에게 있다. 어떤 단체나 어떤 개인도 명백히 국민에게서 유래하지 않는 권력을 행사할 수 없다.

제17조까지 있었지만 가슴이 벅차 제3조까지 읽고 멈추었다.

'인간이 자유롭고 평등하게 생활할 권리가 있다고? 모든 주권이 국민에게 있다고? 군왕이 아니라?'

파리 시민이 된다는 것의 의미가 비로소 내 몸과 마음을 감쌌다. 완전히 다른 삶이었다.

불로뉴 숲의 행복

기쁨이 기쁨으로 이어지는 날들!

닷새 후면 빅토르도 복직이다. 반년 하고도 엿새 동안 공무를 쉬었다. 그사이도 부지런히 서책을 읽고 사람들을 만났지만 밤을 새워 공문을 적거나 끼니를 거르며 문서를 정리하는 일은 없었다. 결혼식을 마친 후에는 종종 함께 튈르리 공원이나 뤽상부르 공원으로 산책도 다녔다.

공원에서 내가 가장 즐긴 것은 회전목마였다. 나무로 만든 말과 마차를 둥근 천장에 매달고 천천히 돌아가는 놀이 기구였다. 소년들이 주로 좋아했지만, 말타기를 신기하게 여기는 소녀들도 부모를 졸라 목마에 앉았다. 두 발을 오른쪽으로 얹고 왼손으로 천장과 이어진 가는 나무 기둥을 쥐면 준비가 끝났다. 키가 작아 말안장에 오르지 못한 아이들은 마차를 탄 채 큰 눈을 멀뚱멀뚱 떴다. 나는 체구가 작은 덕분에 소녀들 값만 치르고 목마에 앉았다. 천장이 원을 그리며 돌기 시작하면 처음 기차를 탔을 때처럼 풍광이 휙휙 몰려왔다 사라져 갔다. 호기심 많은 아이들은 내 얼굴을 빤히 쳐다보았다. 아예 눈물 바람을 하는 아이도 있었다. 몸체는 물론 바퀴살 하나하나마다 꽃으로 장식한 마차 안에서 손가락질하는 귀족 부인도 있었지만 나는 겁을 먹거나 화를 내지 않았다. 오히려 빙긋 웃어 주며 이렇게 생각했다.

'나도 파리 시민이에요, 여러분이랑 똑같은!'

"먹고 싶은 것 없소? 말만 하오. 뭐든 가져다 줄 테니."

빅토르는 출근할 때마다 오래 입을 맞춘 후 속삭였다.

"총각김치가 먹고 싶어요. 붉은 고춧가루를 듬뿍 묻힌 무를 한 입 베어 물었으면."

그의 얼굴에 그늘이 졌다.

"리심! 그건 좀…… 일본이나 청국 음식이라면 무슨 수를 써서라도 구하겠지만, 총각김치는…… 파리에 없다오. 다른 소원이라면 내 목을 걸고서라도 구해다 주리다."

나는 실망한 표정을 짓고 있다가 슬며시 미소를 머금었다.

"농담이에요. 마들렌 광장에 있는 가게 '라뒤레'에서 마카롱이나 종류별로 사다 줘요."

"얼마든지!"

어느 주말엔 세 끼 내내 아몬드 가루에 크림을 바른 마카롱만 먹었다.

복직을 기념해서 나들이를 가기로 했다. 빅토르는 튈르리 공원이나 뤽상부르 공원, 유리로 만든 집에서 풍성한 열대 과일을 키우는 식물원 정도를 염두에 두었다. 그러나 나는 그의 가슴에 이마를 대고 이렇게 졸랐다.

"야외로 나가요. 가을 불로뉴 숲이 그렇게 아름답다면서요?"

빅토르는 난감한 표정을 지어 보였다. 그러나 나는 아랫배를 내밀며 "우리 아기도 불로뉴 숲에서 밤을 줍고 싶대요."라고 보탰다.

마차는 천천히 불로뉴 숲을 향해 나아갔다.

빅토르가 특별히 우리 아기를 생각해서 느리게 가 줄 것을 마부에게 웃돈을 주며 부탁했던 것이다. 덕분에 샹젤리제 거리에서 에투알 광장의 개선문에 이르는 길을 차근차근 살필 수 있었다. 나폴레옹의 명을 받들어 만들어졌다는 개선문은 단순한 듯하면서도 힘이 넘쳤다.

"다음엔 보주 광장에 나들이 가요. 위고가 거닐었다는 붉은 저택의 회랑도 보고 싶어요."

나는 행복하다. 파리 시민이 되었고 사랑하는 남자와 결혼을 했고 또 그의 아기를 가졌으니까. 아기를 가진 후로 빅토르는 내가 원하는 것을 거절하는 법이 없었다.

"위고에겐 두 명의 여인이 있었다죠? 아내인 아델 푸셰와 애인인 쥘리에트 드루에! 아내는 붉은 저택에서 열린 낭만파 파티를 주관한 우아하고 박식한 여인이었고 애인은 열정적이고 예술적 영감을 불러일으키는 여인이었다죠?"

"그런 시시콜콜한 것까지 다 알고 있소?"

"그럼요. 파리 시민이라면 누구나 위고의 삶에 관심을 갖기 마련인걸요. 당신은 어때요? 아델 푸셰 같은 여인이 좋아요, 쥘리에트 드루에 같은 여인이 좋아요?"

마차는 개선문을 지나 야생 동물원으로 달렸다. 야생 동물원은 세계 각지에서 모은 진기한 동물들과 또 최근에 발명된 갖가지 놀이 기구들을 갖춘 곳으로 이름이 높았다. 그러나 빅토르는 사람 붐비는 야생 동물원보다 한적한 숲길이 많은 불로뉴 숲을 택했다. 이제 곧 불로뉴 숲 북쪽에 이를 것이다.

빅토르는 교묘하게 내 물음을 비켜 갔다.

"나는 리심이란 여인이 좋소. 그녀는 내게 아델 푸셰이기도 하고 쥘리에트 드루에이기도 하니까."

말로 외교관을 당할 수는 없는 법이다.

아름드리 밤나무가 하늘을 찌를 듯 높이 솟은 숲에서 마차를 내렸다. 가을 햇살이 나뭇잎 사이사이로 내리쬐었고 아이들이 까르르 웃음을 터뜨리며 뛰어다녔다. 귀부인들은 자리를 깔고 앉아 책 읽기에 몰두했으며 하녀들은 행여 아이들이 다칠까 꽁무니를 따라다니기에 바빴다. 아이들의 웃음이 닿는 곳마다 새들이 날아오르고 다람쥐가 달아났다.

빅토르가 걸음을 멈추고 아이들 얼굴을 하나하나 살폈다. 평소에는 공무에 바빠서 아이들에겐 전혀 관심이 없던 그였다.

"아이들 참 예쁘죠? 어떤 아이가 마음에 드나요?"

"갈색 머리는 갈색 머리니까 예쁘고 푸른 눈은 푸른 눈이니까 귀엽군. 작은 코는 작은 코니까 사랑스럽고 하얀 이마는 하얀 이마니까 눈부신 것 같소."

"그럼 갈색 머리에 푸른 눈, 작은 코에 하얀 이마를 가진 아이를 낳아야겠네. 어렵다!"

내가 한숨을 내쉬며 앞장서 걷자 빅토르가 달래듯 속삭였다.

"매우 쉽소. 리심 당신만 닮으면 되니까."

"나만 닮으면 당신 섭섭하지 않겠어요?"

"전혀!"

인적이 드문 숲길로 접어들며 장난스럽게 물었다.

"여긴…… 들개는 없죠?"

빅토르가 지팡이를 휘익 한 바퀴 돌리며 답했다.

"들개든 늑대든 나타나면 이걸로 단번에 때려눕히리다."

그때 말 울음 소리가 들려왔다. 나는 깜짝 놀라는 시늉을
하며 빅토르의 팔을 붙들었다.

"놀라지 마오. 불로뉴 숲엔 승마를 즐기는 연인들이 많
다오."

"승마만 즐기나요?"

빅토르가 내 얼굴을 내려다보며 그 물음에 담긴 뜻을 헤
아렸다. 나는 대답 대신 밤나무에 몸을 기댄 채 저만치에서
입맞춤에 열심인 연인을 쳐다보았다.

"파리 젊은이들은 사랑도 멋지게 한다면서요? 연인끼
리 할 일이 얼마나 많은데…… 더구나 이렇게 멋진 숲에서
라면 더더욱 그렇겠죠? 사람들 눈을 피해야만 하는 남녀도
즐겨 찾겠군요. 안 그래요? 숲에서 사랑을 나누면 또 얼마
나 색다를까?"

나는 코맹맹이 소리를 내며 그의 가슴에 뺨을 갖다 댔다.
빅토르는 당황한 듯 헛기침을 하며 수염을 쓰다듬었다.

"당신은 아기를 가졌소. 또 숲에서……."

나는 그 말을 잘랐다.

"아담과 하와가 처음 사랑을 나눈 곳도 숲 아닌가요? 나
는 빅토르 당신과, 지금 바로, 이 불로뉴 숲에서 사랑하고

싶다고요. 총각김치보다도 더 간절한 소원인데 이번에도 어렵나요? 평생 딱 한 번인데…… 교리 때문이라면 할 수 없죠. 그래도 섭섭해."

나는 빅토르의 품에서 벗어나 먼저 숲길을 걸어 들어갔다.

한 걸음 또 한 걸음.

먼지 알갱이들이 빛줄기 속에서 떠다니고 있었다.

역시 헛된 바람일까.

뒤돌아서려는 순간, 빅토르의 뜨거운 입김이 내 귓불에 닿았다.

내가 벤치에 앉아 쉬는 동안 빅토르는 마부를 불러 오기로 했다.

어깨가 결리고 등이 아렸지만 사랑의 절정에 비길 바가 아니었다. 고개를 들어 푸른 하늘을 우러렀다. 맑은 새소리를 듣고 있노라니 온몸에 힘이 빠지면서 졸음이 밀려들었다. 운우지락의 짜릿한 순간도 좋지만 온 정신을 집중한 후에 찾아드는 나른함도 놓칠 수 없는 즐거움이었다.

마차보다 먼저 말 울음 소리가 흐린 정신을 깨웠다. 작고 날렵한 이륜마차가 달려오고 있었다. 처음엔 빅토르가 마부와 함께 돌아오는 줄 알았지만, 우리가 타고 온 것보다 훨씬 작고 낡은 마차였다. 흰 갈기가 폭풍을 몰고 오는 파도처럼 출렁거렸고 네 개의 바퀴가 속도를 견뎌 내느라 삐걱댔다. 마부석에 앉은 사내는 사냥모를 눈썹까지 눌러 쓰고 감색 프록코트로 턱을 가렸다. 보이는 것이라곤 뭉툭한 코뿐이었다.

'무슨 마차를 저렇게 빨리 몬담. 숲에는 아이들도 많이 뛰노는데, 혹시 사고라도 나면 어쩌려고.'

마음속으로 책망을 늘어놓는 순간 어느새 마차가 내 앞에 다다랐다. 갑자기 말 두 마리가 일제히 앞발을 들어 올리며 거칠게 울부짖었다. 당장이라도 말발굽이 내 머리나 어깨를 후려칠 태세였다. 나는 양손을 어긋나게 들어 얼굴을 가렸지만 그것으로는 아무것도 막을 수 없었다.

"리심!"

빅토르가 등 뒤에서 큰 소리로 내 이름을 불렀다. 그러자 마차는 내 곁을 지나 쏜살같이 달아났다. 빅토르가 숨을 헐떡이며 달려와 나를 꼭 안아 주었다.

"괜찮소? 다친 덴 없소?"

무척 놀랐지만 모처럼 행복한 나들이를 망치고 싶지 않았다. 나는 턱을 들고 대수롭잖다는 듯 웃어 주었다.

"불로뉴 숲을 질주하는 마차들 때문에 파리 시 당국이 골치를 썩는다더니……."

"왜 하필 이 숲에서 저럴까요?"

"난들 알겠소. 파리 시내 대로에서 달리다간 경찰에게
잡힐 것 같으니까 여기까지 물러났겠지. 아주 고약하고 비
겁한 놈들이오."

"뭔가 답답한 구석이 있나 봐요. 꽉 막혀 터질 것 같으니
까 마차라도 몰고 싶은 거겠죠. 그런 적 없어요?"

빅토르는 왼손으로 내 머리를 쓰다듬었다.

그는 모자를 벗고 카이저 수염을 양손으로 다듬었다. 나
는 허리를 숙여 무릎을 툭툭 치는 시늉을 했다. 빅토르가
급히 무릎을 꿇고 내 무릎을 어루만져 주었다. 나는 허리를
펴고 고개를 들었다. 무릎을 주무르는 빅토르의 손길이 시
원하면서도 따뜻했다. 푸른 하늘이 나뭇잎들 사이로 쏟아
져 내려올 것만 같았다. 다시 고개를 숙여 빅토르를 내려다
보며 물었다.

"이 아이, 아들일까요 딸일까요?"

빅토르가 고개를 들고 답했다.

"쌍둥이면 좋겠소."

"욕심쟁이! 둘을 한꺼번에 낳으라고요?"

"둘 아니라 셋이라도 좋소."

"저는 당신 닮은 멋진 사내아이면 좋겠어요. 자유, 평등,
박애를 생명처럼 소중히 여기는 파리 시민으로 자라나겠죠.
꼭 한 번은 청국과 일본 그리고 조선을 여행했으면 좋겠어

요. 당신이 통역관으로 열심히 일했던 베이징 거리, 또 우리가 만나고 사랑했던 한양과 도쿄의 풍광들을 이 아이에게 보여 주고 싶어요. 그러면 이 아이는 알게 되겠죠. 자신이 얼마나 놀라운 사랑 속에서 태어난 소중한 존재인지를!"

빅토르가 무릎을 털며 일어서서 내 옆에 다시 앉았다. 내 손을 꼭 쥔 채 앞만 보고 답했다.

"나는 리심 당신을 쏙 빼닮은 딸이면 좋겠소. 동양과 서양의 아름다움을 한 몸에 지닌 여인이 될 게요. 누구라도 사랑하고 경배하지 않을 수 없을 만큼 완벽한 미인 말이오."

나는 그 순간 아랫배를 내려다보며 속삭였다.

'들었지 아기야? 엄마랑 아빠는 널 이만큼이나 사랑한단다. 무럭무럭 잘 자라렴.'

보들레르, 이하 그리고 황진이

이 세상 시인들은 많지만 내 가슴을 울리는 시는 적다. 오늘은 내 가슴을 울리는 시 중에서 셋을 함께 논한 특별한 날이다.

빅토르는 내가 무리하면 안 된다며 모임을 취소하자고 했지만 나는 잠깐이라도 참석하겠다고 고집을 부렸다. 프랑스 시와 중국 시를 비교하는 것은 빅토르 혼자서도 가능하지만, 여기에 조선 시를 포함시켜 감상하는 것은 내가 없으면 힘든 일이었다. 나는 되도록 임신 사실을 밝히지 않았으면 좋겠다고 했다. 빅토르는 이상하게 여겼지만 조선에서는 경사가 생길수록 입조심을 한다고 설명했다.

살롱엔 많은 사람들이 모여 있었다. 복직한 빅토르는 업무 파악을 하느라 바빴지만 늦지는 않았다. 중국 그림이 진열된 벽을 등지고 의자가 세 개 놓였고 그 앞에 드문드문 의자가 준비되었다. 모랭 씨는 빅토르와 나를 좌우에 앉힌 후 모임을 이끌었다.

"자, 이제 예고해 드린 대로 프랑스와 중국 그리고 조선의 시를 감상하는 소중한 시간을 갖도록 하겠습니다. 빅토르 콜랭 씨와 리심 씨에게 모임을 대표하여 감사드립니다."

나는 내 앞에 앉은 화가와 눈인사를 나누었다. 지난번에 쉼 없이 내 모습을 그리던 사내였다. 지금 그는 종이도 연필도 들지 않은 맨손이었다. 갑자기 빅토르가 그 사내를 소개했다.

"그리고 오늘은 파리의 멋진 풍경과 특히 아름다운 파리 여인들을 그리시는 에드가르 드가 씨께서 자리를 함께하셨습니다."

안경 속 그의 오른 눈자위가 심하게 떨렸다. 일어나서 허리를 약간 숙이기는 했지만 이런 자리가 익숙지 않은 듯했다.

"빅토르 씨! 그럼 먼저 우리에게 애송하는 프랑스 시와 또 중국 시를 읊어 주시기 바랍니다."

빅토르가 양손을 두 무릎에 단정히 올려놓았다. 그에게 중국어를 가르친 클렉코우스키 백작은 암송을 강조했다. 문법과 어휘를 따지기 전에 먼저 혀에 착 붙을 만큼 시문을 읽고 읽고 또 읽으며 외우라는 것이다.

그는 눈을 지그시 감고 먼저 보들레르의 「우울」부터 읊기 시작했다.

내겐 천 년을 산 것보다도 더 많은 추억이 있다네.

계산서와 시작(詩作) 노트, 연애 편지와 소송 서류들,
사랑의 노래 그리고 영수증에 둘둘 말린
무거운 머리털 따위로 그득 찬 서랍 달린 육중한 장롱,
내 슬픈 머릿속엔 그보다도 더 많은 비밀이 숨어 있다네.
내 머리는 하나의 피라미드, 하나의 거대한 지하 매장소,
공동 묘지보다도 더 많은 주검들이 간직되어 있는 곳.

나도 이 시를 좋아한다. 특히 첫 대목 '내겐 천 년을 산 것보다 더 많은 추억이 있다네.'는 꼭 내 이야기 같다. 빅토르가 실눈을 떴다. 나는 천천히 고개를 끄덕여 주었다. 뒤이어 그는 이하(李賀)의 「장진주(將進酒)」를 중국어로 읊고 불어로 옮겼다.

옥 술잔에
호박빛 진한 술

작은 술동이에 진주같이 붉은빛 방울져 내리고

용을 삶고 봉황을 구우니 옥 같은 기름이 울고

비단 병풍과 수놓은 장막에는 향긋한 바람이 감돈다

용 피리 불고

악어 가죽 북을 치니

하얀 이의 미녀는 노래하고

가는 허리의 미녀는 춤을 춘다

하물며 봄날도 어느덧 저물어 가고

복사꽃이 붉은 비처럼 어지러이 떨어짐에랴

그대여 종일토록 마시고 한껏 취할지니

유영(劉伶)도 무덤까지는 술을 가져가지 못하였으니

다음은 내 차례였다. 자리에서 일어섰다.

"보들레르와 이하의 아름다운 시 두 편을 잘 들었습니다. 조선에도 많은 시인과 시들이 있습니다만, 그중에서 저는 황진이라는 시인의 매우 독특하고 가슴 시린 짧은 시 한 편을 노래할까 합니다. 조선에서는 이런 형식을 시조 혹은 시절가조라고 하며 1000년 가까운 역사가 있습니다. 보들레르가 지닌 추억의 양과 깊이가 1000년 살이에 육박하는 것처럼 말이죠."

잔잔한 웃음이 살롱을 떠돌았다. 나도 빅토르처럼 눈을

감았다. 그리고 시조창(時調唱)을 시작했다.

　　동짓(冬至)달 기나긴 밤을 한 허리를 베어 내어
　　춘풍(春風) 이불 아래 서리서리 넣었다가
　　어른님 오신 날 밤이여든 구비구비 펴리라

　창이 끝난 뒤에도 살롱은 쥐 죽은 듯 조용했다.
　'이상한데……. 창을 낯설어하는 걸까? 시조의 뜻이라도
미리 가르쳐 줄 걸 그랬나?'
　빅토르가 이하의 「장진주」를 읊을 때도 그랬지만, 모랭
씨는 우선 그 나라 언어와 풍습에 따라 시를 낭송하여 고유
한 느낌을 충분히 전한 후 프랑스어로 설명해 달라고 했다.
이하의 경우는 이 시를 진작부터 아는 이도 있고 중국어를
하는 이들도 있어 어색하지 않았다. 그러나 이들 중 누가
황진이를 알며 또한 시조창을 접했을까.
　왼쪽 눈만 가만히 떴다. 그 순간 드가 씨가 박수를 보냈
다. 노을이 번지듯 나머지 사람들의 박수가 잇달았다. 감동
이 듬뿍 담긴 표정들이었다. 그제야 비로소 나는 이 노래의
뜻을 설명했다. 그들은 더욱 크게 고개를 끄덕였다.
　모랭 씨가 내게 청했다.
　"기나긴 겨울밤의 허리를 베어다가 이불 아래 넣어 두고

나중에 임이 오면 그 밤을 편다는 발상이 참으로 놀랍습니다. 이번에는 리심 씨의 자작시를 한 편 들려주십시오."

계획에 없던 일이었다. 빅토르는 걱정 말고 해 보라는 듯 양손을 마주 쥐고 흔들어 보였다. 즉석에서 시조를 읊는 일이 기생들 사이에선 가끔 있긴 했다. 그렇지만 보들레르, 이하, 황진이의 시 다음에 내 시를 덧붙이는 것은 두려운 일이다. 그러나 한 번 용기를 내기로 했다.

　　이별의 독주 한 잔 물결 닮은 시 한 수
　　한강에 띄운 연서 센 강가에 피어날 때
　　두어라, 마음 머무는 곳 잊혀진들 어떠리

모임이 끝났다.

쥘리에트를 비롯한 회원들은 빅토르와 내게 수고했다며 다정한 인사를 건넸다. 마지막으로 드가 씨가 흰 종이로 싼 얇은 사각 판을 들고 나아왔다.

"조선의 춤과 노래 그리고 시를 들려준 당신께 드리는 작은 선물입니다."

나는 그것을 받아 둥근 탁자 위에 올려놓았다. 조심조심 흰 종이를 뜯어냈다.

"어쩜!"

거기, 파리의 모랭 부인 살롱에서 춤추는 조선 무희 리심이 있었다. 머리에는 화관을 쓰고 옥색 치마에 흰 저고리를 입었다. 오른팔은 둥글게 접어 손끝을 이마에 살며시 대고 왼팔은 허수아비처럼 벌렸다. 턱을 들며 시선은 아래로, 오른발은 날아오르듯 버선 날을 세우고 왼발은 날아 내리듯 엄지발가락에 힘을 실었다. 자주 고름은 흘러내려 치마 허리에 닿고 은비녀는 원앙 머리만 살짝 비쳤다. 다시, 무엇인가를 쥔 듯한 왼손에 시선이 갔다. 다섯 손가락이 모두 굽어 있다. 틀림없이 무엇인가를 쥐고 있긴 한데 손 안은 텅 비었다.

"리심, 당신은 이 순간 바람을 쥐고 있소, 파리의 바람을!"

드가 씨가 내 텅 빈 손을 가리켰다.

"감사해요. 평생 간직하겠습니다."

"화가로 나선 후 줄곧 파리의 무희들과 말 타는 모습들을 그려 왔다오. 직선으로 움직이는 건 말이 최고고 곡선미를 드러내는 건 무희가 최고라오. 그래서 난 이 두 가지에 미쳐 있지. 드가가 가장 아끼는 존재는 말 등에서 춤추는 무용수란 우스개도 있다오. 최근에는 무용 교실에서 1년 내내 머무르기도 했지. 그러나 내 마음에 쏙 드는 모델을 찾기란 참으로 어려웠다오. 폴리 베르제르에서 늦도록 술을 마시며 여인들을 살폈지만 헛수고였소. 설상가상으로 1870년 보불 전쟁에 참전하면서 얻은 눈병이 점점 악화되어 이제는 안경을 써도 시력에 자신이 없다오. 아마도 곧 장님이 되고 말 거요. 눈이 멀기 전에 리심 당신을 만나 참으로 다행이오. 이젠 자세히 살피지 않더라도 그 느낌만 살려 붓을 놀릴 수 있을 듯하오. 바람이란 원래 묘사한다고 묘사할 수 있는 게 아니지 않겠소?"

나는 이 쓸쓸한 노(老) 대가 드가 씨의 이마에 감사의 입맞춤을 해 드렸다.

살롱을 나오는 길에 쥘리에트와 짧은 대화를 나눴다. 쥘리에트는 내 시가 너무 좋다며, 프랑스어 발음도 나아졌지만, 특히 조선말로 부른 노래가 감동적이라고 했다. 나는 밝게 웃으며 그녀의 귀에 속삭였다. 하나뿐인 친구에게까지 비밀을 담아 두긴 싫었다.

"아무에게도 말하지 마. 나 사실 임신했어."

루브르에서 보낸 오후

루브르를 다녀왔다.

출근에 앞서 빅토르는 내게 무리하지 말라고 당부했다. 700년이 넘도록 수집된, 고대부터 최근까지 아우르는 다양한 예술품들을 하루 만에 보는 것은 불가능하니 열 번이고 스무 번이고 틈틈이 짬을 내서 드나드는 편이 낫다는 것이다. 조금이라도 현기증이 일거나 배가 아프면 당장 감상을 그만두고 병원으로 가라는 이야기도 귀에 딱지가 앉도록 했다.

고지식한 마리는 집에서 쉬고 있으라는 내 말도 뿌리치고 기어이 오벨리스크 아래까지 따라 나왔다. 튈르리 공원 입구에서 화를 내고, 분수가 높이 솟는 연못에선 동전까지 쥐어 주었지만 고집을 꺾지 않았다. 오늘 나를 따라다니지 않으면 영원히 일자리를 잃고 말 거라며 오히려 자기를 한 번만 도와달라고 했다. 더 크게 화를 냈지만 마리는 찰거머리처럼 내 그림자만 바라보며 따라왔다.

건물들의 좌우 대칭이 아름다운 루브르로 접어들었다. 왕실과 귀족이 독점했던 예술품을 시민들에게 돌려주기 위해 공화국 정신에 따라 마련한 곳이 바로 이 루브르 박물관이다.

박물관 입구에서 기다리던 쥘리에트가 마리를 흘끔 보며 속삭였다.

"빅토르 콜랭 씨는 아직도 널 혼자 파리에 내보내지 않으려고 하는구나. 이 정도면 사랑이 아니라 거의 집착인걸. 하기야 아기까지 가졌으니 더더욱 사랑스럽겠지."

"들어가자."

서너 방을 가득 채운 야소와 그 제자들에 대한 그림은 전혀 나를 흔들지 못했다. 수십 명이 등장하는 큰 그림에도 가운데에는 항상 야소와 그 어미가 있었다. 같은 내용을 왜 이렇게 수백 편씩 서로 다르게 그린 걸까. 쥘리에트는 루브르 최고의 그림들을 보여 주겠다며 내 팔을 끌었다.

"여기는 아폴론 화랑이야. 자, 고개를 들어 봐."

나는 쥘리에트를 따라 턱을 추켜올렸다. 천장 가운데 수레를 타고 활을 쏘는 사내를 중심으로 동서남북에 걸쳐 다양한 인물들이 그려져 있었다. 아래쪽에는 화살을 맞은 거대한 뱀이 입을 쩍 벌린 채 괴로운 비명을 토해 냈다.

"누가 이걸 그렸어? 저 활을 든 사내 이름은 뭐지?"

"너는 동양에서 와서 잘 모르겠지만 너무너무 유명한 화가 들라크루아의 솜씨란다. 제목은 「피톤을 죽이는 아폴론」이야. 활을 든 사내는 당연히 아폴론이고 그 뒤에 화살통을 든 이는 동생 아르테미스. 그 외에도 헤라클레스와 헤파이스토스, 보레아스와 제피로스 등이 힘을 합쳐 괴물들을 물리치고 있어. 들라크루아는 1850년에서 1851년까지 이 천장화를 집중적으로 그렸지."

우두커니 서 있거나 앉아 있는 야소와 그 제자들에 관한 그림과는 전혀 달랐다. 이 그림 속에서는 인간도 괴물도 격렬하게 살아 움직였다. 수레를 끄는 네 마리 말의 고갯짓만으로도 이 수레가 얼마나 날렵하게 괴물을 쫓고 있는지 느껴졌다.

쥘리에트는 다시 내 손목을 잡고 한참을 걸었다.

"레오나르도 다빈치의 「모나리자」를 소개합니다."

젊은 여자의 초상이었다. 중국이나 조선의 그림처럼, 원경인 시골길과 산은 흐릿했다. 파리라도 좋고 도쿄라도 좋고 한양 감악산 아래라고 해도 곧이들을 정도였다. 여자는 앞이마 한가운데로 가르마를 타고 머리카락을 어깨까지 길게 늘어뜨렸다. 왼팔을 의자 팔걸이에 올리고 오른손으로 왼쪽 손목을 잡으며 입가에 미소를 머금었다. 그런데 놀랍게도 눈썹이 없었다.

"대단하지?"

쥘리에트가 기대에 찬 눈으로 물었다.

솔직히 모나리자가 아름다워 보이지는 않았다. 미인으로 치자면 신윤복의 「미인도」에 등장하는 여인이 최고다. 물론 그림 속 서양 여인의 눈동자는 자연스럽고 알 듯 모를 듯 기품이 넘쳐흘렀다. 그렇지만 이 그림이 왜 루브르 최고일까.

나는 오히려 렘브란트라는 화란 출신 화가의 자화상이 좋았다. 흰 머리 두건은 거듭 덧칠하여 두툼한 인상을 풍겼고 어둠에 잠긴 옷은 텅 비어 넉넉했다. 오른손에 붓을 든 화가는 늙었다. 이마에 주름도 지고 입 주위는 수염이 듬성듬성 났다. 며칠 동안 계속 그림에만 몰두한 듯 두 눈에는 초점이 없고 얼굴은 꺼칠했다. 그러나 팔레트를 든 왼손과 붓을 쥔 오른손만은 힘이 넘쳤다. 장악원에서 밤을 새워 춤을 배울 때 나도 저랬다. 눈동자는 충혈되고 입술은 부르트고 머리카락은 흩어져 두 뺨으로 흘러내렸지만 허리와 어깨, 두 손과 두 발만은 곧고 바르게 폈다. 언제라도 다시 춤사위를 시작할 준비가 되어 있었다. 내 모습을 연필로 빠르게 스케치하던 드가 씨의 경쾌한 손도 렘브란트의 저 손과 다르지 않았다. 항상 작업 중인 손, 작품에 몰두하는 손, 언제라도 몰입할 순간이 오면 준비 과정 없이 곧바로 깊이 침잠하여 스스로 생각하고 말하고 움직이는 손!

우리는 잠깐 쉬기로 했다.

뗏목 그림 아래 의자 두 개가 놓여 있었다. 왼쪽 의자에는 스케치북, 오른쪽 의자에는 연필과 붓들이 자리를 비운 주인을 기다리는 듯했다. 발목이 시큰거리면서 목이 말랐다. 쥘리에트가 가방에서 물병을 꺼내 내밀었다.

"티베트 차야. 영혼을 맑게 해 준대."

풀 냄새가 강했다. 두 모금 마시고 나니 마음이 가라앉았다.

"리심, 너 오페라 드 파리 말고 가난한 서민들이 즐기는 소극장 공연을 보고 싶다고 했지?"

"그래!"

"아프리카와 아시아 그리고 아메리카까지 섭렵하는 아주 근사한 모험 이야기를 오늘부터 시작한대. 어때, 잠깐 보러 갈래?"

"가고는 싶지만 빅토르가 퇴근하기 전엔 집에 돌아가야 해. 이것저것 음식도 준비해야 하고……."

"그때까진 올 수 있어. 그 극장 주인이 먼 친척이라서 표도 아주 싸게 구했어. 마차 타고 휭허케 다녀오면 금방이지. 가자!"

쥘리에트의 표정이 너무 진지했다.

"글쎄!"

망설이는데 의자 주인이 왔다. 그는 쥘리에트와 내 뒤에서서 정중히 말했다.

"실례하오만, 지금 두 분이 앉은 의자는 제가 루브르 박물관에 정식으로 값을 치르고 빌린 것이오."

우리는 동시에 의자에서 일어섰다.

"아, 그렇지만 이렇듯 아름다운 여인들이 앉아 계시다면 기꺼이 자리를 양보해 드리겠소."

과장스럽게 왼발을 빼고 허리를 굽힌 사내는 놀랍게도 드가 씨였다. 그날따라 안경알이 더욱 두꺼워 보였다.

"죄송해요. 잠시 쉬려는데 빈 의자가 눈에 띄어서 큰 실례를 했습니다. 작업 중이신데……."

드가 씨는 나와 쥘리에트가 바닥에 내려놓은 스케치북과 연필 그리고 붓들을 집어 들었다.

"아니오. 이것들은 그저 허전해서 가져왔을 뿐이라오. 그림쟁이가 빈손으로 털레털레 루브르로 오는 건 아무래도 좀 이상하잖소. 어차피 안경을 써도 시력이 좋지 않아 이 멋진 그림을 똑같이 옮겨 그리진 못한다오."

나는 문득 궁금해졌다.

"한데 의자를 여기에 둔 건 남다른 까닭이라도 있나요?"

드가 씨가 손을 들어 벽을 가리켰다.

"저 뗏목 때문이오. 가끔 그림 그리기에 지칠 때, 뭔가 강한 충동과 자극이 필요할 때, 나는 이 「메두사호의 뗏목」 앞에 서곤 한다오."

"메두사호…… 가 뭐죠?"

그때 쥘리에트가 끼어들었다.

"리심! 공연 보러 가자니까. 시간 다 되었어."

나는 쥘리에트의 손등을 토닥이며 답했다.

"미안, 오늘은 좀 힘들겠다. 다음에 따로 시간 낼게. 그땐 꼭 가자."

쥘리에트가 드가 씨에게 인사를 하고 먼저 자리를 떴다. 나는 다시 질문을 반복했다.

"뗏목 위에 참혹한 시체들이 널려 있군요. 메두사호는 어떤 배인가요?"

"아프리카를 오가는 배였다오. 1816년 세네갈로 이민 가는 사람들을 태우고 가다가 난파당하고 말았소. 150여 명이 겨우 폭 7미터, 길이 20미터도 되지 않는 뗏목으로 옮겨 탔지. 그리고 열사흘 만에 뗏목이 발견되었지만 135명이 이미 목숨을 거둔 후였다오."

"150명 중에서 135명이 죽었단 말인가요?"

"그렇소. 더욱 끔찍한 건 살아남은 자들이 목숨을 연장하기 위해 식인(食人)을 했다는 사실이오."

"시, 식인이라면? 사람을 먹었단 말씀이신가요?"

"그렇소. 광기에 휩싸인 뗏목이라고 할 수 있겠지. 자, 이 그림을 잘 보오. 제리코란 화가의 솜씨라오. 구원을 청하기 위해 옷가지를 흔드는 자들이 보이오? 왼쪽 아래에는 턱을 괴고 앉은 노인이 있소. 무릎을 베고 누운, 그의 아들인 듯한 사내는 이미 숨을 거두었다오. 식인과 같은 끔찍한 장면은 그림에 없지만 이것만으로도 충분히 뗏목에 가득 찬 절망을 느낄 수 있다오. 한데 한 가지 이상한 걸 느끼지 못하겠소?"

"무얼 말인가요?"

나는 그 그림을 뚫어지게 살폈다.

"가운데 앉은 흑인 말이오. 다른 이들에 비해 훨씬 단정하고 또한 침착하오. 슬픔이나 절망에 몸부림치지도 않고 살려 달라 애원하지도 않은 채, 주위를 담담히 보고만 있단 말이오. 난 이 흑인을 볼 때마다 문득 그런 생각이 든다오. 이 사내는 죽지 않고 살았겠구나. 죽음의 불구덩이에서도 살아날 희망을 제리코는 그림 속에 심어 두었구나. 이것이 바로 화가의 바람이자 내가 이 그림을 끈질기게 습작하며 다듬는 이유일 것이오."

나는 고개를 끄덕이지 않을 수 없었다. 과연 검은 사내는 뗏목에 탄 다른 사람들과는 확연히 구분되었다.

"그런데 선생님! 질문 하나 드려도 되나요?"

드가 씨가 눈길을 맞추며 웃어 보였다.

"선생님은 파리의 밤 풍경이나 무희들을 많이 그리시는 분으로 유명하시잖아요? 한데 왜……."

"이런 끔찍한 그림 앞에 의자까지 놓고 앉아 있느냐고?"

드가 씨는 말허리를 자른 후 잠시 침묵했다.

"글쎄……. 왜일까? 왜 나는 루브르로 이 뗏목을 보러 오는 걸까? 그건 아마도 삶의 화려함과 처절함이 둘이 아니라 하나이기 때문일 것이오."

"화려함과 처절함이 하나라고요?"

"파리의 밤무대를 수놓는 무희들, 나는 그녀들을 정말 아끼고 사랑한다오. 그들의 춤을 보고 있노라면 심장이 터져 버릴 듯 감동이 밀려온 적도 많았소. 하나 그녀들이 내내 아름다운 건 아니라오. 무대에서 내려오는 순간, 그녀들은 가난에 찌든 가여운 여인들일 뿐이오. 아무리 멋진 춤을 춘다 해도 삶까지 아름다워지는 건 결코 아니지. 다리라도 삐는 날이면 무대를 잃고 굶을 수밖에 없는 것이 그녀들의 일상이라오. 그녀들이 춤을 추는 무대와 살아남기 위해 식

인까지 서슴지 않은 저 뗏목이 내게는 똑같은 곳으로 보인
다오. 인생이란 이렇듯 처절한 것임을, 화려함에 매혹되는
순간에도 잊지 않으려는 노력이라고나 할까? 그나저나 리
심, 그대에게도 씻지 못할 기억들이 있소?"

"⋯⋯."

나는 즉답을 못했다. 드가 씨의 질문이 조선에서 보낸 날
들을 떠오르게 했기 때문이다. 드가 씨는 곧 사과했다.

"미안하오. 답을 들으려는 건 아니었소. 다만 대부분의
무희들이 불행을 먹고 살기에⋯⋯. 리심, 당신은 빅토르 콜
랭 씨가 있으니 행복하겠지."

나는 겨우 감정을 추스르고 답했다.

"그래요. 저는 지금 무척 행복하답니다."

"그럼 다음에 꼭 다시 한 번 내 앞에서 춤을 보여 주오.
지난번 춤보다 좀 더 아름답고 신비로운 춤을!"

나는 사족처럼 그의 말을 이었다.

"그리고 처절한 조선 여인의 춤을 꼭 보여 드릴게요. 그
런데 선생님!"

드가 씨가 나를 쳐다보았다.

"선생님은 무희뿐만 아니라 목욕하는 여인들도 그리신
다면서요?"

"그렇소. 여인의 몸은 신이 내린 축복이오. 실오라기 하

나 걸치지 않은 여인의 몸은 그 자체로 예술이란 말이오. 세월이 흐르면 그 몸도 늙고 망가지니, 사라지기 전에 아름다움을 기록하는 것 역시 화가의 사명이 아닐까 하오."

"선생님! 그럼 나중에, 아주 나중에 시간이 한참 지난 후에 저도 선생님 모델이 될 수 있을까요?"

드가 씨는 놀란 표정을 지으며 대답을 못했다.

"제 몸이 세월에 지워지기 전에 그려 주실 수 있을까요?"

"무, 물론이오."

드가 씨는 루브르 밖까지 나를 배웅해 주었다. 고개를 들어 남서쪽을 바라보던 그가 갑자기 혀를 찼다. 시선을 따라가니 에펠탑 꼭대기가 보였다.

"저 흉물을 빨리 치워 버려야 할 텐데……."

나는 깜짝 놀랐다.

"흉물이라고요? 에펠이 만든 탑을 싫어하시는군요."

"소설가 모파상도 말했지만, 파리에 저런 탑이 세워졌다는 게 부끄러운 일이오. 미적인 감각이라고는 전혀 없는 쇠붙이를 가지고 어디까지 높이 세울 수 있나 실험한 것에 지나지 않소. 박람회도 끝났으니 빨리 철거를 해서 사관 학교 연병장이 제 꼴을 갖추도록 해야 하지 않겠소?"

인생은 코미디

집으로 돌아와 이렇게 하루 일을 적을 수 있는 것만도 행운이다.

빅토르는 마르세유 출장을 다녀오는 동안 내게 잠자코 집에 있으라고 거듭 말했다. 튈르리 강변로도 루브르 강변로도 거닐지 말고 퐁데자르 다리에 서서 시테섬을 바라보지도 말라는 것이다. 출장을 최대한 빨리 마치고 돌아오겠다고 했다. 나는 그렇게 하겠다고 순순히 답했다. 출장 가는 사람 마음을 무겁게 만들기는 싫었다.

그러나 점심 식사를 마친 후 나는 집을 나섰다. 봉 마르세 백화점에 다녀오겠다고 했더니 마리가 따라나섰다. 나는 역정을 냈다.

"백화점 구경이 끝나면 자연사 박물관에 갈 거야. 거기도 따라올 거니?"

"자연사 박물관엔 무슨 일로 가시는데요?"

마리가 눈을 동그랗게 뜨고 물었다.

"자연사 박물관을 구경한 후에는 페르라셰즈에 갈 거고. 시간 남으면 쇼팽 묘지를 찾아가 볼까 해. 거기까지 따라올래?"

"묘지는 싫어요. 잘못하면 귀신 든단 말이에요. 가지 마세요."

마리가 울상을 지어 보였다.

"그래, 그럼 들어가서 낮잠을 자든지, 아님 친구들을 만나 뤽상부르 공원에서 수다를 떨든지, 작은 삽을 들고 연못가에서 흙장난 하는 아이들과 놀든지, 그도 싫으면 중앙 시장에 가서 겨울옷이라도 한 벌 사렴."

마리는 집에서 기다리겠다고 했다. 그리고 해 지기 전에 꼭 돌아오라고 신신당부를 했다.

쥘리에트가 보낸 사륜마차를 타고 생 미셸 대로를 거쳐 팔레 대로와 세바스토폴 대로를 질주했다. 왼편으로 꺾어 이탈리앵 대로를 따라서 오페라 드 파리 앞을 지났고 카푸신 대로를 달리다가 마들렌 성당을 왼편에 바라보며 몽마르트 쪽으로 방향을 잡았다. 오늘의 목적지는 몽마르트 언덕이 아니라 그 앞에 자리 잡은 소극장 '밤이나 낮이나'였다. 풍차로 유명한 물랭 루주나 화가와 문인들로 넘치는 폴리 베르제르의 인기를 뛰어넘어 제3의 새로운 기운을 몽마르트에 불어넣고자 만든 극장이라고 했다.

쥘리에트는 「인생은 코미디」라는 희극의 초대권을 이미 확보했다고 큰소리를 쳤다. 올해 공연된 작품 중에서 가장 웃기고 신나는 연극이라는 것이다. 때마침 빅토르가 출장 가는 날과 겹쳤기 때문에 나는 기꺼이 초대에 응했다. 하루 종일 집에서 먹고 자고 책 읽고 또 먹고 자고 책 읽자니 지루해서 미칠 지경이었다. 오페라 드 파리에서 본 「라 트라비아타」가 웅장하고 우아하다면 몽마르트 근처의 소극장들은 아기자기하면서도 흥겹다고 했다.

마차가 멈췄다.

오늘따라 마차가 심하게 흔들렸는데도 깜빡 잠이 들었나 보다. 요즈음은 시도 때도 없이 졸음이 쏟아졌다. 어제는 『파리의 노트르담』을 집어 들었지만 "시테섬과 대학과 장안으로 이루어진 삼중의 성내에서 모든 종들이 요란스럽게 울려 퍼지는 소리에 파리 사람들이 잠을 깬 지가 오늘로 꼭 348년 하고도 여섯 달 열아흐레가 되었다."라는 첫 문장도 끝까지 읽지 못하고 꿈나라로 갔다.

마부가 문을 열어 주기를 기다렸다. 늦가을 바람이 매서운 탓에 창에는 짙은 발이 드리웠다. 나는 짜증을 내며 발을 걸었다. 화려한 극장 대신 어지럽게 실금이 간 회색 벽이 보였다.

'여기가 어딜까?'

문을 밀고 나가려는 순간 갑자기 밖에서 문이 벌컥 열렸다. 구취와 함께 앞니가 빠진 사내의 입이 보였다. 가죽 끈이 목을 감는 것과 동시에 우악스러운 손이 입을 틀어막았다. 매캐한 냄새가 코끝으로 밀려들었고 곧 정신을 잃었다.

등이 너무 차갑다.

바닥에 물기가 있는지 엉덩이도 축축하다. 눈을 떠 본다. 어둡다. 창 하나 없는 방. 어지럽다. 천장이 빙빙 돈다. 겨우 몸을 일으킨다. 양손으로 옷을 더듬어 본다. 이상한 일이다. 드레스는 온데간데없고 조잡한 치마저고리를 입고 있다. 조선 옷을 엇비슷하게 흉내 냈지만 허리는 잘록하고 품은 지나치게 넓다.

"이게 뭐지? 누가 이런 옷을 내게 입힌 거야?"

"쿵!"

그 순간 맞은편 구석에서 인기척이 들린다. 나는 깜짝 놀라서 뒤로 물러선다. 등에 철창이 닿는다. 쇠 문고리가 잡힌다. 힘껏 당기지만 굳게 잠겨 꿈쩍도 하지 않는다. 아래를 내려다본다. 희미한 빛이 발목을 감싸며 스며들어 온다.

다시 소리가 난 구석을 살핀다.

"아악!"

비명을 지른다. 견딜 수 없는 두려움이 내 몸과 마음을 흔든다.

"도와줘요! 아무도 없어요? 아무도!"

도움을 청하지만 답하는 이가 없다. 나는 점점 지쳐 간다.

거기, 어둠 속에 검은 인간이 서 있다. 아랫도리만 겨우 가린 반벌거숭이다. 빛이 닿아도 형체를 드러내지 않을 만큼 검은 살갗이다. 오른손에는 지팡이를 들고 목에는 은빛 뼈 목걸이를 걸었다.

그가 두 걸음 다가온다. 이마 위로 거대한 뿔이 솟고 이마와 코와 입과 눈은 흰색이다.

"아악! 괴, 괴물."

나는 다시 쓰러져 정신을 잃는다.

가슴으로 밀려드는 차가운 바람 때문에 정신을 차렸다. 이번에는 양손으로 얼굴부터 가린 채 울음을 터뜨리며 물러섰다. 그러다가 엉덩이에 뭔가가 닿았다. 고개를 돌려 흘끔 보니 거대한 뿔 두 개가 내 엉덩이를 찌르고 있었다.

"엄마!"

황급히 물러났다. 얼굴을 가린 손가락 틈새로 그 괴물을 살폈다.

탈이었다. 뿔을 크고 뾰족하게 만든 들소의 탈. 어둠 속 사내가 바로 이 탈을 썼던 것이다.

'내가 왜 저 검은 사내와 철창으로 사방이 막힌 좁은 방에 함께 갇혀 있단 말인가?'

"저…… 저기요."

용기를 내서 검은 사내를 불렀다. 그러나 대답 대신 사내 얼굴이 가까이 확 들이닥쳤다.

"흡!"

있는 대로 몸을 웅크리고 눈을 질끈 감았다. 사내는 진흙을 바른 노란 털실로 얼굴을 가린 채 이마에 띠를 둘렀다. 털실 뒤에서 눈동자만 반짝거렸다.

파리의 공연업자들은 1877년부터 아프리카 흑인과 에스키모를 야생 동물원으로 데려와서 공연을 벌였다. 낯선 사내들의 춤과 노래에 파리 시민이 열광했다고 한다.

온몸이 으슬으슬 추웠다. 양손으로 아랫배부터 가렸다.

'아기, 내 아기! 놀라지 마, 아기야. 다 잘될 거야.'

갑자기 쿵 소리와 함께 방 전체가 기우뚱거렸다. 검은 사내가 미끄러지면서 거의 나를 안다시피 했다. 눈을 감고 쥐죽은 듯 숨소리도 내지 않았다. 이 사내가 나쁜 마음을 먹

는다면, 완력으로 나를 찍어 누른다면, 끔찍한 일을 당할
수밖에 없었다. 사내의 숨소리가 들렸다. 흙냄새 비슷한 체
취가 느껴졌다. 그의 팔이 내 뺨에 닿는 순간 자지러지며
비명을 토했다.

"아……."

그 순간 사내의 손이 내 입을 막았다. 우리는 눈이 마주
쳤다. 사내는 천천히 고개를 저었다. 아무 소리도 내지 말
라는 뜻인 듯했다. 내가 고개를 끄덕이자 사내는 손을 내리
고 물러섰다. 다시 방은 균형을 찾았다. 갑자기 밖이 웅성
거렸다. 고함도 들렸다. 검은 사내가 다시 들소 탈을 쓰고
뼈 목걸이를 가지런히 훑은 후 양손으로 지팡이를 수평으
로 쥐고 일어섰다. 짧은 침묵이 흘렀다.

어둠 속이었지만 나는 검은 사내의 몸짓이 낯설지 않았
다. 어떤 춤사위로도 바뀔 수 있는 가장 쉽고 또 가벼운 멈
춤이었다. 웅성거림이 잦아들더니 호들갑스러운 불어가 들
려왔다.

"자, 이제「인생은 코미디」를 시작하겠습니다. 용맹한 아
프리카의 전사와 아름다운 아시아 공주입니다."

경쾌한 북소리와 함께 방을 덮었던 검은 천이 걷히면서
빛이 쏟아져 들어왔다. 여기저기서 비명과 환호가 터져 나
왔다. 방이라고 생각했던 곳은 철창으로 만든 우리였다.

검은 사내는 지팡이를 목 뒤로 빙글 돌려 잡더니 두 발을 동시에 뗐다 붙이며 춤을 추기 시작했다. 나는 눈을 비비며 무대 앞을 살폈다. 객석은 사람들로 꽉 들어찼다. 너나없이 손가락질을 하며 웃어 댔다. 내 눈에서 쉼 없이 눈물이 흘러내렸지만 관객들은 계속 웃기만 했다. 내 황색 피부와 왜소한 몸과 조잡한 치마저고리를 비웃었다. 무릎이 휘청 흔들렸다. 뒷걸음질을 치다가 맨 앞 좌석에 앉아 환하게 웃는 여인과 눈이 딱 마주쳤다. 쥘리에트였다.

나는 더 이상 서 있지 못하고 쓰러졌다. 내가 쓰러진 후에도 북소리와 검은 사내의 춤과 관객들 웃음은 그치지 않고 이어졌다. 꿈인지 생시인지 헷갈리는 순간들이 지나갔다. 소리와 빛과 흔들림이 끝없이 이어질 것만 같더니 어느새 웅성거림이 잦아들면서 어둠이 찾아들었다.

이번에는 작은 불빛이 일렁거렸다. 철컹. 쇠문이 열리더니 두 켤레 가죽 구두가 들어왔다. 나는 눈을 감고 자는 척했다. 거친 욕설이 들려왔다.

"검둥이 새끼! 저쪽으로 서! 가슴에 총구멍이라도 나고 싶어?"

가죽 구두 사내의 손등이 내 이마에 닿았다. 소름이 돋았지만 아랫입술을 깨물며 참았다.

"호오! 제법 예쁜걸."

이마를 만지던 사내의 손이 내 콧등을 지나서 입술에 닿았다. 그리고 목덜미로 내려갔다가 가슴 속으로 들어왔다. 그 순간 나는 사내의 팔뚝을 힘껏 깨물었다.

"으윽!"

사내가 비명을 지르며 주먹으로 내 얼굴을 내려치는 것과 동시에 총소리가 들렸다. 검은 사내가 총에 맞았겠구나 하는 생각이 들었다. 쿵 하고 쓰러지는 소리가 들렸다. 불어로 된 절규가 내 추측이 틀렸음을 알렸다.

"저놈이…… 저놈이!"

"검둥이 새끼! 감히 누구한테…….”

다시 둔탁한 소리가 나는가 싶더니 정적이 흘렀다. 내 어깨가 갑자기 무거워졌다. 고개를 드니 검은 사내가 하얀 이를 드러내며 웃었다. 그리고 지팡이로 열린 문을 가리킨 후 먼저 달려 나갔다.

말발굽 소리가 무서웠다. 마차들이 멈춰 서서 다시 나를 검은 우리에 가둘 것만 같았다. 골목에서 골목으로 달리고 또 달렸다. 막다른 골목을 만나면 담을 넘기도 하고 달려드는 개들에게 돌멩이를 던지기도 했다. 한참을 달리다가 보니 계단이 나왔다. 계단 중앙에 가로등이 길게 서 있었다. 술 취한 사내들의 노랫소리가 내 등을 떠밀었다. 나는 또 정신없이 계단을 오르기 시작했다. 처음엔 두 발을 재게 놀렸고 힘이 빠지자 양손으로 번갈아 계단을 짚으며 기어올랐다. 도둑고양이나 원숭이와 다를 것 없는 동작이었지만 부끄러워할 틈이 없었다. 계단이 끝나는 곳에 성당이 있었다. 땀이 식고 긴장이 풀리면서 온몸에 한기가 들었다. 돌계단을 올라가서 성당의 큰 문을 열고 맨 처음 만나는 신부나 수녀에게 도움을 청하기로 마음먹었다. 장발장도 성당에서 밀리엘 신부에게 안식을 얻지 않았던가.

문 앞에 이르렀다. 내가 두드리기도 전에 먼저 문이 열렸다. 신부도 아니고 수녀도 아닌 늙은 문지기가 눈을 아래위로 뜨며 내 모습을 훑었다.

"꺼져, 노란 원숭이!"

나는 치욕을 누르고 입술을 떨며 말했다.

"난 부랑자가 아니에요……. 바빌론 거리로 사람을 보내세요. 외교관 빅토르 콜랭의 아내 리심을 보호하고 있다고 하면 큰 보상을 받을 겁니다."

사내는 왼쪽 입꼬리만 위로 밀어 올렸다. 비웃음이 매달려 흔들렸다.

"네가 외교관 아내면 난 이 성당 주임 신부다! 썩 가지 않으면 몽둥이찜질을 해 줄 테다."

둔탁한 소리를 내며 문이 닫혔다. 두드려도 다시는 열리지 않았다. 나를 밤마다 몽마르트로 몰려드는 거지나 정신 병자로 취급한 것이다.

겨우 걸음을 옮겨 풍차 아래 짚단에 숨어들었다. 짚단을 덮고 해가 뜰 때까지 기다렸다. 졸음이 밀려들었지만 허벅지를 꼬집으며 참았다. 여기서 잠들면 꽁꽁 얼어 죽을지도 몰랐다. 다시 눈꺼풀이 무거워지려고 하면 복수심으로 잠을 깨웠다.

'쥘리에트! 나쁜 계집. 왜 나를 그런 함정에 빠뜨렸지? 난 널 정말 친구로 대했는데, 자칭 공화주의자인 네가, 자유와 평등과 박애를 최고의 가치로 치는 네가, 어찌 내게 이럴 수 있지? 날만 밝아 봐라. 당장 가서 복수를 해 줄 테다. 머리를 쥐어뜯고 가슴을 짓밟아 줄 테다. 기다려라.'

그리고 또 졸음이 밀려왔을 때는 검은 사내를 떠올리기도 했다.

'어디로 갔을까. 그가 없었다면 나는 평생 철창에 갇혀 지냈을지도 몰라.'

새벽에 경찰의 도움을 받아 집으로 돌아올 때까지 나는 묻고 또 물었다.

'이것이 파리인가? 그들이 진정 파리 시민인가?'

아기를 잃다

　오늘 파리에서 첫눈을 맞았다. 평소였다면 빅토르와 함께 공원을 거닐며 이국의 정취를 만끽했을지 모른다. 그러나 오늘은 내 인생에서 가장 슬픈 날이다.

　새벽부터 아랫도리로 피가 흐르더니 결국 아기를 잃었다. '밤이나 낮이나'에서 겪은 일 때문이다. 이제 나는 영원히 첫눈을 저주하리라. 거기서 얻어맞아 부은 눈두덩도 아직 가라앉지 않아서, 빅토르가 둘로 넷으로 여덟으로 어떤 때는 열여섯으로까지 보였다. 하루 종일 울기만 했다. 마리가 음식을 차려 왔지만 먹을 수 없었다. 가슴이 쥐어짜듯 아파 오면서 잔기침이 쏟아졌다.

　일찍이 나는 결심했다. 결코 내 아기에게만은 부모와 헤어지는 아픔을 주지 않겠다고. 아기가 장성하여 혼인을 할 때까지 늘 곁에서 지켜 주겠다고. 누구처럼 야소교에 미쳐 자식을 버리지는 않겠다고. 어린 딸아이를 배에 남겨 두고 사라지는 어미는 되지 않겠다고. 파리에 와서도 이 결심만은 흔들리지 않았다.

그러나 나는 맹세를 지키지 못했다.

내 아기는 세상에 나와 보지도 않고 사라졌다. 죽었다.

개선문에서 콩코르드 광장을 거쳐 루브르 박물관으로 쏟아지는 저녁 햇살도, 마르세유에서 출발하여 리옹 역에 금방 닿은 이집트와 인도차이나 반도와 청국과 일본 그리고 조선의 새 소식도, 뤽상부르 공원과 튈르리 공원의 새소리도, 페르라셰즈에 세워진 갖가지 비석들도, 자연사 박물관의 고래 뼈도, 센강도, 에펠탑도 모른 채, 내가 주고 싶었던 그 많은 선물들만 되새기게 만든 채, 아기는 죽었다.

죽었다. 아기를 위해 준비한 모든 것은 이제 필요가 없어졌다.

아기의 작은 몸을 덮을 요에 목숨 수(壽)만 열두 개를 수놓았는데. 오래오래 살라고, 오래오래 살아서 유럽을 전부 여행하고 멀리 자유의 여신상이 있다는 미국에도 가고, 어미인 나 리심의 고향 조선에도 가라고.

신이여!

당신이 정말 하늘 위 그곳에 계십니까?

그곳에 앉아 세상일을 살피신다면, 어찌 내게 이런 가혹한 시련을 주신단 말입니까. 당신을 믿지 않아서입니까. 빅토르가 외방 선교회에서, 또 생 프랑수아 자비에 성당에서 기도를 드릴 때 나 혼자 속세 일에 관심을 쏟았기 때문입니까. 이교도들에게는 원래 이렇게 잔인하십니까. 죽든 말든 울든 말든 알 바 아니라고 생각하시는 겁니까.

아, 아니다. 이제 와서 이런 기도가 원망이 무슨 소용이 있을까. 바빴겠지. 빅토르는 공무에 바쁘고 나는 프랑스 문물을 익히며 파리를 알아 나가느라 바빴으니 하늘에 계신 신도 나름대로 바쁜 일이 있었으리라. 원망은 말자. 모든 게 내 탓이다.

엄마는 어린 나를 두지강에 버렸고, 나는 파리에서 내 아기를 지키지 못했다. 엄마와 나는 똑같이 엄청난 잘못을 저지른 것이다. 뱃속에 있는 아기도 지키지 못하는 어미가 어미일 수 있을까. 여자일 수 있을까. 빅토르는 아기를 또 가지면 된다고 한다. 그러나 설령 또 잉태한다 해도 그 아이가 이 아이일 수는 없다. 그 인생과 이 인생은 엄연히 다른 법.

리심, 넌 천벌을 받아도 싸다.

앵발리드 다리 아래로 흐르는 죽음

집을 나섰다. 눈이 녹기 시작한 길은 걸음을 디딜 때마다 질퍽거렸다.

처음엔 쥘리에트를 찾아낼 작정이었다. 빅토르는 그녀가 파리에서 완전히 증발해 버렸다고 했지만 나는 꼭 그녀를 만나야만 했다. 왜 내게 이런 불행을 안겼는가를 설명할 이는 쥘리에트뿐이었다.

그러나 거리에서 겨울 바람을 맞는 순간 이제 와서 그녀를 찾아 봤자 아무것도 달라지지 않음을 깨달았다. 유산한 아기를 되살릴 수 없다면, 불행의 시작을 알아서 무엇 하리. 중요한 것은 내가 지금 불행하다는 것이며, 이 불행을 그 누구와도 나눌 수 없다는 것이다. 물론 빅토르는 밤마다 나를 꼭 안아 주면서 위로의 말을 건넨다. 악몽은 빨리 잊는 편이 낫다고, 내게 그런 일이 닥치도록 막지 못한 자신을 용서하라고. 나는 안다, 그 역시 무척 낙담하고 있음을. 외교관의 일상에는 흔들림이 없지만 기도하는 시간이 점점 더 길어졌다. 나는 안방에서 신을 저주하고 그는 서재에서 신의 위로를 구했다.

생 제르맹데프레 성당을 돌아서 박 거리로 접어들었다. 볕이 잘 드는 양달에 칼을 가는 사내가 있었다. 수레에는 날 선 칼이 가지런히 진열되었다. 때가 잔뜩 묻고 여기저기 기운 흔적이 역력한 회색 털옷을 입은 사내는 꽁꽁 언 손을 번갈아 불며 회전하는 돌에 칼을 갈았다. 나는 사내에게 다가가서 물었다.

"칼 하나 얼만가요?"

사내가 내 얼굴을 슬쩍 쳐다보더니 가래침을 바닥에 탁 뱉었다.

"가우."

거지 취급을 당하는 것 같아서 화가 났다.

"나 돈 있어요. 저기 바빌론 거리에 살고요."

사내가 칼을 갈다가 말고 화를 냈다.

"칼을 사서 어디에 쓸려고 하우?"

갑작스러운 질문에 나는 말을 더듬었다.

"그, 그거야 요리도 하고……."

"거짓말!"

사내가 내 말을 딱 자르고 다시 칼을 갈기 시작했다.

루아얄 교 앞에 섰다. 강 건너 튈르리 공원과 루브르 박물관이 보였다. 평소라면 아무 생각 없이 강을 건넜을 것이다. 우아한 분위기 속에서 산책을 즐기기엔 콩코르드 광장에서부터 튈르리 강변로와 루브르 강변로를 돌아 샤틀레 극장을 끼고 좌회전하여 리볼리 거리를 통해 다시 콩코르드 광장으로 돌아오는 것이 최고였다.

그러나 나는 루아얄 교를 건너지 않았다. 건널 수 없었다. 튈르리 강변로에 있는 마차 서넛을 보는 순간 나도 모르게 뒷걸음질을 쳤던 것이다. 누가 내 옆을 스쳐 지나가기만 해도 깜짝깜짝 놀랐다. 불로뉴 숲 쪽을 바라보며 걸음을 옮겼다. 강변을 따라 걷다가 행인을 만나면 숨고 또 강변을 따라 걷기를 반복했다. 콩코르드 교에서 다시 걸음을 멈추었다. 이 길을 따라 올라가면 콩코르드 광장이 나오고 거기서 왼편으로 꺾으면 샹젤리제 대로다. 대로를 주욱 따라가면 개선문에 이른다. 왼편으로 꺾지 않고 곧장 나아가면 루아얄가로 그 끝에 마들렌 성당이 있고 성당을 지나 더 올라가면 몽마르트 언덕인 것이다. 그 언덕 옆에서 나는 검은 사내를 만났고 내 인생에서 가장 끔찍한 일들을 겪었다. 오들오들 떨며 극장 풍광을 이야기하는 내게 빅토르는 답했다.

"지금 파리에 「인생은 코미디」라는 작품을 하는 곳은 없소. '밤이나 낮이나'란 극장도 존재하지 않소."

"그럴 리가…… 날 무대로 끌어냈다고요. 객석엔 관객들이 가득 찼다고요."

"파리에는 흑인과 아시아인을 무대에 올려 구경거리로 삼고 돈을 버는 극장도 없소."

"1878년 폴리 베르제르에서 아프리카 줄루족 흑인들을 무대에 올려 큰 인기를 끌었잖아요?"

"그땐 그때고, 지금은 없소."

"그럼 제가 거짓말을 한단 말인가요? 악몽이라도 꾸었다는 거예요? 날 눈뜬장님 취급하지 마요. 올해도 에펠탑 앞에 있는 샹드마르스에서 인종 전시회가 열렸잖아요? 흑인이나 황인을 잡아 와서 장사를 하는 거라고요."

"당신을 납치해서 무대에 올렸다면 그건 범죄 행위요."

"거기 모인 사람들은요? 그들은 모두 파리 시민들이에요. 비밀스럽게 이루어진 일도 아닌데, 왜 극장도 나를 납치한 사람도 못 찾는다는 거죠?"

항변을 했지만, 빅토르는 쉬운 일이 아니라는 말만 되풀이했다.

센강을 따라 걷다 보니 어느새 앵발리드 다리까지 다다랐다. 강 건너 알마 대로를 따라 올라가면 개선문이다. 강

이쪽에도 또 저쪽에도 오가는 행인이 없었다. 나는 오르세 강변길을 따라서 에펠탑까지 가려다가 마음을 바꾸었다. 천천히 앵발리드 다리로 올라갔다. 그리고 난간에 기대어 방금 내가 걸어왔던 길을 되짚어 보았다. 멀리 루브르가 보였다. 센강 오른편에는 빅토르가 근무하는 외무부가 있었다. 방금 그 앞을 지나왔는데도 거기 외무부가 있는지, 또 공화국 깃발이 저렇듯 당당하게 펄럭이는지도 몰랐다.

빅토르, 당신은 지금 무얼 하고 있나요.

틀림없이 공무를 보느라 바쁘게 거위 깃털 펜을 놀리겠지요.

파리에서 새로 얻은 업무 외에도 당신은 청국과 일본 그리고 조선과 관련된 업무까지 챙기고 자문하고 때론 의견서를 내느라 눈코 뜰 새가 없더군요. 통역관에서 외교관으로 올라온 탓에 외교 감각이 떨어진다는 말을 듣지 않기 위해, 밤낮없이 일하고 또 일하잖아요. 외교관의 아내는 외로운 법이라고, 미안해하는 마음 나도 알아요. 파리 하늘 아래 조선 여인은 나 혼자뿐이니까, 빅토르 당신이 없으면 나는 정말 외톨이가 될 수밖에 없으니까요. 그래도 이 모든 불행이 당신 때문이라고 자책하진 마요.

아, 빅토르!

솔직히 말하자면 나 너무 힘들어요.

며칠만 공무를 쉬고 내 곁에 머물 수는 없나요.

안 되겠죠? 철두철미한 당신에게 이런 요구를 한다는 것이……. 그래도 이번만큼은 당신이 한양에서 그랬던 것처럼 나를 안고 사랑을 속삭여 준다면, 아, 그러면 정말 좋겠는데…… 안 되겠죠? 역시 빅토르 당신에겐 그 무엇보다도 외무부 저 안에서 하는 일이 소중할 테죠. 알아요. 나도 안다고요. 하지만…….

다리 아래를 내려다보았다. 날개 한 쌍과 옷고름을 쥔 거대한 오른손이 보였다. 발을 꼬고 의자에 앉은 채 콩코르드 다리를 지나서 다가오는 배를 마중하는 조각상이었다. 갑자기 그 날개가 앞뒤로 흔들리더니 바람이 불어와 내 모자를 날려 버렸다. 손을 뻗어 잡으려 했지만 이미 날아간 모자는 빙글빙글 몇 바퀴 돌더니 강물에 꽃잎처럼 내려앉았다.

그 순간 잉잉 작은 소리가 들려왔다. 처음에는 휘몰아치는 바람 소리인 줄 알았다. 주위를 둘러보았지만 더 이상 바람은 불지 않았다. 엥엥엥 소리가 조금 더 커졌다. 소리는 놀랍게도 강물 속에서 분수처럼 솟았다.

"아기! 내 아기!"

생글생글 웃는 아기의 얼굴이 강물에 비쳤다. 아기는 두 주먹을 꼭 쥐고 흔들었다. 어서 오라고, 어서 와서 안아 달라고 나를 부르는 것만 같았다.

"그래, 갈게. 엄마가 곧 갈게."

나는 힘껏 손을 뻗었고 그 순간 두 발이 허공으로 떠오르며 머리부터 센강에 떨어졌다.

선물

잃은 만큼 채우려 애쓰는 것이 인생일까.

나는 자살을 시도하지 않았다고, 단지 강물 속에서 분수처럼 솟아 나오던 아기를 품에 안으려고 했을 뿐이라고 설명했지만, 의사는 내 말을 믿지 않았다. 심한 충격 때문에 환청이 들리고 환영이 보이는 것인데 이 증상이 언제까지 지속될지 예측하기 어렵고, 언제 또 자살을 감행할지 모르니 항상 주의해서 살펴야 한다는 처방을 내렸다. 그날부터 마리는 화장실까지 졸졸 따라왔다. 빅토르에게 이럴 필요는 없다고 따졌지만, 그는 오히려 눈물을 글썽거리며 나를 설득했다. 마침 사관학교 생도들이 앵발리드 다리를 건너지 않았다면 꼼짝없이 강물에 빠져 죽었을 것이라고 했다.

성탄절이 다가왔지만 우리 집은 내내 조용하고 우울했

다. 마리는 마리대로 온종일 나를 감시하느라 힘들어했고 빅토르 역시 바쁜 업무 중에도 나를 챙기느라 신경을 썼다. 나는 이제 환청도 환영도 없다고 강조했지만 두 사람은 태도를 바꾸지 않았다.

성탄을 이틀 앞두고 빅토르는 또 마르세유로 출장을 가게 되었다. 그는 모랭 씨 부부에게 특별히 부탁을 해 두었다고, 하룻밤 그 집에서 지내라고 했다. 그냥 집에 머무르겠다고 하자, 마리도 부모님이 편찮으셔서 하루 휴가를 냈다는 것이다. 모랭 씨는 백화점 때문에 바빴고 나는 모랭 부인과 함께 뤽상부르 공원으로 나들이를 갔다. 처음에 튈르리 공원으로 가자고 했더니, 모랭 부인은 난감한 표정을 지어 보였다.

"솔직히 말할게요. 빅토르 콜랭 씨가 되도록 센강 가까이는 가지 말라고 했어요."

겨울 공원은 쓸쓸했다. 두꺼운 옷을 껴입은 채 개를 끌고 나온 노인들만 잔기침을 해 댈 뿐이었다. 사랑을 속삭이는 연인들로 붐비던 벤치들은 텅 비었고 분수를 뿜어 올리던 공원 중앙 연못도 얼어붙었다. 걸음을 옮길 때마다 마른 낙엽 부서지는 소리가 났다. 조각상들의 머리와 어깨엔 며칠 전 내린 눈이 혹처럼 얼어붙어 있었다.

모랭 부인이 검은 장갑을 낀 팔을 뻗어 큰 원을 그렸다.

"사람으로 치자면 군더더기 없이 아주 잘생긴 청년 같은 공원입니다. 기하학적인 배치가 완벽에 가깝죠. 연못 좌우엔 반원 모양 정원이 사과를 쪼개듯 둘로 나뉘어 자리를 잡았고 위쪽에는 사각형 아래쪽에는 긴 직사각형 모양인데 아랫변만 반원을 취해 색다른 맛을 냈죠. 나무 하나 오솔길 하나도 허투루 만든 곳이 없습니다. 못나면 못난 대로 자연물을 활용하는 영국 정원과는 완전히 딴판이죠. 아, 리심 씨는 아직 영국엔 못 가 봤죠? 꼭 한 번 가 보세요. 해협 하나를 사이에 두었을 뿐인데도 프랑스와 영국은 너무 다르답니다."

'조선과 일본처럼?'

나는 속으로 물었다.

"하나 내가 정말 좋아하는 정원은 일본 정원이지요. 일본 정원은 자연물을 그대로 활용하면서도 기하학적 배치까지 이루어 냅니다. 더욱 중요한 사실은 그 안에 작은 우주를 만든다는 것이죠. 자, 우리 앞에 펼쳐진 공원을 보세요. 나무는 나무, 길은 길, 연못은 연못이지 않나요? 일본 정원은 모든 구성물 하나하나마다 곱씹어야 할 깨달음이 숨어 있답니다. 조선 정원은 어떤가요?"

모랭 부인의 장황한 설명이 또 일본에 가 닿았다. 전생에 일본인이었을까. 그녀는 일본인보다도 일본에 대해 많은 것을 읽고 알고 아꼈다. 이 정도 크고 멋진 정원이라면 조선에선 왕과 내명부 당상에 오른 여인들 외엔 출입이 엄격하게 제한되었을 것이다. 그러나 뤽상부르는 만인의 정원이었다.

"글쎄요. 정원 자체를 이렇듯 거대하게 만들지 않고, 산천 경관을 정원 풍광으로 끌어들인다는 점에서 프랑스와는 다르고, 일본과 영국의 중간 정도 된다고 할까요?"

"산천 경관을 그대로 정원 풍광으로 끌어들인다고요? 흠, 그것도 참 흥미롭네요."

다음 날 아침 식사를 마치고 집으로 돌아가려 했지만, 모랭 부인은 이렇게 맑고 화창한 겨울날은 만나기 어렵다고, 빅토르 콜랭 씨는 어차피 저녁에야 돌아올 테니 오늘도 나들이를 가자고 했다. 그녀는 내가 오래전부터 식물원과 그 안에 자리 잡은 자연사 박물관에 가고 싶어 하는 것을 알고 있었다.

식물원 철문을 지났다. 커다란 사자 두 마리가 벽 위에 앉은 샘이 나왔다. 샘물이 사자의 입을 통해서 졸졸졸 흘러나왔다. 겨울나무들 사이로 걸음을 뗐다. 추운 탓인지 식물원을 찾는 이는 거의 없었다. 벽과 천장이 모두 유리인 집을 둘러보았다. 밖은 겨울인데 유리 안은 열기로 후끈 달아올랐다. 이름을 외우기 어려운 열대 식물들이 빽빽하게 늘어섰다. 멀리 사하라 사막 아래 아프리카에서 배로 실어 온 것들도 많았다.

자연사 박물관은 동물들의 거대한 공동 묘지였다.

3층까지 계단으로 이어진 회랑은 각기 다른 주제로 다양하게 꾸며졌다. 루브르에서는 주제를 표현하는 전시물이 그림이라면 여기선 박제한 동물이었다. 가운데 넓은 직사각형 공간은 더욱 역동적인 전시실로 활용되었다. 투명한 유리로 된 천장에서 쏟아져 들어오는 햇빛이 어두침침한 실내를 밝혔다. 사각형으로 단 높이를 달리하여 박제를 세웠는데, 양이나 소, 말이나 돼지는 물론 육중한 코끼리나 하마, 껑다리 기린, 무시무시한 턱을 자랑하는 악어까지 등장했다. 살아서는 한 번도 만날 수 없었던 상어와 호랑이가 나란히 마주 보며 서고 색색의 물고기들도 바다나 강을 떠나 새처럼 공중에 매달렸다. 곤충과 벌레, 그리고 물고기들을 작은 못으로 찍어 유리로 싼 탁자 위에 올려 두었다. 탁자에 붙은 서랍마다 생물들의 학명이 단정히 적혔고, 서랍 안에는 각 생물에 대한 논문과 저서가 정리되어 있다고 했다. 작은 새나 동물들의 뼈와 함께 둥근 유리병에 그 사체가 담겨 있기도 했다. 그 모습이 너무 생생해서 당장이라도 유리병을 열면 팔딱거리며 뛰쳐나올 것만 같았다.

꼬리를 늘어뜨린 채 줄지어 있는 두 마리 거대한 고래 뼈 앞에서 모랭 부인이 농담처럼 한마디 했다.

"이렇게 크니 요나가 들어가서 살 만도 했겠어요."

요나는 고래 배 속에 잡혀 들어갔다가 살아서 나온 인물이라고 했다. 야소경엔 믿지 못할 일들도 참 많았다.

전시물은 각 복도에 붙은 갤러리에도 가득 찼다. 나는 모랭 부인과 헤어져 혼자 박물관을 돌아다니기 시작했다. 진기한 생물이 나타날 때마다 모랭 부인이 조물주의 섭리 운운하는 것이 듣기 거슬렸다.

짐승의 발만 따로 모아 놓은 탁자를 지나서 곰과 사자가 나란히 서 있는 모퉁이를 돌다가 아무것도 전시되지 않은 벽과 맞닥뜨렸다. 나무 판자와 못들이 구석에 놓인 것을 보니 무엇인가 새로운 것을 전시할 모양이었다. 원숭이 두 마리가 붙어 있는 문을 밀고 들어갔다. 어두침침해서 정확히 구별할 수는 없었지만 긴 복도 양쪽 벽을 따라서 마찬가지로 갖가지 동물들이 전시되어 있었다. 나는 차갑고 미끌미끌한 유리에 손바닥을 붙이며 천천히 걸어 들어갔다. 유리 저편에 선 짐승들의 삶이 한 마리씩 내 손바닥으로 전해지는 듯했다.

그러다가 옅은 빛이 뿜어 나오는 전시물 앞에 섰다. 바닥에 붙은 '찰스 다윈의 이론에 근거한 진화의 증거들'이란 글씨를 겨우 읽어 냈다.

헝겊으로 아랫도리만 가린 채 벌거벗은 인간이 돌도끼를 등에 지고 서 있었다. 그 곁에는 온몸에 털이 나고 허리가 굽은, 인간이라고 하기도 어렵고 원숭이라고 보기도 어려운 전시물이 두 눈을 부릅뜬 채 나를 노려보았다. 한 걸음 물러섰다가 천천히 다가갔다. 그 칸만 이상하게도 유리창이 없었다. 전시물의 왼쪽 가슴에 손바닥을 댔다. 얼음보다도 더 차가웠다. 만져 보니 색칠을 한 나무판이었다. 손을 떼고 그 옆에 놓인 원숭이를 바라보았다.

"리심!"

모랭 부인이 입구에서 나를 불렀다. 짧게 대답을 하자 흰 가운을 입은 사내와 함께 복도를 걸어왔다. 갑자기 내가 사라져서 한참을 찾았노라고 이 컴컴한 방에서 대체 무얼 하고 있었느냐고, 무섭지도 않으냐고 물었다. 나는 새소리가 들려 여기까지 왔다고 적당히 둘러대며 사내와 눈인사를 나누었다. 그는 이 방 전체를 책임지고 관리하면서 찰스 다윈의 학설을 연구하는 앙리 씨였다. 내가 전시물 가슴에 손바닥을 댄 것을 보았던 것일까. 앙리가 시선을 내려 내 손을 쳐다보며 입을 열었다.

"제 목표는 다윈 선생의 진화론을 입증하는 것입니다. 자연사 박물관은 동물 갤러리만 4년 전부터 운영하고 있습니다만, 지금부터 잘 준비하면 5년 안에 인류학 갤러리도 열 수 있다고 봅니다."

완전한 인간은 눈과 코가 모두 큰 백인 사내였다. 허리가 구부정하고 온몸에 잔털이 많은 중간 단계의 생물은 황색 피부를 지녔다. 황인종은 인간도 아니란 말인가! 불쾌감이 내 머리끝까지 치솟았다.

모랭 부인이 갑자기 언성을 높였다.

"이건 하나님을 모독하는 짓이에요. 죄악이라구요. 진화 라니요? 천지 만물은 조물주에 의해 창조되었고 그 모습이 지금까지 단 하나도 바뀌지 않았어요."

"다윈 선생의 주장에 따르면, 만물은 진화의 과정을 거쳐 발전해 왔습니다. 인간 역시 태초부터 존재한 것이 아니라 거대한 진화 속에서 포유류 중에서도 비교적 늦게 지구상에 모습을 드러냈지요. 부인의 신앙심에 대해선 제가 뭐라 말하기 어렵습니다만, 과학에 기댄다면 진화론은 진리입니다."

나는 앙리 씨를 쳐다보며 질문을 던졌다.

"그렇지만 저 전시물은 앙리 씨가 다윈의 이론을 증명하기 위해 일부러 만든 것 아닌가요? 원숭이도 아니고 사람도 아닌 존재가 정말 있다는 증거를 보여 주세요. 이런 인형 말고요."

앙리 씨가 손으로 입을 가린 채 헛기침을 두어 번 했다.

"날카로운 지적이십니다. 유감스럽게도 아직 진화 과정을 남김 없이 밝히지는 못하였습니다. 하나 중요한 발굴이 이루어지고 있으니 곧 진화의 증거들이 속속 나올 겁니다. 바다에 사는 고래도 어류가 아니라 포유류로 밝혀졌듯이 말입니다."

모랭 부인이 내 손을 잡아끌었다.

"가요. 더 이상 불경스러운 이야기 듣지 말고 돌아가요."

나는 불경스럽다는 생각 대신 진화론에 관해 더 많이 토론하고 싶었다. 모랭 부인은 삶의 문제를 야소의 경전에 기대어 풀지만 나는 내 손으로 삶의 비밀을 하나씩 파헤치며 여기까지 왔다.

뒤돌아서기 전에 마지막으로 앙리 씨에게 말했다.

"거짓인지 참인지를 알기 위해서는 물증을 확보하고 이성적으로 분석하는 과정을 거쳐야 한다고 봅니다. 아직 그 단계로 접어들지 않았으니 뭐라 단정 짓긴 어렵겠네요. 그러나 이렇듯 열심히 연구를 계속한다면 곧 결과가 나오겠지요. 갤러리를 열게 되면 그때 다시 와서 앙리 씨의 못다한 설명을 마저 듣겠습니다. 미리 연락을 주시면 더욱 좋고요. 근데 하나만 마지막으로 물을게요. 저 완전한 인간 인형을 꼭 백인 사내로 해야 하나요? 혹시 황인이나 흑인을 세울 계획은 없으신가요?"

당황한 앙리 씨에게 내 주소와 이름을 건넸다.

날이 완전히 어두워진 후에야 식물원을 빠져나왔다.

집으로 들어가니 빅토르와 마리가 이미 돌아와 있었다.
포옹과 가벼운 입맞춤을 나눈 후 옷을 갈아입기 위해 방으
로 들어가려고 했다. 빅토르가 갑자기 내 앞을 막아섰다.

"나의 천사 리심! 파리에서 처음 맞이하는 성탄절을 축
하하오. 당신을 위해 작은 선물을 마련했으니 기쁘게 받아
주길 바라오."

"선물이라고요?"

그리고 빅토르가 왼쪽으로 비켜서며 문을 열었다.

"아, 이, 이건!"

놀라지 않을 수 없었다.

내 나라 조선에서 지위가 높은 정경부인의 안방을 그대
로 옮겨 놓은 것이다.

꽃과 새들이 어우러진 여덟 폭 병풍으로 우선 창을 가렸
다. 문 좌우에는 2층 농을 나란히 세웠는데, 왼쪽 농은 나전
칠기고 오른쪽 농은 화각이었다. 빅토르가 특별히 아끼던
태극 문양이 새겨진 화각농이었다. 기메 박물관에 농이란
농은 전부 기증한 줄 알았는데, 나를 위해 하나씩 남겨 둔
것이다.

화각농 옆에는 책장을 놓았으며 위 칸에는 김시습과 허균의 시집을 두었고 아래 칸에는 촛대와 먹, 벼루, 종이 상자 등을 넣었다. 서안 위에는 작은 나무 인형 한 쌍을 올려놓았다. 연지 곤지 찍은 신부와 사모관대 갖춰 입은 신랑이었다.

병풍 맞은편에는 까치와 호랑이가 함께 있는 그림이 걸렸다. 까치는 머리를 곤두박고 물구나무를 선 것처럼 나뭇가지에 위태롭게 매달려 호랑이를 내려다보았고, 호랑이는 까치 우는 소리가 시끄러운지 눈을 치뜨며 입을 크게 벌렸다. 호랑이의 앞발과 뒷발에는 새끼 호랑이 다섯 마리가 좌우를 두리번거리며 숨었다. 서안 옆에는 커다란 백자가 자리를 잡았다. 푸른 구름 위를 마음껏 날아가는 청룡이 흰바탕에서 더욱 자유로워 보였다. 청룡의 머리를 손바닥으로 쓸면서 빅토르를 올려다보았다.

"어떻게 이걸 다……."

빅토르가 다가와 내 뺨으로 흐르는 눈물을 엄지로 닦아주었다.

"리심! 이 방은 영원히 바꾸지 않겠소. 여긴 작은 조선이고, 이 방의 주인은 내 사랑 리심 당신이라오."

기메 박물관, 봄꽃 향기

누구나 한 번쯤은 뜻하지 않은 곳에서 뜻하지 않은 누군가를 만난다.

기메 박물관에 다녀왔다. 작년에도 잠시 빅토르를 따라서 구경한 적이 있지만 오늘은 하루 종일 박물관에 머물며 구석구석을 살펴보았다. 그리고 놀라운 초고를 하나 읽었다.

기메 씨가 동양에 대한 연구에 돈을 아끼지 않는다는 것은 잘 알려진 사실이다. 조선에서 가져온 물건으로 가득 찬 방이 첫 번째 선물이라면, 기메 박물관 나들이는 두 번째 선물이었다. 모랭 부부를 비롯한 파리인들은 첫 번째 선물에 경탄했지만 내게는 기메 박물관에서 보낸 봄날 오후가 더욱 소중했다.

박물관은 한산했다.

사람들이 심각한 표정으로 티베트나 인도에서 들여온 불상들 앞에 옹기종기 모여 있었다. 공책에 무엇인가를 적는 이도 있었고 간단히 그림을 그리는 이도 있었다. 간혹 동양인도 섞여 있었는데, 조선인은 없었고 청국인과 일본인이 대부분이었다. 일본인이라 짐작되는 키 작은 사내 곁에 슬쩍 다가가 섰다. 그는 불상들을 보면서 땅이 꺼져라 한숨을 내쉬고는 일본어로 낮게 읊조렸다.

  "잔인해. 이건 너무 잔인해."

  나는 앞에 놓인 불상을 쳐다보며 일본어로 물었다.

  "뭐가 그렇게 잔인하다는 거죠?"

  사내가 깜짝 놀라며 나를 쳐다보았다.

  "일본인인가요?"

  "아닙니다. 조선인입니다."

  "조선인? 파리에 조선인도 있습니까?"

  그 물음에 기분이 상했다. 바야흐로 파리에는 일본 열풍이 불고 있었고 그 바람을 타고 많은 일본인들이 속속 이주해 왔다.

  "다케시라고 합니다."

  "리심이에요."

  "저는 프랑스 역사를 공부하기 위해 왔습니다. 리심 씨는요?"

"이것저것 서책도 읽고 구라파인들 삶도 배울 겸 왔지요."

남편 따라 왔다는 이야기는 하고 싶지 않았다. 나는 잠시 침묵했다가 물음을 반복했다.

"뭐가 그리 잔인하다는 건가요?"

"참수당한 부처들을 자랑스럽게 전시해 놓았으니 잔인하달밖에요."

그 말이 옳았다. 왼쪽 방에는 목 잘린 불상들 머리가 가득했고, 오른쪽 방에 전시된 불상들은 몸통이 붙었지만 목과 가슴 그리고 배가 잘려 나가기는 마찬가지였다. 다케시가 계속 설명했다.

"틀림없이 귀국선에 쉽게 실으려고 난도질했을 겁니다. 네모반듯하게 잘라서 상자에 담았겠죠. 파리 곳곳에 선 다채로운 인물상들을 이렇게 잘라서 도쿄나 한양으로 옮겨 전시한다면 프랑스인들은 뭐라고 할까요? 아마도 손가락 하나 자르지 못하게 펄펄 뛰면서 문화도 모르는 미개국이니 뭐니 할 겁니다. 아, 정말 이건 비극입니다. 제가 비록 독실한 불교도는 아니지만 목 잘린 부처들만 모아 놓은 풍광은 견딜 수 없군요. 목 잘린 예수들만 모아 놓았다면 저들은 통곡을 하겠지요. 자신들이 얼마나 잔인한 짓을 저질렀는가를 모른다는 사실이 더 끔찍합니다."

나는 그의 분노와 슬픔을 충분히 알 수 있었다. 문화를 아끼고 보호하는 것도 저들이고 문화를 훼손해 여기로 가져오는 것도 저들이다. 사랑과 박애를 베푸는 것도 저들이고 경멸과 차별을 당연하게 여기는 것도 저들이다. 다케시는 파리에 온 지 겨우 한 달이 지났다고 했다. 그는 앞으로도 오랫동안 깊은 상처를 받을 것이다. 그러나 나는 받아들여야 할 것과 피해야 할 것, 무시해야 할 것을 알려 주지는 않았다. 파리에 온 이상, 다케시는 스스로 그 충격과 고통을 알고 느끼고 이겨 나가야 한다. 그것이 파리에 온 이방인들이 살아가는 방식이다.

다케시와 헤어져 3층으로 올라갔다.

중국 도자기나 일본 그림이 깔끔하게 정리되어 있었다. 신경을 써서 전시물을 돌아보느라 허리도 당기고 무릎도 아렸다. 이제 그만 발걸음을 돌리려는데, 'Corée'란 안내판이 눈에 띄었다. 단숨에 그 방으로 들어갔다. 놀랍게도 조선에서 들여온 물품들을 전시 중이었다.

나는 특히 불화(佛畵) 앞에서 오래 머물렀다. 어머니가 야소교에 빠지기 전, 적성 근교 사찰들을 오갈 때 보았던 부처와 보살, 산천과 동식물들이 담겼다.

불화 아래 놓인 세 승려의 상(像)이 눈길을 끌었다. 잔뜩 화가 난 왼쪽 승려의 오른손엔 채가 들렸고 왼 손바닥에는

242

둥근 떡이 놓였다. 가운데 승려는 양팔을 맞잡은 채 눈을 지그시 감고 명상에 빠졌다. 오른쪽 승려는 환하게 웃으며 왼손으로 발 아래 호랑이의 머리를 쓰다듬었다. 산신각에서 흔히 볼 수 있는 우스꽝스럽게 생긴 호랑이였다.

"조선 사람이오?"

돌아보았다. 정장을 입은 사내가 밝게 웃어 주었다.

"네. 리심이라고 합니다. 제가 조선 사람인 줄 어떻게 아셨죠?"

"프랑스인은 물론이고 청국인이나 일본인들도 이 승려들 앞에서는 호기심 어린 표정을 짓곤 한다오. 근엄한 수도사들과는 그 모습이 아주 다르니까. 한데 리심 씨는 고향 풍경을 보듯 너무나도 편안하고 자연스러웠소. 그래서 혹시 조선 사람인가 했소. 제 추측이 맞았구려. 반갑소. 펠릭스 레가미라고 하오. 초상화 그리는 일로 먹고 삽니다만 동양 문물에 관심이 많다오. 리심 씨는 제가 만난 두 번째 조선인이라오."

"두 번째라고 하셨나요? 하면 처음으로 만났던 조선인은……."

갑자기 그가 조선어를 했다.

"백두산 호랑이!"

나도 따라 했다.

"백두산 호랑이!"

그는 다시 프랑스어로 설명을 붙였다.

"2미터 가까운 키에 빛나는 눈동자, 텁수룩한 수염을 지녔다오. 스스로를 '백두산 호랑이'라고 불렀소. 우락부락한 인상과는 달리 중국 문학에 조예가 퍽 깊었소. 프랑스를 배우려는 열망이 가득하여 프랑스어도 금방 배웠다오. 나는 그를 이 박물관을 세운 기메 씨에게 소개했고, 곧 그는 이 박물관에 근무하며 전시물의 한자 이름을 프랑스어로 옮기는 일과 조선과 일본, 청국의 서책들을 검토하는 일에 참여했다오. 이름은 홍종우라 했소."

"누, 누구라고요?"

"홍종우. 조선 한양 사람 홍종우라고 했소."

"홍, 종, 우! 그 사람이 기메 박물관에 근무했다는 말씀이신가요?"

"그렇소. 리심 씨가 지금 서 있는 그 자리에 서서 바로 리심 씨와 같은 표정으로 「수월관음도」를 오랫동안 바라보곤 했다오. 혹시 그를 아오?"

나도 모르게 눈물이 주르륵 흘렀다.

"생명의 은인이세요. 당신께서 프랑스 유학을 떠나기 직전에 뵈었고요."

"아, 이런 인연이! 한데 리심 씨는 어떻게 파리로 오게 되셨소?"

"제 남편이 빅토르 콜랭 드 플랑시 씨입니다."

팰릭스 씨가 깜짝 놀랐다.

"그렇습니까? 빅토르 콜랭 씨의 아름다운 조선인 아내가 바로 리심 씨였습니까? 이거 참으로 반갑습니다. 헛소문이 아니었군요. 과연 매혹적이십니다."

나는 마음을 가라앉히고 물었다.

"홍종우 씨가 번역 일에 종사했다고 하셨죠? 그럼 혹시 홍종우 씨의 흔적이 이 박물관에 남아 있는지요?"

"물론입니다. 사소한 것으로는 '결근계'까지 있고요, 저기 보이는 참나무 탁자가 바로 홍종우 씨가 직접 만든 겁니다. 튼튼하고 결이 고와서 앞으로 백 년은 더 쓸 수 있겠네요. 또…… 조선 소설 『심청전』을 번역한 초고가 있습니다. 아직 책으로 출간하지는 못했지만, '다시 꽃핀 마른 나무(Le bois sec refleuri)'라는 제목을 붙였지요."

"그 초고를 혹시 볼 수 있는지요?"

"외부인들에겐 원칙적으로 공개하지 않지만 리심 씨니까 특별히 보여 드리지요. 자 이쪽으로 오세요."

팰릭스 씨를 따라서 좁은 지하실 계단으로 내려갔다. 철문을 열고 작은 방으로 들어섰다. 그는 의자를 놓고 올라서서 책장 제일 위 칸에서 나무 상자 하나를 꺼냈다. 그리고 웃으며 상자 뚜껑을 열었다. 나는 조심조심 그 안에 담긴 종이 뭉치를 꺼냈다. 흰 종이에 맵시 있게 흘려 쓴 글씨가 눈에 띄었다. 해가 질 때까지 나는 그 자리에 앉아서 초고를 완독했다. 그리고 유럽 문물을 배워 조선을 개혁하고자 불혹의 나이에 파리로 건너온 사내의 형형한 눈동자를 상상하고 또 상상했다.

죽는 자 죽이는 자

오늘 레가미 씨로부터 만나자는 연락을 받았다. 조선을 아끼고 홍종우 씨의 남자다움을 기억하는 그와 만나는 건 언제나 기분 좋은 일이다. 기메 박물관 앞에서 그와 마주쳤을 때, 나는 놀라운 소식을 들었다.

"홍종우 씨가 일을 저질렀군요. 왕실을 배신한 역도들이 일본으로 도망가서 떵떵거리며 살고 있다고, 그들을 반드시 응징하겠다더니, 기어이 지난 3월 28일 김옥균 씨를 상하이에서 죽였대요."

"죽이다니요? 누가 누구를? 홍종우 씨가 고우 선생을?"

믿을 수 없는 일이었다. 두 사람 모두 조선을 개혁하려는 선각자들이 아닌가. 고우 선생은 일본에 기대고 홍종우 씨는 프랑스에 유학을 왔지만 그들의 마지막 목표는 조선을 부강하고 아름다운 나라로 만드는 것이다. 그런데 무엇 때문에 서로 죽이고 죽는다는 말인가. 살인 사건이 벌어진 곳이 도쿄가 아니고 상하이라니? 그곳까지 두 사람이 간 이유는 무엇일까?

"홍종우 씨는 지금 청국 감옥에 있나요?"

"아닙니다. 5월 21일자 런던판《중국 통신》에 따르면, 청국 천진에 근무하는 조선 외교관들이 상하이로 가서 살인자 홍종우 씨의 신병과 김옥균 씨의 유해를 인도받았다고 합니다. 조선으로 돌아간 김옥균의 시체는 여덟 동강으로 나뉘어 팔도로 보내졌고 조선 국왕은 이날을 기념하여 큰 연회를 베풀었다고 합니다. 홍종우 씨는 무사하다고 전하는데, 그곳 분위기로 본다면 역도를 죽였으니 큰 상을 받았으리라고 봅니다만……."

나는 팰릭스 씨의 말허리를 잘랐다.

"팰릭스 씨……. 김옥균 선생은 역도가 아닙니다. 그는 조선의 개혁을 위해 헌신한 분입니다."

"그렇다면, 홍종우 씨가 조선의 충신을 죽였단 말입니까?"

"홍종우 씨 역시 조선의 개혁을 꿈꾸는 분입니다."

"이상하군요. 두 사람 모두 조선을 개혁하려고 했다? 하면 두 사람이 힘을 합쳐야지 왜 이런 끔찍한 짓을 벌이는 겁니까?"

즉답을 할 수 없었다. 나 역시 왜 그들이 죽고 죽이는 사이로 나아갔는지 궁금했다. 그러나 이 먼 곳 파리에서는 살인의 이면에 숨은 진실을 찾아 내기 어렵다. 홍종우 씨는 고우 선생이 바라본 13층을 알았을까. 고우 선생 역시 홍종우 씨가 파리에서 『춘향전』과 『심청전』을 번역한 사실을 알았을까. 서로 그 사실을 알았다면 상하이의 참극은 막을 수 있었을까. 모를 일이다.

우울한 파리

내일 아침 탕헤르로 떠난다.

빅토르에게 탕헤르가 어떤 곳이냐고 물었더니, 스페인 남쪽 바다 건너에 있는 아름다운 항구로 들라크루아가 오랫동안 그림을 그린 도시라고 했다. 나는 고개를 갸웃거리며 유럽에서 스페인보다도 더 남쪽이 있느냐고 다시 물었다. 빅토르는 웃으며 탕헤르는 유럽이 아니라 아프리카 대륙의 서북쪽 끝에 자리 잡고 있다고 했다. 그래도 내가 만족스러운 표정을 짓지 않자, 지중해와 대서양이 만나는 곳이면서 유럽과 아프리카가 어깨동무를 하는 곳이라고, 북부 유럽의 부자들은 일부러 비싼 값을 치르고서라도 가 보고 싶어 하는 곳이라고 했다.

오늘 '청일회' 회원들과 작별 인사를 겸한 만찬을 가졌다. 모랭 씨는 모로코 사정이 좋지 않다며 걱정을 했다. 빅토르는 탕헤르가 조선만큼이나 많은 나라 외교관들이 모여 각축을 벌이는 곳이니 국익을 위해 최선을 다하겠다는 틀에 박힌 인사를 했다. 모랭 부인이 나를 보며 물었다.

"빅토르 콜랭 씨야 일벌레니까 탕헤르에 가서도 열심히 사시겠지요. 하지만 리심 씨는 어쩌나? 아무리 구라파 사람들이 많이 드나든다고 해도 거긴 아프리카예요, 아프리카! 먹는 물도 형편없고 구라파 여인들만 잡아다가 흑인들에게 팔아먹는 도적 떼도 있다던데……. 리심 씨는 그냥 파리에 머무는 게 어때요? 우리 부부랑 또 '청일회'에서 도와드릴 수도 있는데……."

나는 미소를 지어 보이며 답했다.

"여러분의 도움과 배려가 없었다면 파리 생활에 적응하기 무척 어려웠을 겁니다. 저는 마르세유에서 뱃길로 40여 일이나 걸리는 조선이라는 나라에서 왔지요. 조선에서 일본으로 또 프랑스로 떠나올 때는 많은 이들이 걱정을 했답니다. 지금 생각해 보면 웃음밖에 안 나오는 이야기지만, 구라파에서 황인이 얼마나 살아가기 힘든가를 강조한 이야기들이었습니다. 저도 솔직히 두려웠지만 빅토르를 믿고 파리로 왔지요. 탕헤르에 대한 지독한 소문은 저도 들어 알고 있습니다. 하나 그 소문들도 결국 이곳이 아닌 다른 곳에 대한 두려움 때문에 만들어졌답니다. 무엇보다도 저는 빅토르의 아내고, 평생 그이 곁을 떠나지 않겠다고 조선 한양 궁궐의 조선국 왕비 앞에서 맹세했답니다."

이렇듯 정중하게 아쉬움에 가득 찬 표정으로 대답했지만, 나는 무조건 파리를 떠나고 싶었다. 파리만 아니라면 탕헤르도 좋고 카사블랑카도 나쁘지 않았다. 기메 박물관에서 홍종우 씨의 글을 읽고 기운을 얻긴 했지만, 그래도 파리에 있으면 내내 우울했다. 센강을 보고 루브르 박물관을 보고 또 몽마르트 언덕을 볼 때마다 유산의 고통이 떠올랐다. 한두 달만이라도 파리를 떠나 새로운 곳에서 새로운 사람들과 새로운 음식을 먹으며 지내고 싶었다.

빅토르도 나만 파리에 남겨 둘 마음이 전혀 없었다. 8월 13일자 《르 프티 주르날(Le Petit Journal)》에 실린 화보와 기사에 따른다면, 청나라와 일본의 전쟁은 일본의 일방적인 우세로 막이 내릴 듯했다. 비록 적은 수이기는 하지만 파리에 있는 청국인과 일본인 사이에도 마찰이 있다는 풍문이 돌았다. 나 혼자 파리에 있다가 두 나라 사람들에게 괜한 오해를 사서 낭패를 당하면 큰일이었다.

짐을 싸서 먼저 마차로 실어 보낸 후 바빌론 거리를 한바퀴 둘러보았다. 봉 마르셰에서부터 생 프랑수아 자비에 성당까지, 처음 파리 생활을 시작한 바빌론 거리 58번지와 지금 살고 있는 빌라르 대로 15번지까지, 어느 담벼락에 금이 갔고 어디에 작은 꽃이 피었으며 어느 모퉁이에 비둘기들이 자주 날아 내리고 어느 창문 밑에서 거지가 잠을 청하는지 나는 알고 있었다. 막상 이곳을 떠난다고 하니 섭섭함이 파도처럼 밀려들었다. 그러나 지금은 가야 할 시간이며 과거는 기억 속에서 빛이 바랠 때 더욱 소중한 법이다.

탕헤르!

모로코의 낯선 도시에선 또 무슨 일이 벌어질까.

그곳에서 조선 여인 리심은 행복할 수 있을까.

3장

탕헤르

1894년 10월~1895년 12월

지브롤터 해협을 건너가다

지브롤터 해협을 무사히 건너 해가 저물 무렵 아프리카 탕헤르에 닿았다.

이 멋진 항구는 바다가 육지를 초승달 모양으로 파고 들어간 만(灣)에 자리 잡았다. 완만한 언덕 위에는 하얀 집들이 소금처럼 반짝거렸고 길거리에는 산발한 여인네를 닮은 야자수들이 바람에 흔들렸다. 항구에는 아프리카로 통하는 문이라는 명성에 걸맞게 크고 작은 배들이 가득했다. 여러 나라 국기가 어지럽게 게양된 모습을 보는 것은 고베와 마르세유에 이어 세 번째였다. 그 풍광 속에서 빅토르와 냉랭했던 분위기도 많이 따스해졌다. 빅토르는 내게 지중해의 맛있는 과일들을 전했고 나는 그의 팔에 기대어 푸른 물결 넘실대는 바다를 오랫동안 쳐다보았다. 새로운 곳에서 새로운 사랑을 시작할 수 있을 듯했다. 빅토르가 내 마음을 읽기라도 한 것처럼 속삭였다.

"파리에서 당한 나쁜 기억들은 모두 잊으시오. 내가 더 잘하리다. 사랑하오."

나는 빅토르를 향해 웃으면서 고개를 끄덕인 후 아프리카 대륙을 바라보며 보들레르의 멋진 시 한 편을 읊었다.

가을날 더운 저녁녘에 두 눈 딱 감고,
네 화끈한 젖가슴의 내음 들이마실 때,
단조로운 태양의 불길에 현혹된
행복한 바다 기슭이 눈앞에 전개되도다

자연이 야릇한 나물들이며 맛있는
과일을 주는 게으른 섬 하나,
날씬하고 억센 육체의 사내들
솔직한 눈매가 놀라운 여자들
네 체취로 하여 매혹적인 풍토로 이끌려,
아직 바다의 풍랑에 지쳐 빠진
돛이며 돛대로 꽉 찬 항구를 나는 보네

한편, 공중에 풍기며 내 코를 부풀게 하는

초록의 타마린 향기가 내 넋 속에

선원들의 노래에 섞여 스며드는구나

— 보들레르, 「이국 향기」

꽃봉오리처럼 둥근 공사관 침실 문을 밀고 들어가서, 빅토르와 나는 일찍 잠자리에 들었다. 바람이 거칠고 파도가 제법 높게 치는 바람에 선실에서도 편히 쉴 여유가 없었던 것이다. 빅토르가 레이스 달린 잠옷으로 갈아입는 나를 등 뒤에서 안았다.

"타국 생활이 너무 힘들면 말하오. 어차피 나는 외교관이니 세계를 떠돌며 살아갈 처지! 리심, 당신 마음의 상처를 조금이라도 치유할 수만 있다면 조선으로 돌아가자 해도 받아들이리다."

돌아서서 빅토르 품에 안겨 왼손으로 수염을 쓸었다. 일밖에 모르는 사람 같다가도 이럴 땐 나만을 위해 목숨까지도 바칠 듯했다.

"괜찮아요. 이 모로코에서…… 사하라 사막에 그 상처를 모두 묻어 버릴게요."

나는 안다. 빅토르가 조선으로 돌아간다는 것이 쉬운 일이 아님을, 외교관으로 출세하기 위해서는 파리에 근무할 때 실력을 인정받아야 한다는 것을.

"정말 당신이 원하면 그리하리다. 마음의 병은 약으로 치유할 수 있는 게 아니지 않소?"

파리를 떠나왔기 때문일까. 오늘따라 빅토르는 내 몸과 마음을 더욱 따뜻하게 어루만지려 들었다.

"나 때문에 빅토르 당신 삶을 바꾸진 마요. 청국과 조선 그리고 일본에서 당신은 너무 오래 살았어요. 이제 고국인 프랑스 근방에 머물러요. 탕헤르도 아프리카라고는 하지만 스페인으로부터 10킬로미터 남짓 떨어져 있을 뿐이니까 언제든지 마음만 먹으면 사나흘이면 파리에 갈 수 있잖아요."

"내가 유럽 근방에 머물면 당신은 영영 조선으로 가지 못하오."

"어차피 각오한 일인걸요. 나는 도쿄에 있으나 파리에 있으나 탕헤르에 있으나 마찬가지예요. 빅토르 당신 곁에만 머물면 어디나 내 집이죠."

"고맙소, 그렇게 이야기해 줘서. 하지만 정말 걱정이구려. 파리에는 그나마 '청일회'도 있고 또 박물관과 공원과 미술관도 많지만 탕헤르에는 소일거리가 전혀 없다오. 나야 늘 하던 대로 업무를 보면 그만이지만 당신은 어떻게 하루하루를 보낼까."

"걱정 마요. 내가 누군 줄 잊었어요? 나는 조선에서 온 억척 여인 리심이라고요, 리심!"

빅토르는 낮게 코까지 골며 잠들었지만 나는 서너 번 뒤척이다가 다시 일어났다. 창문을 여니 경쾌한 음악과 함께 시원한 지중해 바닷바람이 밀려들었다. 조선인만큼이나 모로코인도 춤과 음악을 즐긴다고 했다. 항구 건너편 언덕에 드문드문 빛나는 불빛이 하늘의 별과 잇닿았다. 어둠을 가르며 바다를 오가는 불빛은 밤을 잊고 어디론가 떠나거나 꿈을 안고 어디선가 돌아오는 배였다.

바다를 이렇게 가까이 느끼며 살아 본 적이 없었다. 제물포든 고베든 마르세유든 잠시 스쳐 지나가는 도시에 불과했다. 그러나 탕헤르는 달랐다. 빅토르의 임기가 끝날 때까지 나는 언덕 위 이 방에서 아침잠을 깰 것이고 창문을 열어 항구의 배들을 살필 것이고 또 항구 옆에 길게 늘어선 백사장을 거니는 사람들을 오랫동안 내려다볼 것이다. 주말이나 휴일엔 빅토르의 팔을 잡고 시장 거리를 걸어 내려가며 싱싱한 생선과 지중해 과일들을 구경한 후 잔물결이 끊임없이 밀려드는 바닷물에 발목을 담그고 미소 지으리라.

영혼의 얼굴

탕헤르는 차도르 쓴 여인의 살짝 드러난 귀밑머리처럼 신비로운 매력을 지닌 도시다.

아프리카에 가면 무조건 검은 인간들 속에 파묻혀 살 것이라는 환상은 단 하루 만에 깨어졌다. 눈썹이 짙고 야무진 몸매의 사내들은 역사의 시작부터 모로코에 머문 베르베르인이었다. 검은 인간도 간혹 눈에 띄었지만 정통 이슬람을 믿는 베르베르인이 대다수였다. 프랑스나 스페인에서 건너온 유럽인도 적지 않았다.

탕헤르는 아프리카와 유럽을 잇는 관문이다. 아프리카의 모든 문물이 탕헤르를 통해 유럽으로 팔려 나갔고, 유럽의 모든 문물이 탕헤르를 통해 아프리카로 스며들었다. 베르베르인들은 하루하루 경건한 나날을 이어 갔지만, 일확천

금을 꿈꾸면서 배를 타고 드나드는 사내들은 밤이면 여기 저기서 술판을 벌였다. 장사꾼들 편의를 살펴 주고 거금을 챙긴 뱃사람 이야기와 흑인 여자를 임신시킨 후 몰래 배를 타고 스페인으로 도망가다가 벼락을 맞아 죽은 외교관 이야기가 독한 술잔 위로 떠돌아다녔다.

"스바흐 알 크히르!(좋은 아침입니다!) 안나라고 해요."

마리처럼 집안일을 도맡아 줄 안나는 엉덩이도 크고 입도 크고 가슴까지 큰 통나무처럼 생긴 흑인이었다. 차도르를 두르니 얼굴이 더 둥글고 커 보였다. 그녀에게는 찰리라고 하는 열일곱 살 먹은 아들이 하나 있었다. 찰리는 집과 정원을 수리하고 관리하는 것이 임무였다. 흑인이라서 불편하다면 바꿔 주겠다고 공사관에서 따로 연락이 왔다. 빅토르는 내 의사를 물었고, 나는 몽마르트 근처 극장에서 내 목숨을 구해 준 흑인 청년을 떠올리며 안나와 찰리가 매우 마음에 든다고 답했다. 안나는 흰 눈자위와 하얀 이만 빼면 온몸이 완전히 검은 흑인이었지만 찰리는 피부색도 갈색에 가깝고 키도 훤칠하게 컸다. 빅토르의 농담에 따르면, 찰리가 바로 흑인 여자를 임신시킨 후 몰래 도망가다가 벼락을 맞아 죽은 외교관의 아들이라고 했다. 안나와 찰리는 도곤족의 후예였다. 둘 다 불어에 능했고 아랍어와 베르베르어는 물론 도곤족 말까지 할 수 있다고 했다. 안나와 찰리도 내가 일어와 불어를 능숙하게 하고 중국어를 더듬더듬 뇌까리면서 조선어를 한다는 사실을 신기하게 받아들였다. 그들과 내가 주고받는 언어는 불어였다.

안나는 우선 탕헤르라는 도시를 개략적으로 설명했다.

탕헤르는 바람의 도시다.

지중해와 대서양, 두 바다에서 시시각각 불어닥치는 바람은 그 세기와 냄새가 모두 달랐다. 탕헤르 사람이라면 몰려오는 구름의 빛깔만 보고도 그 바람이 지중해의 것인지 대서양의 것인지 안다고 했다.

산 정상 카스바에는 도시 최고 권력자인 술탄이 머무른다고 했다. 그 아래로는 전체 길이 2500미터의 거대한 성벽으로 둘러싸인 사각형 모양의 메디나가 있었다. 탕헤르인들의 삶은 대부분 이 메디나 안에서 이루어졌다. 모스케(이슬람 사원)와 유대인 교회와 스페인 교회가 나란히 서고, 유럽 각국의 공사관들이 프티 소코(작은 시장)를 중심으로 자리 잡았다. 프티 소코에 10분만 앉아 있으면 유럽의 모든 언어를 들을 수 있다는 우스갯소리까지 나올 정도였다. 지금은 메디나의 인구가 넘쳐서 성벽 밖에도 새로운 저택과 정원이 조성되는 중이었다.

안나는 도곤족의 후예임을 강조하면서도 독실한 모슬렘의 삶을 철저하게 지켰다. 그랑드 모스케(이슬람 대사원)가 얼마나 성스러운 곳인가를 가르쳐 준 것도 안나였고 이슬람 인사법과 삶의 지혜를 들려준 것도 안나였다. 내가 모로코 음악에 흥미를 보이자 악기들을 꺼내 오기도 했다. 암즈하드는 외줄 바이올린이나 아쟁을 닮았고 안디르는 가늘고 긴 트럼펫이나 태평소와 비슷했으며 벤디르는 장구를 닮았는데 한쪽 면만 두드리는 북이었고 칸자는 줄이 세 개 달린 기타와 흡사했다.

안나는 탁월한 요리사였다. 이틀에 한 번 그랑 소코(큰 시장)에서 열대 과일과 생선과 채소들을 사 가지고 와서, 때로는 스페인식, 때로는 이탈리아식, 때로는 프랑스식, 때로는 모로코식으로 요리를 했다. 빅토르는 쿠스쿠스를 손으로 집어먹지 않았지만 나는 곧 이 부드러운 밀가루를 먹기 좋게 손으로 뭉쳤고, 갈비찜 요리와 비슷한 타진을 먹기 전에 "비스밀라흐!(신의 이름으로!)" 하고 안나를 따라서 외기도 했다. 둥근 베타타(감자)를 쪄 먹거나 헤블무루크(체리)를 유리 그릇에 가득 담아 먹고 나면 졸음이 쏟아졌다.

안나의 취미는 융단을 만드는 것이었다. 부엌 옆방에 나무판 두 개를 나란히 세우고 그 사이에 둥근 나무 막대를 횡으로 아래위에 끼운 방직기가 있었다. 나무 막대 사이에 일정한 간격으로 날줄을 넣고 맨 밑에 씨줄과 날줄이 만나는 가장자리에서 매듭을 지은 후 그 위에 차례차례 씨줄을

짜 올리는 방식이었다. 안나는 일을 하는 내내 융단의 노래를 부른다고 했다.

"융단의 노래? 그게 뭐죠?"

안나가 갑자기 노래를 부르기 시작했다. 같은 소리를 연이어 두세 번 내면서 높은 곡조와 낮은 곡조가 흥겹게 이어졌다.

"무슨 뜻이에요?"

"파랑, 파랑, 파랑, 빨강, 빨강, 빨강, 노랑, 노랑, 노랑, 초록, 초록, 초록……."

"색깔만 계속 이어 부른단 말인가요?"

"맞아요. 융단을 만들 때 무늬를 짜는 순서지요. 탕헤르에선 어머니가 딸에게 이 노래를 가르쳐요. 길고 긴 노래가 끝나면 어느새 융단 하나가 완성되죠."

융단 짜는 법을 배우는 대가로 그녀에게 조선 여인네 방식으로 수놓는 법을 가르쳐 주었다. 안나는 양손을 놀려 오밀조밀 형상을 만들어 가는 것이 무척 재미있고 신기한 듯했다.

융단을 완성한 후 안나는 융단을 펼쳐 놓고 도곤족만의 예식을 치렀다. 할머니의 할머니의 할머니부터, 그러니까 그녀의 조상들이 사하라 사막을 건너오기 전 중부 아프리카에 살 때부터 하던 예식이라고 했다. 더 자세한 설명을 청했더니 안나는 영혼의 얼굴을 덮어쓴다고 했다. 나는 그녀에게 마침 융단을 완성했으니 영혼의 얼굴을 보여 달라고 부탁했다. 안나는 잠시 망설인 후 절대로 놀라지 않는다고 약속하라고 했다. 내가 놀라면 영혼의 얼굴이 노하여 이 융단을 불에 던질지도 모른다고 했다. 이슬람 신이냐고 했더니 아니란다.

이윽고 안나가 부엌에서 영혼의 얼굴을 쓰고 나타났다. 두 귀가 쫑긋 서고 눈이 길게 찢어진 영락없는 흰토끼 탈이었다. 안나는 융단을 빙글빙글 돌며 엉덩이를 흔들면서 주문을 외웠다.

조선이나 청국, 일본의 춤에서도, 파리의 춤에서도 저렇듯 현란한 허리 돌림은 본 적이 없었다. 더구나 안나의 엉덩이는 내 엉덩이의 세 배는 되었다.

춤이 끝나자 나는 문득 안나에게 물었다.

"안나! 혹시 영혼의 얼굴 중에 들소도 있어? 이마에서 코끝까지 온통 하얗고 길고 날카로운 두 뿔이 달린 얼굴!"

"있고말고요. 전사의 얼굴이죠!"

안나가 재빨리 부엌에서 탈을 바꿔 쓰고 나왔다.

"오오, 이런!"

나는 안나 품에 와락 안겼다.

'밤이나 낮이나'에서 나를 구해 준 검은 사내는 바로 도곤족 전사였던 것이다.

춤 그리고 혼돈

춤을 추었다. 구라파의 왈츠도 아니고 동양의 정재도 아닌 나 리심만의 춤을!

빅토르와 나를 환영하는 자리에서 박수가 터져 나왔다. 조선 춤을 보여 달라는 것이다. 그러나 여긴 조선 궁중의 품격 있는 악기도 솜씨 좋은 악공도 없었다. '청일회'에선 회원들의 따뜻한 시선 속에서 반주 없이 춤사위를 놀린 적도 있지만 오늘은 그럴 자리가 아니었다. 그러나 파티가 열린 정원에서 바다가 너무 푸르게 보인 것이, 그 항구로 육중한 배가 힘차게 물결을 가르며 찾아든 것이 문제였다.

술도 억병 마셨다. 파티에서 술과 음악은 세상을 아름답게 만드는 주문과도 같으니까. 빅토르 역시 축하주를 건네받았지만 요령껏 마시고 있었다.

처음에는 내가 배운 춤들을 하나씩 선보였다. 조선의 궁중 무용에서 일본에서 본 가부키의 기괴한 움직임들을 지나 왈츠의 우아한 발놀림으로 이어지자, 여기저기서 박수갈채와 환호가 터져 나왔다. 잠시 숨을 고른다고 와인을 한 잔 더 마신 후부터 춤사위들이 뒤섞이기 시작했다. 사내들 시선이 내 얼굴과 가슴 그리고 두 팔과 엉덩이에 닿을 때마다 엉뚱하게도 발가벗은 도곤족 전사를 떠올렸다.

나는 누구인가. 조선에서 태어난 기생, 의술을 익히고 춤을 배운 궁중 무희, 몇몇 프랑스인들은 검은 아프리카인들과 나를 함께 무대에 세워 구경하고 싶어 했지. 아프리카와 아시아 계집들만 발가벗겨 야릇한 사진을 찍어서 파는 놈들도 있다더군. 아무리 불어를 잘해도, 그네들의 사상과 시문에 깊이 동감해도, 나는 프랑스인이 될 수 없지. 나는 누구인가. 정녕 누구란 말인가. 내 영혼의 얼굴은 조선인일까. 프랑스인일까. 아니면 이도 저도 아닌 괴물일까.

갑갑했다. 더웠다. 날고 싶었다. 겉옷을 벗어 등 뒤로 펴 들었다. 바람이 옷자락을 살랑살랑 흔들었다. 조선 춤도 아니고 가부키도 아니고 왈츠도 아닌 방식으로 힘껏 두 발을 뻗으면서 허공으로 뛰었다.

한 번 두 번 세 번.

갑자기 누군가가 내 팔목을 붙들었다. 빅토르였다.

"그만둬!"

빅토르가 너무나도 미웠다. 모로코에 상처를 다 묻어 버리겠다고 했지만, 말처럼 쉬운 일이 아니었다.

"이거 놔요."

그 팔을 밀치고 다시 두 걸음 물러서며 빙글 몸을 돌렸다.

"그만두라니까. 당신 취했어."

빅토르가 기우뚱거리는 내 허리를 감싸 안으며 언성을 높였다.

"취했어요. 왜요? 나는 취하면 안 되나요? 노란 인간은 흠뻑 취할 자유도 없나요?"

빅토르의 눈동자가 움찔 떨렸다. 나는 안다, 분노를 누를 때 빅토르의 표정을.

"리심! 돌아갑시다. 주위를 봐."

빅토르가 내 귀에 입을 가까이 대고 속삭였다. 나는 눈을 끔벅 감았다가 떴다. 좌중의 시선이 온통 내게 쏠렸다. 가슴 언저리까지 맨살이 드러났고 치마 사이로 허벅지가 훤히 보였다. 이런 꼴로 날고 뛰고 뒹굴었으니 시선을 받을 만도 했다. 그래도 빅토르에게 사과하긴 싫었다.

"어때서요? 나는 지금 공연을 하고 있었다고요. 무희가 이 정도 옷을 입었다고 대순가요?"

그리고 테이블을 둥글게 놓아서 마련한 무대 아닌 무대

에서 물러났다. 빅토르가 곧 따라왔지만 나는 혼자 가겠다며 박박 악을 썼다. 따라오면 정말 사라져 버리겠다고 협박까지 했다.

"리심! 왜 그래? 당신 너무 변했어."

"아니. 난 변하지 않았어. 이게 정말 나야. 처음부터 난 아무것도 가질 수 없는 여자였어. 내 주제에 아기는 무슨…… 빅토르 당신이 잘못 안 거야. 당신이 사랑한 여자는 이런 내가 아니지? 그러니 당신도 가 버려. 가 버리라고. 알겠어?"

노란 마녀

내가 흥미로운 이방 여인이 아니고 대체 뭐란 말인가. 파리에서도 그랬고 탕헤르에서도 마찬가지다. 너희들과 다른 사람, 그것이 곧 나다.

환영회에서 요란스러운 춤을 춘 지도 벌써 한 달이 흘렀다. 빅토르에게 여러 번 사과했으나 우리 사이는 여전히 냉랭하다. 탕헤르가 생각보다 공무가 많은 탓도 있지만 빅토르가 내 삶에 간섭하는 일이 확실히 줄었다. 파리에서는 센 강변에 나가는 것도 염려하더니 탕헤르에선 뺨에 입을 맞춘 후 아무 말도 없이 출근한다. 밤늦게 돌아와서도 공문을 작성하거나 중국 서책을 뒤적일 따름이다.

오히려 이런저런 잔소리를 하는 이는 안나다. 울상을 지어 보이며 애원했더니 한 달에 한 번 함께 시장 보는 것을 허락했다. 그랑 소코와 프티 소코의 상인들은 유럽인들을 자주 접해서 그런지 반갑게 웃으며 맞아 주었다. "봉주르." 하고 인사를 건네는 이들도 있었다. 메디나 안에 있는 프티 소코의 유대인들이 맛있는 케르무스(무화과)와 아름다운 융단을 팔았다. 그 옆으로 외국 공관들이 빽빽이 들어섰고 여행객들이 머무는 고급 숙소가 자리 잡았다. 프랑스 공사관은 물론 스페인, 스웨덴, 덴마크, 영국 외교관들이 프티 소코에서 커피를 마시고 업무를 보고 파티를 열고 잠을 잤다. 프티 소코는 작은 유럽이었다. 사람들이 붐비는 곳을 싫어하는 빅토르 때문에 우리는 메디나 밖 '그랑 오텔 빌라 드 프랑스' 근처에 숙소를 정했다.

안나는 메디나 안에서도 그랑드 모스케에는 절대로 들어가서는 안 되고 술탄이 머무는 카스바로는 눈도 두지 말라고 했다. 골목길로 잘못 접어들었다가는 아름다운 융단에 눈이 멀어 영원히 집으로 돌아오지 못할 수도 있다는 것이다. 길을 잃는 것은 물론이고 대낮에도 돈과 장신구, 옷까지 빼앗긴다고 했다. 나 같은 동양 여인은 더구나 표적이 되기 쉬우니 조용히 집에 머물며 융단 짜는 법이나 익히는 것이 최선이라고 했다. 파리에서도 늦은 밤 몽마르트 근처를 헤매며 두려움에 떨었던 적이 있는지라, 안나의 충고대로 골목길로 가지는 않았다. 그렇다고 하루 종일 집에만 머물렀던 것은 아니다.

나는 대문 옆 높은 벽에 의자와 둥근 탁자를 두고 물결무늬 사각 천으로 해를 가린 후 앉아 있었다. 카후아 카헤라(블랙 커피)를 먹는 날도 있었고 누스누스(커피 반 우유 반을 섞은 것)를 먹는 날도 있었다. 안나가 "여자는 문 밖에 함부로 앉으면 안 돼요. 정원 안으로 들어와요."라고 만류했지만 나는 고집을 부렸다. 모로코 사람들은 어떻게 사는지 알고 싶다는 농담까지 곁들여서.

안나는 찰리를 내 곁에 세워 두었다. 찰리는 호기심 어린 눈으로 다가오는 탕헤르 아이들을 멀리 내쫓았다. 그러나 아이들은 달아나 골목으로 숨었다가도 이내 배시시 웃으며 다시 다가왔다.

"찰리! 내버려 둬."

찰리가 놀란 표정을 지어 보였다. 그러나 내가 고개를 끄덕이자 내 뒤에 바짝 붙어 설 뿐 아이들을 물리치지는 않았다. 10미터, 5미터, 3미터. 아이들이 다가왔을 때, 나는 눈을 치뜨며 양팔을 쳐들었다. 그리고 당장에 아이들을 잡아먹을 듯 장산곶 매처럼 날아올랐다가 내렸다. 깜짝 놀란 아이들이 비명을 지르며 달아났다.

나는 다시 자리에 앉으며 물었다.

"저 애들이 뭐라는 거야?"

찰리가 웃으며 답했다.

"마녀랍니다. 노란 마녀!"

나도 따라 웃었다. 그 후로 아이들은 감히 내게 접근하지 못했다. 길을 가던 탕헤르 사내들도 내가 한 번 노려보면 고개를 돌린 후 멀어지기에 바빴다. 나는 노란 마녀답게 그들을 째려보았다. 조선에서 탕헤르까지 떠밀려 들어온 것이 그들 잘못인 것처럼.

1890년경
모로코 탕헤르 지도

1 그랑 소코
2 프티 소코
3 카스바
4 리심의 집으로 설정한 곳
5 프랑스 공사관
6 그랑 모스케

샹젤리제 소동

어떻게 이런 일이 있을까 싶다.

프티 소코에 갔던 안나가 카페 '샹젤리제'에서 소동이 일어났다고 했을 때, 찰리는 정원의 작은 나무들을 손질하고 있었고 나는 안나가 선물한 태양 가면을 탁자에 놓고 스케치하던 중이었다.

프티 소코의 명물 샹젤리제는 탕헤르에 거주하는 외교관들이 자주 드나드는 파리 스타일의 카페였다. 늘 샹송이 흘러나왔고 현관에는 에펠탑 사진이 걸렸으며, 보랏빛 조명을 받은, 물랭루주에서 춤추는 무희들 그림이 퇴폐적이면서도 아름다웠다. 나도 개선문 광장을 그리워하며 다섯 번이나 샹젤리제에서 저녁 식사를 했다.

소동은 카페의 구석 자리, 그러니까 흰옷을 입은 무희들이 등 뒤로 팔짱을 끼고 왼쪽 다리를 일제히 들어 올리는 그림 밑에서 시작되었다. 그 자리에서 식사를 하던 스페인 일등 서기관의 부인이 발밑에서 작은 녹색 가방을 발견한 것이다. 가방에는 조잡하게 만든 십자가 모양의 폭발물이 담겨 있었다.

"불발탄이 아니었다면 프티 소코 전부를 날려 버렸을 거래요. 아무리 증오심이 커도 죄 없는 사람들을 그렇게 죽여선 안 되죠. 신이 크게 진노하실 일입니다."

안나의 말에 찰리가 불만 어린 표정으로 끼어들었다.

"모로코를 기독교의 땅으로 만들려고 하니까 그런 일이 일어나는 거예요. 이슬람의 성스러운 나라로 인정한다면 다치거나 죽을 사람은 아무도 없겠지요."

"기독교든 이슬람교든 생명을 귀하게 여기며 착하게 살아가는 인간들을 위하는 것이 바로 종교야."

그 순간 시끄럽게 대문을 두드리는 소리가 들렸다. 안나가 문을 열자마자 십여 명의 경찰들이 마당으로 뛰어 들어와 찰리를 향해 총을 겨누었다. 나도 안나도 찰리도 갑작스러운 위협에 어리둥절한 표정을 지었다. 경찰들이 찰리의 양손을 등 뒤로 결박 지었다.

"이게 무슨 짓이에요?"

내가 그들을 막아서며 소리쳤다. 콧수염을 기른 경찰이

나를 노려보았다.

"여긴 프랑스 외교관 빅토르 콜랭 드 플랑시 씨 댁이에
요."

"알고 있습니다."

경찰이 짧게 답하며 비웃음을 지어 보였다. 수염 끝이 가
늘게 떨렸다.

"안다면…… 어떻게……."

나는 말문이 막혔다.

"샹젤리제 일을 부인께서도 듣지 않으셨나요? 이 찰리
란 녀석이 어젯밤 카페 근처를 배회한 걸 본 증인이 둘이나
있습니다. 식탁 밑에서 발견된 가방과 똑같은 모양의 가방
을 들고 말입니다."

찰리와 눈이 마주쳤다. 억울함으로 가득한 눈망울이었
다.

"근처 술집에서 친구들과 모처럼 한잔 하려고 갔던 겁니
다. 가방엔 생일 선물이 들었고요. 여자 친구가 생일이라서
인형을 하나 샀거든요. 억울해요. 난 그런 짓 안 했어요."

경찰이 찰리의 뒷목을 주먹으로 내리쳤다. 찰리가 욱 소
리와 함께 무릎을 꿇었다.

"유럽 문물을 반대하고 유럽 외교관들을 모로코에서 몰
아내려는 비밀 결사에 네놈이 가입한 걸 이미 확인했어."

찰리가 다시 고개를 들고 나를 찾았다.

"그런 단체는 들어 본 적도 없어요. 제가 한 짓이 아닙니다. 믿어 주세요."

결국 찰리는 끌려갔고 안나는 부엌에 웅크리고 앉아 하염없이 울었다. 울고 있는 안나를 지켜보고만 있을 수 없었다. 나는 달렸다. 빅토르라면 찰리를 구할 수 있을 것이다.

그랑 소코를 지나서 프티 소코 입구로 접어들려는 순간 아랍 청년이 내 앞을 막아섰다. 왼쪽으로 비켜 가려 하자 다른 청년이 그쪽도 막았다. 하는 수 없이 오른쪽 골목으로 접어들었다. 때가 덕지덕지 묻은 좁은 벽 사이로 달리고 또 달렸다. 돌아보니 청년들은 없고 그 대신 아이들이 뒤따라오며 소리를 질러 댔다. 차도르를 두른 늙은 여인 하나가 문 앞에 서서 나를 향해 손가락질을 하며 화를 냈다. 아무리 달려도 그 골목이 그 골목이었다. 영원히 좁은 길에 갇힐 것만 같았다. 웃통을 벗어부친 아랍 청년들이 골목 좌우에 앉아 있다가 나를 보고 일어섰다. 네 명이 나란히 서자 골목이 막혔다. 뒤따르는 아이들은 쉰 명도 넘었다. 숨이 턱까지 차올랐다. 무릎에 힘이 풀리면서 털썩 주저앉았다. 공포가 머리끝까지 뻗쳤다. 여기서 죽는구나.

그 순간 매부리코 아랍 청년이 부드러운 말투로 내게 물었다. 프랑스어였다.

"부인! 길을 잃으셨습니까? 제가 도와드리겠습니다."

청년은 익숙한 걸음으로 저만치 앞서 걸었다. 그를 따르는 것 외엔 선택의 여지가 없었다. 청년은 골목 사이사이에 모인 아랍인들과 반갑게 인사를 나누었다. 알라 안에서는 모두 형제라더니 서로 안부를 묻는 그들의 얼굴엔 정겨움이 가득했다.

청년의 도움으로 무사히 프티 소코에 있는 프랑스 공사관에 도착했다. 그들을 나를 해칠 존재로만 본 것이 부끄러웠다.

"미안해요. 고마워요. 이건……."

나는 사례를 하고 싶었다. 돈을 꺼내려는데 그의 얼굴이 딱딱해졌다.

"부인! 제 호의를 어찌 돈으로 갚으려 하십니까?"

청년이 뒤돌아서서 골목으로 사라졌다. 나는 멍하니 그가 들어간 벽과 벽 사이의 좁은 길을 쳐다보았다. 아이들이 다시 소리를 질러 댔으므로 급히 프랑스 공사관으로 들어갔다. 빅토르가 서류를 작성하다 말고 일어섰다.

"빅토르! 찰리가……."

"나가지."

그가 차갑게 내 말을 잘랐다. 이미 찰리 일을 알고 있다는 느낌을 받았다.

근처 카페에 들어갔다. 손님이 거의 없는 카페였는데도 빅토르는 창문이 없는 구석 자리에 자리를 잡고 앉았다.

"찰리가 잡혀갔다고요."

"경찰에서 공정하게 조사를 할 거요."

"찰리는 죄가 없어요. 경찰들이 왔을 때도 태연히 정원 나무들을 손질하고 있었다고요. 죄를 지었다면 벌써 달아나서 숨었겠지요."

"단정하기 힘드오. 외교관 숙소보다 더 숨기 좋은 곳이 있을까?"

"당신도 찰리를 의심하는 건가요?"

"그건 경찰에서 확인해 줄 거요. 그보다 먼저 당신이 지금 할 일이 있소."

나는 빅토르의 말뜻을 헤아리지 못했다.

"찰리가 체포되었다는 소문은 벌써 이곳 외교가에 쫙 퍼졌소. 테러 용의자의 가족을 내 집에 둘 수는 없소. 괜히 프랑스가 이 일에 연루되었다는 오해를 피해야만 하오. 그러니 가서 안나를 내보내도록 하오."

"안나를 내보내라고요? 끌려간 자식 걱정에 눈물 쏟고 있는 안나를 해고하라고요? 못해요. 난 못해. 내보내더라도 찰리의 혐의가 사실로 밝혀지면 그때 해요."

"그땐 너무 늦소. 지금 당장 내보내야 하오."

"빅토르! 이럴 순 없어요. 이건 사람이 할 짓이 아니에
요."

"당신이 아니면 내가 하리다. 사사로운 감정을 논할 때
가 아니오. 조금이라도 늦추었다가는 프랑스의 국익이 중
대한 손실을 입을 수도 있소. 리심, 당신이 하겠소? 아니면
내가?"

"아, 알겠어요. 제가 할게요. 제가 한다고요."

말은 그렇게 했지만, 안나에게 나가라는 말을 어떻게 할
지 걱정이었다. 그런데 집으로 돌아갔을 때 이미 안나는 없
었다. 찰리를 만나러 경찰서로 갔으려니 했지만, 내 책상
위에 놓인 안나의 짧은 편지가 이런 추측을 깨끗이 지웠다.

찰리와 저 때문에 두 분이 곤란해지는 것을 원치 않습니
다. 그동안 따뜻한 보살핌에 감사드립니다. 평생 잊지 않겠
습니다. 저를 찾지 마세요. 아마도 저는 사하라의 모래 바
람 속에 머물 테니까요.

수낙타 두지

안나가 정말 사하라로 가지는 않았을 것이다. 수소문해도 소용이 없다는 이야기를 하고 싶었을 것이다. 사하라 모래 바람에 들면 아무런 흔적도 남지 않는다고 하니까.

빅토르가 제법 긴 휴가를 얻었다고 했을 때, 나는 주저하지 않고 사하라 사막을 입에 올렸다. 사막을 건너갈 수만 있다면 아프리카 최고봉 킬리만자로에 닿고 싶었다.

모로코는 남북이 극명하게 달랐다. 바다와 가까운 북쪽이 겨울에는 따듯하고 습기가 많으며 여름에는 건조하고 무더운 지중해성 기후라면, 남쪽으로 내려갈수록 건조해지면서 사막 기후로 접어들었다.

사하라엔 고요만이 있으리라, 없음만이 있으리라 여겼다. 그것은 나의 큰 착각이었다. 사하라엔 장사도 있고 약

탈도 있고 술도 있고 욕망도 있었다. 차이가 있다면 속세에선 그것들이 이런저런 변명 속에서 희미하게 때론 비열하게 드러나지만 사하라에선 명명백백하다는 것 정도였다. 사하라에서는 죽음은 죽음이고 삶은 삶이며 꿈은 꿈이고 잠은 잠이었다.

그리고 사하라에는 낙타가 있었다. 사막에서 낙타는 짐꾼이자 이동 수단이며 모래바람을 피할 은신처이면서 함께 밤하늘을 우러를 벗이었다.

카라반(隊商, 대상)의 우두머리를 카비르라고 불렀다. 우리 카비르는 수하를 붙여 줄 테니 사하라에서 우리가 탈 낙타를 시장에서 직접 골라 오라고 했다.

낙타 시장은 그야말로 장관이었다. 야트막한 언덕에 수백 마리 낙타들이 모였다. 크고 작은 혹들이 물결처럼 흔들렸다.

종려나무가 있는 입구로 접어들자마자 코부터 잡아 쥐었다. 지린내와 시큼한 냄새가 뒤섞여 악취를 풍겼기 때문이다. 빅토르는 이 냄새는 물론이고 모래로 온몸과 두 손을 씻는 일에 익숙해지지 않으면 사막을 건널 수 없다며 웃었다. 낙타 상인들은 적게는 네댓 마리, 많게는 열 마리 정도를 묶어 큰 소리로 흥정을 붙였다.

멀리서는 그놈이 그놈 같았지만 '와글, 그르륵, 도무르

릉' 하고 되새김질하는 소리까지 들릴 만큼 가까이 다가가 자 모든 낙타가 제각각 달랐다. 가죽 색깔도 갈색에서부터 흰색, 검은색으로 다양했고 목이나 뺨에는 주인을 상징하 는 문양이 찍혀 있었다.

빅토르는 불그레한 빛이 도는 낙타를 택했다. 겉보기에 도 힘이 좋고 우직해 보였다. 나는 주저주저하며 이 낙타 저 낙타로 옮겨 다녔다. 갖가지 빛깔의 마카롱 중에서 하나 를 선뜻 고르기 힘든 것처럼, 내 마음에 쏙 드는 놈을 찾기 란 쉽지 않았다.

회색 낙타가 갑자기 오줌을 싸는 바람에 뒤로 물러서다 가 내 등이 다른 낙타의 엉덩이에 닿았다. 갈색 낙타가 나 를 돌아보았다. 눈이 마주쳤다. 믿기 힘들겠지만 그 순간 그놈이 나를 보며 웃었다. 길게 자란 눈썹을 끔벅이면서 코 를 벌렁벌렁거리면서, 윗니를 드러내면서.

"두지!"

녀석 이름이 떠올랐다. 내 고향 마을을 휘감아 흐르는 강, 두지!

"드디어 사막의 동반자를 찾으셨군."

빅토르가 두지의 등을 토닥거렸다.

흥정을 하려고 검은 터번을 두른 상인을 찾는데, 갑자기 모든 사내들이 땅바닥에 무릎을 대고 엎드렸다. 기도 시간

이었다. 그 광경을 서서 바라보는 것은 수백 마리 낙타와
빅토르 그리고 나뿐이었다.

사하라에서 길을 잃다

파리와 도쿄에서 신문물을 접할 때와는 또 다른 방식으로 사막은 내게 충격을 안겼다. 끝없이 펼쳐진 모래 평원, 머리 위에서 곧장 쏟아지는 햇빛, 한 걸음 내딛기만 해도 발바닥을 달아오르게 만드는 열기는 자연이란 얼마나 광대하며 인간이란 얼마나 부족한 존재인가를 새삼 깨닫게 했다.

잘생긴 수낙타 두지를 타고 모래바람을 맞으며 나아갔다. 가오리 꼬리로 만든 낙타 몰이용 채찍을 들고 낙타 타는 연습을 하느라 이틀을 꼬박 쏟았다. 쉴 때마다 대추야자 열매를 상으로 주자, 두지는 머리를 흔들며 키르르 키르르 입소리를 냈다. 때로는 키르르 키르르 입소리를 내면서 먼저 내게 머리를 들이밀기도 했다. 대추야자 열매가 먹고

싶은 것이다. 두지는 나보다 더 밤하늘을 좋아했다. 녀석이
되새김질하는 소리를 자장가 삼아 잠들었다가 문득 깨어나
면 두지가 머리로 내 가슴을 슬쩍 눌러 대곤 했다. 고개를
들어 하늘을 보라는 것이다. 그 순간 별똥별이 떨어졌다.

카비르는 처음엔 나를 탐탁지 않게 여겼다. 사막을 건너
다가 아프기라도 하면 큰 낭패라는 것이다. 내 몸은 내가
챙기겠다고 하자 검은 머리에 체구가 작고 피부가 황색인
아시아 여자들을 노리는 베두인들이 곳곳에 숨어 있다며
겁을 주었다. 카라반 행렬에 동양 여인을 포함시키는 일이
불운을 가져오지 않을까 두려워하는 느낌을 받았다.

사하라로 출발하던 날, 찰리가 3년 형을 선고받고 감옥
에 갇혔다는 소식을 들었다. 재판정에서 안나를 보았다는
사람은 없었다.

하루 종일 걸어도 거기가 거기 같았다. 열기가 달아오르
는 모래 언덕을 넘어가려는데 총성이 울렸다. 소리에 놀란
낙타들이 고개를 쳐들고 요동을 쳤다. 고삐를 겨우 틀어쥐
고 매달렸다. 채찍을 휘둘렀지만 흥분한 두지는 말을 듣지
않았다. 낙타 등에서 떨어져 목뼈가 부러진 여인이 여럿이
라고 들었다. 떨어질 것 같으면 고함을 질러 도움을 청하라
고 했다. 그러나 나를 얕잡아 보는 카라반의 눈길이 싫었

다. 채찍을 던져 버리고 엎드리다시피 허리를 숙인 후 두지의 목을 끌어안았다.

'어디 발광해 봐. 난 결코 네 등에서 떨어지지 않아!'

서너 번 그 자리를 맴돈 후에야 겨우 두지는 고개를 숙이고 고분고분해졌다.

후유.

한숨과 함께 이마에 땀을 훔치려는 순간 낙타를 탄 사내들이 모래 언덕 위로 모습을 드러냈다. 검은 터번으로 코와 입을 가린 사내들 손에는 장총이 들렸다.

카비르가 바삐 빅토르와 내게 달려왔다.

"베두인 전사들입니다. 낙타에서 내리십시오."

빅토르가 물었다.

"왜 내리라는 것인가? 꼬박 가도 오아시스에 닿을까 말까라고 하지 않았는가?"

"지금 움직이면 대항한다고 여겨 단숨에 죽이려 들 겁니다."

"그렇다고 낙타에서 내려 저놈들 처분만 기다리자 이 말인가?"

"어쩔 수 없습니다. 만나지 않았으면 좋았겠지만 저들 눈에 뜨인 이상 따라야 합니다."

나는 두지에서 내려 언덕 위를 살폈다. 서른 명 정도 되는 사내들이 낙타를 탄 채 우리를 내려다보았다. 카비르가 천천히 걸어서 언덕을 올라갔다. 전사들 중 우두머리인 듯한 흰 터번 사내가 쏜살같이 낙타를 몰고 앞으로 나왔다. 낙타가 음률을 타듯 걸음을 뗄 때마다 사내의 머리를 감싼 터번 자락이 등 뒤로 나부꼈다. 안장 위에 덧댄 붉은 천은 사내의 흰옷과 대비되면서 이글이글 타오르는 듯했다. 사내는 천천히 코와 입을 가린 천을 턱밑까지 내렸다. 일자로 쭉 그어진 턱수염이 양옆으로 뻗어 나왔다. 사내는 카비르의 설명을 들으며 빅토르와 내가 있는 쪽으로 고개를 돌렸다. 터번을 묶기 위해 이마에 두른 가죽끈 아래로 짙은 눈썹과 깊은 눈이 매서웠다.

카비르가 이야기를 끝내자 사내는 몇 마디를 뱉었다. 아랫사람에게 명령을 내리는 주인처럼 당당했다. 카비르는 허겁지겁 우리에게 달려와 간단하고 분명한 전사의 명을 전했다. 낙타와 무기 그리고 장사를 위해 준비한 물건들을 모두 두고 떠나라는 것이다.

"세상에 이런 법이 어디 있소? 사막에서 낙타가 없으면 우린 모두 죽는 것 아니오?"

빅토르가 화를 냈지만, 카비르는 오히려 오늘 불행을 유럽인 탓으로 돌렸다.

"유럽인들이 사하라를 탐내는 바람에 생긴 일입니다.

10년 전만 해도 베두인들과 카라반들 사이엔 신의 이름으로 맺은 약조가 있었소. 하나 카라반 틈에 유럽 군인이 끼어들어 이 약조를 어기고 베두인 부족들을 죽인 후론 사하라의 평화가 깨어졌습니다. 목숨을 빼앗지 않는 것만도 다행이라 여기십시오. 힘들긴 하겠지만 사나흘만 참고 걸으면 오아시스를 만날 수 있습니다."

"사방이 모래 언덕인데 어디에 오아시스가 있단 말이오?"

"땅을 보고 길을 찾을 순 없지만 신은 우리를 위해 밤하늘에 별들을 준비해 주셨지요. 그 별들이 인도하는 길을 따라가면 맑은 물이 샘솟는 곳에 닿습니다. 저희를 믿지 못하시겠다면 따로 가십시오."

빅토르는 머리를 감싸며 괴로워했지만 카비르의 말을 따를 수밖에 없었다.

카라반 사내들이 낙타를 두고 오십 걸음쯤 물러났다. 두지는 자꾸 머리를 흔들며 고개를 돌렸다. 그 슬픈 눈망울은 나를 찾는 듯했다. 베두인 전사들이 낙타들을 일렬로 세워 데리고 갔다. 낙타들의 긴 행렬이 모래 언덕을 넘어 사라지자 카라반들은 터번을 고쳐 두른 후 서둘러 낙타가 사라진 반대 방향으로 방향을 잡았다.

그때 갑자기 낙타 한 마리가 다시 언덕을 넘어왔다. 유난히 머리를 흔들어 대는 녀석은 두지가 분명했다.

"두지!"

나는 반가운 마음에 뛰어나갔다. 하얀 터번을 두른 사내와 베두인 전사 몇 명이 뒤쫓아왔다. 달아난 두지를 잡으러 온 것이다.

"두지, 여기야. 여기!"

두지가 나를 향해 곧장 달려왔다. 마지막으로 한 번만 더 녀석의 목을 감싸 안고 싶었다.

"위험해! 비켜."

빅토르의 다급한 목소리가 귓전을 때렸다. 허연 침을 흘리며 달려오는 두지와는 십 미터도 채 떨어지지 않았다. 두지는 속도를 늦추지 않았고 이대로 달려들면 내 가슴을 치고 머리를 으깰 기세였다. 비켜서기에는 너무 늦었다. 나는 눈을 질끈 감았다.

"탕!"

그 순간 총성이 울렸다. 쿵 소리와 함께 두지가 모래 바람을 일으키며 쓰러졌다. 눈을 떠 보니 두지의 앞발이 바로 내 엄지발가락에 닿았다. 고개를 들었다. 하얀 터번 사내는 그때까지도 총구를 겨누고 있었다. 꾸짖듯 나를 노려보다가 고삐를 잡아끌고 뒤돌아섰다. 그가 총을 머리 위로 높이 들자 전사들은 괴성을 지르며 다시 언덕을 넘어갔다.

"베두인 전사에게 감사하십시오. 그가 총을 쏘지 않았다면 당신은 벌써 죽은 목숨일 겁니다. 달려오는 낙타 앞에 서지 마십시오. 자살행위입니다."

카비르가 빅토르와 나에게도 터번을 건넸다. 때가 묻어 반질반질 윤이 나면서 냄새가 지독했다. 그러나 작열하는 태양은 그 냄새보다도 더욱 끔찍했기에 빅토르도 나도 곧 터번을 두르고 두 눈을 제외한 몸 전체를 천으로 감쌌다.

두지를 타고 사막을 건너는 것이 얼마나 호사였는지 십 분도 걷기 전에 알 수 있었다. 두꺼운 가죽신을 신었지만 모래 열기를 막지는 못했다. 뜨거운 햇빛 때문에 턱을 드는 것도 어려웠다. 바람이 한 번 밀려올 때마다 모래들이 연기 처럼 흩날렸다. 머리가 멍해지면서 귓속이 웅웅거렸다.

해가 질 때까지 걸었지만 낙타 한 마리 나무 한 그루 보지 못했다. 별만 뜨면 길을 찾을 수 있다고 했지만 저녁 무렵부터 먹구름이 잔뜩 밀려들어 하늘을 가려 버렸다. 불을 피우자고 했지만 카비르가 반대했다. 흑심을 품은 자들이 불빛을 발견하면 그땐 정말 목숨을 잃을지도 모른다는 것이다.

빅토르의 품에 안겨 눈을 붙이려고 애썼다.

"리심, 당신을 데려오는 게 아니었소."

해가 지면서 기온이 급격히 내려갔고 그 바람에 빅토르

의 가슴에서 잔기침들이 독버섯처럼 솟아 나왔다.

"사하라를 빅토르 혼자 갔다면 평생 원망했을 거예요."

"그래도 여긴 여자가 머물 곳이 못 되오."

나는 가벼운 웃음으로 무거운 분위기를 지우려고 했다.

"내가 살아가기에 적당한 곳이 조선 외에 또 있었던가요? 파리에서도 탕헤르에서도 늘 나는 힘들었답니다. 집 떠나면 고생이라는 조선 속담이 있는데, 딱 맞네요. 그렇다고 빅토르 당신을 탓하는 건 아니에요. 오히려 고맙죠. 내게 일본과 구라파 그리고 북아프리카까지 보여 줬으니, 그 은혜 평생 잊지 않을게요."

"왜 그런 말을 하오, 꼭 멀리 떠날 사람처럼! 우린 부부라오. 조선에선 부부끼린 은혜니 고맙다느니 하는 말을 안 하는 법이지 않소?"

빅토르의 눈을 들여다보며 고개를 끄덕였다.

"그렇군요. 어떨 땐 빅토르 당신이 나보다 더 조선 사람 같아요."

"조선을 그리워하는 당신 마음은 잘 알고 있소. 마침 아시아에서 자리 이동이 있을 거라고 하오……."

"지금은 당신이 외무부에서 인정받는 게 중요해요. 당신만큼 청국, 일본 그리고 조선 사정에 밝은 이가 없으니, 언젠가 조선으로 다시 갈 날이 있긴 하겠죠. 천천히 하세요.

당신은 천주님의 종이니까 그분께 은총을 비세요. 저는 오늘 밤 왠지 베두인의 믿음에 기대고 싶네요. 알라 카림!(알라는 관대하다!)"

모처럼 빅토르 품에 안겨 잠이 들었다. 발바닥은 화끈거리고 무릎은 끊어질 듯 아렸지만 지브롤터 해협을 건넌 후 가장 달콤한 잠이었다.

얼마나 시간이 흘렀을까. 빅토르가 내 뺨을 손바닥으로 치며 급히 말했다.

"일어나! 모래 폭풍이 오고 있소. 피해야 하오."

눈을 떴다. 카라반들은 벌써 폭풍을 피하기 위해 길을 떠난 후였다. 나는 잠이 덜 깬 표정으로 북쪽 하늘을 우러렀다. 난생처음 듣는 소리였다. 쇳조각들이 하늘을 긁어 대는 소리라고나 할까. 빅토르가 내 손을 잡고 어둠 속을 달리기 시작했다. 그러나 두 발이 자꾸 모래 속에 푹푹 빠졌다. 그가 잡아끄는 힘이 셀수록 나는 몸의 균형을 잃고 자꾸 쓰러졌다. 바람이 점점 거세졌다.

"안 되겠어요, 빅토르! 먼저 가요."

"무슨 소릴 하는 게요? 조금만 힘을 내!"

"빅토르! 가요. 어서! 난 더 이상 걸을 힘도 없어요. 당신이라도 이 폭풍을 벗어나야죠. 가요."

빅토르가 다시 돌아와서 나를 부축해 일으켰다. 바람 소

리가 고막을 찢을 만큼 커졌다. 폭풍을 피하는 것은 불가능
했다. 빅토르는 나를 힘껏 끌어안았다. 나도 양손에 깍지를
낀 채 그를 안았다.

쓰고 있던 터번이 맥없이 풀렸다. 모래 알갱이들이 화살
처럼 온몸을 때리기 시작했다. 바람이 회오리를 돌며 옆구
리를 후려쳤다. 몸이 부웅 떠오르는 듯했다. 엉덩방아를 찧
으며 깍지가 풀려 버렸다. 빅토르를 찾으려 했지만 얼굴로
몰아친 바람 때문에 눈을 뜰 수 없었다. 모래 더미가 산처
럼 내 몸을 덮어 왔다. 가슴이 답답했다. 기침이 쏟아졌다.

여기가 끝인가.

이 모래 벌판이 내가 묻힐 곳인가.

걸음을 떼려고 했지만 더 깊이 빠져 들었다. 무릎이 잠기
고 엉덩이와 허리와 가슴까지 빨려 들어갔다. 목을 거쳐 입
술과 코까지 모래가 차올랐을 때 나는 정신을 잃었다.

현자 마리안

눈도 뜨기 전에 매캐한 냄새가 먼저 내가 살아 있음을 알렸다. 눈을 뜨자, 뼈만 앙상하게 남은 손과 그 손목에 감긴 색색의 구슬이 보였다. 손등에는 뜻을 알 수 없는 붉은 문양이 그려져 있었다. 구름을 닮은 것도 있고 꽃을 닮은 것도 있었다. 연기가 갑자기 내 시야를 흐렸다. 고개를 돌렸다. 검은 차도르를 두른 늙은 여인이 나에게 연기를 뿜어 댔다. 그 곁에 두지를 죽인 하얀 터번 사내가 앉아 있었다. 나는 일어나 앉으려고 했다. 그녀가 구슬을 두른 손으로 내 어깨를 가만히 누르며 불어로 속삭였다.

"가만히! 아직 치료가 다 끝나지 않았어."

"불어를 하시는군요."

그녀가 다시 연기를 내뿜은 후 답했다.

"우리 부족은 모두 불어를 해. 이 녀석 모하메드는 파리까지 다녀왔지."

사내 이름은 모하메드였다. 다른 베두인 사내가 천막으로 들어와 모하메드에게 귓속말을 했다. 모하메드의 두 눈이 날카롭게 바뀌더니 총을 들고 뛰어나갔다.

"내 이름은 마리안. 오래전 프랑스 친구가 붙여 준 이름이지. 자, 편히 한숨 더 자. 그럼 알라께서 당신 고통을 말끔히 씻어 주실 거야."

"제 이름은 리심이에요. 빅토르는…… 제 남편은……."

"쉬이!"

마리안이 손바닥으로 내 이마를 지그시 누른 후 두 눈을 가렸다. 졸음이 쏟아졌다.

다시 정신을 차렸을 때는 밤이었다. 신나는 현악기 소리가 먼저 귓전에 닿았다. 여전히 마리안은 머리맡에 앉아 있었다. 이번에는 일어나 앉아도 말리지 않았다. 그녀가 둥근 질그릇을 내밀었다.

"기장 죽이야."

질그릇을 들고 죽을 단숨에 들이켰다. 마리안은 내가 죽을 다 먹을 때까지 조용히 기다렸다. 그리고 다시 빈 질그릇을 받아서 천막을 나갔다. 나는 천천히 일어섰다. 허리와 어깨가 뻐근했지만 아프지는 않았다. 두 손과 두 발을 흔들어 보았다. 역시 괜찮았다. 현악기 소리에 맞춰 엉덩이를 돌렸다. 사선무의 춤사위와 왈츠의 발동작도 하나씩 해 보았다. 기뻤다. 모래 폭풍 속에서 죽지 않고 살아나 이렇게 다시 춤을 출 수 있다는 것이. 그러나 곧 빅토르 얼굴이 떠올랐다.

'어떻게 되었을까. 모래 폭풍을 무사히 벗어났을까.'

마리안이 별 문양이 화려한, 목이 긴 은 주전자와 금잔을 들고 돌아왔다.

"민트 차야. 마음을 맑게 해."

내가 민트 차를 두 잔 연이어 마시는 동안 마리안은 조용히 기다렸다. 이윽고 내가 고개를 들자 그녀가 말했다.

"마음에 칼날이 가득하더군."

그 말을 이해할 수 없었다.

"마음에…… 칼날이라고요?"

"이틀 밤낮 동안 헛소리를 했어. 울기도 하고 비명을 지르기도 하고 허공을 움켜쥐기도 했지. 그리고 무서워했어. 삶 자체가 알라의 축복인데, 그 축복을 스스로 접으려고 할 만큼 두려움이 커. 마음에 도사린 칼날 때문이겠지."

"빅토르라고…… 프랑스 외교관인데 혹시 못 보셨나요?"

"그런 자가 있었다면 모하메드가 벌써 죽였을 거야."

마리안이 말을 끊고 내 얼굴을 쳐다보았다.

"사막엔 리심 당신뿐이었어. 빅토르라고 했나? 당신을 버리고 갔는지도 몰라."

그 말에 왈칵 눈물이 쏟아졌다. 두지강이 떠오르고 그 강가에서 홀로 깨어났을 때의 황망한 기분이 되살아났다.

"그럴 리 없어……."

나는 불어와 조선어를 섞어 지난 세월을 털어놓기 시작했다. 시간도 뒤죽박죽 섞이고 장소도 파리와 한양과 도쿄, 때로는 궁궐 안과 배 위와 에펠탑 아래로 섞여 엉망이었다. 그러나 마리안은 한 번도 내 이야기를 끊지 않았다. 고쳐 묻거나 맞장구를 치는 법도 없었다. 다만 그곳에 낙타처럼 앉아서 귀 기울여 내 이야기를 들을 뿐이었다.

"난 아프리카 남자와 함께 우리에 갇혀 무대에 세워졌어요. 구라파인들은 아시아인과 아프리카인을 사람으로 취급하지도 않아요……. 그 때문에 난 아기까지…… 유산했어요. 그 무대에 끌려가지만 않았다면 이 세상에서 가장 예쁜 아기를 낳았을 거예요……. 억울해요. 왜 내가 아기를 잃어야만 하는 거죠? 하나님이든 알라든 묻고 싶어요. 답을 얻고 싶어요. 그 후로는 아무리 맛있는 음식을 먹고 멋진 풍광을 봐도 좋은 줄을 모르겠어요……. 이런 짓을 벌인 자를 찾아서 꼭 벌하고 싶어요."

이야기가 분노로 끝을 맺었다. 입술은 여전히 부들부들

떨리고 두 주먹엔 원망이 가득했다. 마리안이 가만히 내 손을 모아 잡았다. 그리고 물었다.

"그자를 벌한다고 잃은 아기가 살아 돌아오는가?"

나는 갑작스러운 물음에 답을 못했다.

"그런 건 아니지만……."

"아기를 잃지 않는 게 가장 좋겠지. 그러나 때로는 자식을 먼저 보내는 부모도 있는 법! 그게 알라의 뜻이라면."

눈물짓진 않았지만, 마리안의 두 눈에 슬픔이 차올랐다.

"자식 잃은 부모 심정은 나도 잘 알아. 유산이야 아직 아기를 낳지도 않았고 키우지도 않았으니까 덜하지. 장성한 아들딸을 잃은 이곳 어머니들 슬픔을 헤아려 본 적 있어?"

"다 큰 아들이나 딸을 왜 잃는단 말인가요?"

"그게 다 칼날 때문이지. 사막에서 살아가는 사람들을 죽이거나 다치게 만드는 칼날. 유럽인들로부터 왔으되 이곳 젊은이들 가슴에도 하나씩 자라기 시작한 칼날. 난 그 칼날에 아들 일곱을 잃었어."

"일곱씩이나! 그렇다면 모하메드는……."

"마지막 남은 막내지. 하나 그 아이도 언제 목숨을 버릴지 몰라."

"몰랐어요, 그런 아픔이 있는 줄을. 정말 상심이 크셨겠네요."

마리안의 쭈글쭈글 주름진 입가에 엷은 웃음이 맺혔다.

"자식을 잃었으니 어미가 아파하는 게 당연하지. 그러나 리심 당신처럼 칼날을 품진 않아. 잃어버린 것에 집착하면 더 큰 알라의 선물을 잊게 되니까."

"더 큰 선물이라고요?"

"그렇지. 우리 부족만 해도 부모가 모두 비명에 죽고 남은 아이가 스무 명이나 돼. 그 아이들은 모두 나를 엄마라고 불러. 물론 피 한 방울 섞이지 않았지만, 나는 정말 그 아이들 엄마고 그 아이들은 내 사랑스러운 자식들이지. 모하메드가 설령 잘못되더라도, 나는 이 아이들에게 맑은 샘물 흐르는 오아시스와 같은 역할을 해야 해. 리심!"

그녀의 눈동자에는 어느새 희망의 빛이 서렸다.

"집착을 버려. 나 하나만, 내 가족만 챙기겠다는 집착에서 벗어나야 해. 네가 낳지 않은 아이들을 거둬 훌륭하게 키우는 거야. 이 세상 모든 가난하고 못 배운 아이들을 모두 네 자식이라고 여겨. 생각만 하는 게 아니라 정말 그 아이들을 위해 네 삶 자체를 바꾸도록 해. 그럼 네 가슴속 슬픔도, 그만큼 자란 칼날도 사라질 거야."

그 밤 모하메드는 돌아오지 않았다. 젊은 여인들의 불안한 눈동자는 차도르로도 감춰지지 않았다. 그리고 나 또한 날이 밝을 때까지 낙타의 거북한 되새김질 소리를 들었다.

'빅토르는 어찌 되었을까. 그 모래 폭풍을 빠져나오지 못한 것은 아닐까.'

'빅토르! 제발, 죽지만 말고 살아 있어요. 나만 남겨 두고 떠나선 안 돼요. 함께 더 행복해야죠.'

사하라의 밤은 전혀 다른 빛깔이었다.

누군가를 그리워하지도 원하지도 않았다. 나는 외부의 어떤 자극에도 눈 돌리지 않고 오직 내 안을 들여다보았다.

마리안과 대화를 끝냈을 때, 나는 뜨거운 사막에 다시 홀로 서 있는 기분이었다. 그녀의 책망은 내 옷을 찢고 두려움을 찢고 비겁을 찢었다. 정직하지 않고는 단 한 순간도 버틸 수 없을 곳까지 밀어붙였다. 대답하고 말고는 내 자유였지만, 이 순간을 놓치면 단 하루도 편히 잠들 수 없을 듯했다.

나는 엉덩이까지 내려오는 긴 머리를 자르기로 했다.

둥근 거울을 앞에 놓고 녹슨 가위를 찾아 들었다. 어깨에 닿지도 않을 만큼 싹둑싹둑 쳤다. 잘려 나간 머리를 끈으로 동여매고 공처럼 돌돌 말았다. 별 문양 천으로 머리카락을 고이 싸서 모래 깊숙이 묻고 돌아왔다. 긴 밤을 고민한 데 반해 실행에 옮기는 데에는 10분도 걸리지 않았다. 거울 앞에 서서 나를 향해 다그쳤다.

'리심! 이제 너는 새로 태어나는 거야. 슬픔의 독에 빠진 리심도, 복수의 칼날을 품은 리심도, 행복했던 과거만 되새기는 리심도 다 사라졌어. 이젠 너 자신의 행복을 위해서 살지 마. 네 가족의 평안도 머리에서 지워 버려. 이제 아이들을 위하여 하루하루를 가꾸는 거야. 너의 몸은 이제 네 것이 아니고 너의 영혼도 이제 네 것이 아니야. 저 광활한 사하라가 삶의 고통을 모두 감싸 안듯, 너도 이제 그들을 품어. 정말 어머니가 되는 거야. 교사가 되는 거야. 인간이 되는 거야.'

마리안은 아이들을 먹이고 입히고 씻기느라 바쁘게 움직였다. 그녀는 내 바뀐 모습을 보고도 내색하지 않았다. 그녀 곁에서 일을 거들었다. 마리안은 고마워하지도 말리지도 않았다.

보름 후 모하메드와 베두인 전사들이 돌아왔을 때, 젊은 여인들은 알라께 감사하는 기도를 올렸다. 그러나 마리안은 그 순간에도 설사병에 걸린 계집아이 둘을 치료하느라 아이들 얼굴에 연기를 내뿜고 있었다.

사막에 다시금 밤이 찾아왔다. 여인들은 모처럼 든든한 남편의 품에 안겨 단잠에 빠져들었다.

총성과 함께 화염이 솟구친 것은 아침 해가 솟아오르기 직전이었다. 프랑스 국기를 앞세운 군인들이 평화로운 베두인 마을을 단숨에 아비지옥으로 탈바꿈시켰다. 아이들

의 울음과 아낙들의 절규, 사내들의 비명이 뒤섞였다. 총
성이 울릴 때마다 붉은 피가 서서히 밝아 오는 모래 위를
적셨다.

나는 천막을 나와서 베두인 여인들과 함께 정신없이 달
렸다. 그러나 마을 뒤쪽에도 이미 군인들이 기다리고 있었
다. 마을을 완전히 포위한 것이다. 총성과 함께 곁에서 달
리던 여인들이 쓰러졌다. 뒤돌아서 달아나려다가 누군가의
발에 걸려 나뒹굴었다.

"리심!"

낯익은 목소리가 귓전에 닿았다. 고개를 드니 빅토르가
총을 든 채 나를 내려다보았다.

"다친 데는 없소?"

마을 중앙에서 화염과 함께 비명이 터져 나왔다. 마리안
의 처소가 있는 곳이었다. 아이들! 마리안과 아이들이 모여
자고 있을 텐데. 나는 급히 일어나 빅토르의 팔을 잡아끌며
소리쳤다.

"당장 중단시켜요! 이를 어째…… 애들이…… 마리안
이…… 이건 아니에요. 당신들…… 이러면 안 돼! 이럴 순
없어요. 빅토르, 제발!"

다시, 고아가 되다

참혹한 살육의 새벽이 지나갔다.

안전한 오아시스 마을에서, 빅토르는 중전 마마께서 돌아가셨다는 비보와 함께 다시 조선으로 부임하게 되었다는 소식을 전했다.

다음 날 우리는 서둘러서 탕혜르로 돌아왔다. 변한 것은 없었다. 아침 햇살에 빛나는 바다, 그 위로 시끄럽게 날아다니는 갈매기들, 백사장을 달리는 아이들, 차도르로 입을 가린 채 웃는 여인들, 물 담배를 피우며 알라의 위대함을 이야기하는 노인들까지.

믿기지 않지만 믿어야만 하는 일도 있는 법이다.

조선에서 온 편지를 읽고 또 읽었다.

중전 마마가 돌아가셨다. 그것도 일본인들 손에!

어머니가 황새바위에서 돌아가셨을 때, 나는 고아가 되었다고 생각했다.

그러나 진정 고아가 된 것은 바로 지금이다.

이제는 슬퍼도 의지할 기둥이 없다.

모로코, 또 다른 조선

탕헤르의 마지막 날, 비가 내렸다.

지브롤터 해협 건너 스페인 땅에서부터 먹구름이 밀려들더니 세찬 바람과 함께 비가 도시 전체를 흠뻑 적시기 시작했다. 새벽에 깨어났을 때는 벌써 굵은 빗줄기가 정원 여기저기에 작은 시내를 만들었다. 짐을 미리 부치고 집을 나서려는데 안나가 찾아왔다.

"머리가 달라져서 몰라볼 뻔했어요. 더 예뻐요."

나는 단발머리를 쓸며 웃어 보였다.

"고마워요. 사하라의 선물이죠."

안나는 비에 젖을까 염려하며 천으로 겹쳐 싼 것을 폈다. 하얗게 흩날리는 배꽃을 수놓은 복주머니였다. 처음 안나와 인사를 나눌 때 내 이름의 뜻을 묻기에 배꽃을 그려 준

적이 있었다.

"조선에서 가져왔다는 복주머닌 색이 바래고 구멍까지 뚫렸더군요. 늘 품에 간직하는 구리 십자가, 세상에서 가장 아끼는 거죠? 이젠 여기에 넣어 잘 간직하세요."

알고 있었는가. 역시 안나는 눈치도 빠르고 인정도 많은 여인이었다.

"찰리는?"

"감옥이 오히려 편하다고 농담을 하지만, 어디 거기가 사람 살 곳이겠어요?"

"미안해요."

"오히려 제가 죄송하죠. 찰리 때문에 심려를 끼쳐 드려 송구스러워요."

"전혀 도움이 못 되고 오히려 안나를 내쫓기까지 했으니……."

"해고당한 게 아니라 스스로 그만둔 거 아니었던가요? 그때 그만두었으니 오늘 이렇게 웃으며 만나는 거고요."

나는 안나의 손을 꼭 쥐고 말했다.

"안나! 나 내년 봄쯤 조선으로 돌아가요."

"그랬군요. 어쩐지 그럴 것 같았어요. 조선에 가면 이 복주머니를 만지며 탕헤르 생각, 안나 생각도 가끔은 해 주세요. 그리고 언제나 평화로우시기를 빌게요."

"그럼요. 매일매일 그리워할 거예요."

"너무 그리워하진 마세요. 그리움이 깊으면 다시 돌아오게 된다잖아요?"

"그럼 오죠, 뭐. 안나랑 함께 사하라도 가고!"

나는 마지막으로 안나에게 작별 인사를 건넸다.

"알라흐 이헨니크!(신께서 당신에게 평화를 주실 것입니다!)"

지브롤터 해협을 지날 즈음 비가 그쳤다.

내내 파리에만 머물렀다면 이런 느낌을 얻지는 못했겠지. 아프리카라는 대륙도 이름만 들었을 테고 사하라의 모래바람과 모로코 청년들의 울분도 몰랐으리라. 탕헤르는 내게 새로운 깨달음을 준 도시로 영원히 기억될 것이다. 아, 조선으로 가려는 이 마음은 단순한 향수병이 아니다. 아프리카에서 내가 할 일은 없다. 파리에서도 마찬가지다. 모로코 젊은이들이 모로코에서 무엇인가를 하듯 나 역시 조선에서 무엇인가를 해야 한다. 모로코는 아프리카의 조선이고, 조선 또한 아시아의 모로코이다. 이 교감 평생 잊지 않으리.

4장

파리 Ⅱ

1895년 12월~1896년 3월

내가 여행기를 써야만 하는 이유

마리가 마르세유까지 마중을 나왔다.

탕헤르로 데려가고 싶었지만 프랑스를 떠나고 싶지 않다며 눈물을 줄줄 흘리는 바람에 그만두었다. 대신 빈집을 지키며 가끔 맑은 날에 서책을 말리고 조선이나 일본 또는 청국에서 오는 편지들을 정리해 두라는 명을 내렸다.

14개월 만이었다. 선창에 서서 반갑게 손을 흔드는 마리를 보니 이제 제법 숙녀티가 났다. 비록 싸구려지만 반지도 끼고 볼과 입술에 엷은 화장까지 했다. 빅토르가 내 건강을 염려하여 마리를 불렀다고 했다. 중전 마마의 죽음은 그에게도 큰 충격인 듯했다.

"청일 전쟁에서 이겼다고 일본의 오만이 하늘을 찌르는 군. 감히 독립국인 조선의 왕비를 살해하다니……."

중전 마마는 외교관 중에서도 특히 빅토르를 아꼈다. 중국어에 능통하고 조선의 서책과 도자기와 그림 수집을 즐기는 외교관이 흔하진 않으니까. 파리에 오고 보니 조선에 대한 빅토르의 지식이 얼마나 특별한가를 알 수 있었다. '청일회'에서도 조선은 늘 미지의 나라였다. 빅토르가 조선 풍광을 찍은 사진을 내보일 때마다 프랑스인들은 눈을 크게 뜨고 감탄했다.

항구에 닿자마자 마리가 비단으로 곱게 싼 편지를 건넸다. 나는 그것을 가슴에 안고 마리에게 물었다.

"조선에서 언제 이 편지가 왔니?"

"이틀 전이에요. 조선에서 귀국한 외방 선교회 소속 신부님이 가져오셨죠."

급히 비단을 펼치고 편지 겉봉을 살폈다. 예상대로 '心'이라고 적혀 있었다. 점 셋을 모두 오른쪽으로 비스듬히 흘린 낯익은 필체였다. 겉봉을 열고 편지를 꺼내 폈다.

큰 불행을 당하기 닷새 전, 내게 쓰신 편지였다. 중전 마마는 이미 이 세상에 없는데, 당신이 남긴 편지만 내 손에 들려 있다 생각하니 눈물부터 흘러내렸다. 빅토르가 다가서며 물었다.

"괜찮소? 우선 가까운 카페에 들러 잠시 쉽시다."

고개 저으며 그 편지를 들어 보였다.

"중전 마마께서 보내신 거예요. 여기서 읽을래요. 잠시만, 잠시만 기다려 줘요."

네가 조선을 떠난 지도 4년이 흘렀구나.

동경과 파리에서 보낸 글들은 잘 읽어 보았다. 아비리가(阿非利加, 아프리카) 마락가(摩洛哥, 모로코)까지 가게 되었다고 하니, 기대 반 걱정 반이다. 네가 전한 구라파의 새 소식들은 조선을 부강하게 만드는 데 큰 도움이 되고 있다. 내게 보낸 편지들을 다시 모아서 읽어 보았다. 노탈라남과 개선문이 손에 잡힐 듯하구나. 이제 그동안 조각조각 내게 보낸 편지들을 모아서 여행기를 한 권 써 보도록 하여라. 서책으로 묶는 과정에서 넓어질 것은 더욱 넓어지고 깊어질 것은 더욱 깊어지겠지.

기대하고 있겠다.

파리로 온 미치코

이른 아침을 먹고 퐁데자르 다리로 갔다. 난간에 기대서서 고개를 좌우로 돌리며 노트르담과 루브르 박물관을 보고 또 다리 아래로 흐르는 센강을 살핀 후에야 비로소 내가 파리로 돌아왔다는 사실이 실감 났다. 마리는 네댓 걸음 뒤에 서서 길게 하품을 해 댔다. 빅토르는 아직도 나 혼자 센강변을 걷는 것을 허락하지 않았다. 어젯밤 중전 마마의 짧은 편지를 내보이며 여행기를 짓겠다고 했을 때, 그는 무척기쁜 표정을 지었다.

"리심 당신이라면 조선의 어떤 사람보다도 나은 여행기를 쓸 수 있을 거야. 또 우리가 머물다 온 탕헤르야말로 위대한 여행가 이븐 바투타의 고향이기도 하니까. 거기서 받은 기운으로 도쿄와 파리 그리고 탕헤르의 일들을 기록

하오."

서책을 완성할 때까지는 내가 딴생각을 하지 않으리라 기대한 것이다. 나는 여행기에 꼭 필요하다며 오늘부터 하루에 세 시간 정도는 파리를 돌아다니겠다고 선언했다. 빅토르도 어깨를 으쓱하며 마리와 동행하는 조건으로 응낙했다.

햇빛은 따사로운데 바람은 차고 날카로웠다. 온화한 모로코 날씨와는 전혀 달랐다. 다리를 지나는 사람들도 옷깃을 세우고 종종걸음을 쳤다. 아이들은 껴입은 옷과 모자 때문에 맨 얼굴을 보기도 힘이 들었다. 유모차 한 대가 다리를 건너왔다. 나도 모르게 그 안에서 옹알이를 하는 아기에게 눈길이 갔다. 콧잔등까지 추어올린 담요가 싫은 듯 아기는 자꾸 양팔을 버둥거리며 바깥세상을 보려고 했다. 유모차를 끌던 여인은 내 앞에 멈춰 서서 담요를 잘 여몄다. 아기가 울음을 터뜨리는 것과 동시에 향긋한 냄새가 코끝에 닿았다. '오 드 콜로뉴 앵페리알'이었다. 고개를 돌렸다. 키 작은 여인이 등을 보이고 서서 샤틀레 극장 쪽을 바라보고 있었다. 쪽빛 모자를 쓰고 흰 장갑을 꼈으며 감청색 외투에 붉은 목도리를 둘렀다. 그녀는 천천히 내 쪽으로 고개를 돌렸다.

"미, 미치코!"

놀랍게도 미치코였다. 도쿄 시절 유일한 나의 벗. 불어에 능통하고 고우 선생을 흠모하였던 여인.

"놀랐지? 향수를 너무 많이 뿌렸나 보네요. 금방 내게 눈길을 줘서 조금 시시했어요. 한데 단발머리 정말 예쁘네. 건강하고 깜찍해 보여요."

"어떻게 된 거예요? 언제 왔어요?"

그녀의 손을 잡으며 물었다.

"며칠 되었어요. 아직 탕헤르에 있는 줄 알았지만 물어물어 주소를 찾아갔답니다. 방이라도 한번 보려고 말이죠. 리심이 파리에서 어떻게 지냈는지는 편지를 통해 알고 있었지만, 그래도 당신 집에 가면 뭔가 새로운 걸 얻을 것 같았거든. 한데 마리란 하녀가 놀랍게도 당신이 곧 파리로 돌아온단 소식을 전하더군요. 마리에게 내가 왔다 갔다는 걸 비밀로 해 달라고 부탁했지요."

나는 고개를 돌려 마리를 보고 눈을 흘겼다. 마리가 뒷머리를 긁적이며 눈을 피했다.

우리는 퐁데자르 다리를 지나 루브르 강변로를 걸었다. 나는 미치코에게 위로의 말을 건넸다.

"상하이에서 일어난 일…… 소식 들었어요. 괜찮아요?"

미치코가 고개를 끄덕였다.

"이젠 많이 좋아졌어요. 항상 조선에서 자객들이 올 거라고 걱정하셨죠. 사람들을 가려 만난 것이나 또 가끔 흐트러진 모습을 보인 것도 다 조선 왕실을 의식해서였죠. 한데 홍종우란 사람이 프랑스에서 왔답니다. 키가 크고 부리부리한 눈빛이 무서운 사내였어요. 난 그를 멀리 하라고 했지만, 당신께서는 함께 세계 정세를 논하고 조선의 개혁을 도모할 인재라며 아끼셨죠. 상하이까지 간 것도 홍종우를 믿었기 때문이에요. 청국 실력자들을 만나서 조선 형편을 살피고 또 귀국할 방편을 마련하고 싶어 하셨어요. 상하이로 떠나는 날, 내 뺨을 꼬집으면서 이렇게 말씀하시더군요. '미치코 당신은 좋은 여자야. 일본에서 당신을 만나 참 좋았어.' 그게 유언이 될 줄이야."

나는 홍종우 씨를 잘 안다는 소리를 하지 않았다. 미치코에게 홍종우 씨는 연인을 앗아간 살인마일 테니까. 말머리를 돌렸다.

"파리엔 어쩐 일이에요? 슬픔이라도 지우려고?"

미치코가 내 등을 툭 건드리며 소리 내어 웃었다.

"슬픔을 지우려고 한 달 넘게 배를 타고 프랑스까지 오는 사람이 어디 있어? 사실 나 향수 장사를 시작했어요."

"향수 장사라고요?"

"아주 간단한 일이에요. 게를랭 향수를 일본으로 들여와서 파는 거죠. 향기도 독특하지만 무엇보다 병이 정말 아름다워요. 게를랭에서 몇 년 전부터 여러 향기를 섞은 향수를 만들었는데, 이번엔 그걸 좀 사 보려고 직접 왔어요."

"날 보러 온 게 아니군요."

짐짓 화가 난 척했다. 미치코가 루아얄 교를 바라보며 웃었다.

"섭섭해하지 마요. 리심, 당신은 탕헤르에 있으니 만날 생각은 솔직히 못 했어요. 다만 당신이 머물던 곳, 당신 편지에 나오는 몇몇 거리를 찾아볼 마음은 있었지."

"파리야 나보다 미치코가 더 잘 알잖아요?"

"책 보고 아는 거랑 직접 살아 보는 거랑 큰 차이가 있죠. 물론 나도 루아얄 교를 지나면 튈르리 강변로가 나오고 튈르리 공원 저편엔 리볼리 거리가 있으며 그 위엔 방돔 광장이 있다는 건 알지만, 그 길을 걷는 기분은 모르니까요. 파리란 도시는 서책에서 읽고 동경하는 자들의 도시가 아니라 직접 두 발로 걸어 다니는 자들의 도시인 것 같아요. 리심, 파리 구경시켜 줄래요?"

"기꺼이! 어디부터 가고 싶나요?"

미치코가 큰 눈을 끔벅이다가 답했다.

"영화 한 편 보러 가요."

"영화가 뭐죠?"

"뤼미에르 형제가 만들었대요. 움직이는 사진이라고도

하죠. 무척 신기하다고 소문이 쫙 퍼졌는데 리심은 아직 모르는가 보죠?"

공화국 정신

인간은 웃기는 동물이다. 침대에서 편히 할 수 있는 맹세
도 꼭 특별한 곳에서 하기를 원한다.

모랭 부인은 팡테옹 앞에서 마차를 세우면 될 것을 왜
뤽상부르 공원 남문에 내리느냐고 툴툴거렸다. 나는 공원
을 거닐며 잠시 마음을 가다듬은 후 공화국 정신이 깃든 팡
테옹으로 가고 싶다고 했다. 모랭 부부의 호의로 어렵게 팡
테옹 내부를 둘러볼 기회를 얻은 것이다. 그들은 일본에 빠
져 있었고, 미치코는 일본의 과거와 현재를 친절하게 불어
로 설명할 줄 알았다. 맛있는 저녁을 함께 먹은 후 나는 "팡
테옹을 조용히 살펴보고 싶은데요……." 하고 운을 뗐다. 모
랭 씨가 실력 발휘를 해 보겠노라며, 대신 일본 무사들의
무용담을 더 많이 들려달라는 조건을 내걸었다. 미치코는

"소설가는 아니지만……."이라며 그 조건을 수락했다.

빅토르는 팡테옹만 둘러보고 지하 묘지엔 가지 말라고 했다. 음습한 기운 때문에 감기라도 걸릴까 걱정하는 눈빛이었다. 나는 염려하지 말라며 그의 뺨에 입을 맞춘 후 웃어 주었다.

모랭 부인은 "이러다가 우리가 먼저 얼어 죽겠어요. 공원만 대충 거닌 후 마차로 옮겨 가죠."라고 권했지만, 나는 정중히 거절했다. 뤽상부르에서 팡테옹에 이르는 거리를 소르본 대학생들이 활보하고 다닌다고 들었기 때문이다.

소르본 대학 건물로 들어가 보았다. 방학인데도 몇몇 강의실에서 특강이 열리고 있었다. 예전에 자연사 박물관에서 느낀 것이지만 나는 이 세계를 넓고 깊게 차근차근 공부할 곳이 필요했다. 그곳은 바로 대학이었고 소르본 대학은 그중에서 가장 실력이 뛰어난 학생들이 모인다고 했다.

과학 수업이 진행되는 큰 강의실에 들어갔다. 계단처럼 층이 진 강의실에는 학생들이 100여 명 앉아 있었다. 나는 맨 뒷자리에 앉아서 약간 창백해 보이는 교수의 강의를 들었다. 칠판에는 알 수 없는 수식과 기호들이 가득했고 교수는 빠르게 수식을 적어 가며 설명했다. 곁에 앉은 여학생 노트를 슬쩍 쳐다보았다. 겉장에 적힌 그녀의 이름은 마리아 스콜로드브스카였다.

'아! 여기 이들과 함께 공부하고 싶다. 더 많이 배우고 익히고 싶어. 파리에 처음 올 때부터 대학에 다녀야 했어. 빅토르를 기다리며 하루하루를 흘려보낼 일이 아니었어. 내게 다시 기회가 올까. 파리나 도쿄의 대학에서 공부할 수만 있다면 어떤 대가라도 치를 텐데. 조선 아이들을 잘 가르치기 위해서라도 나부터 실력을 쌓아야겠어. 조선에 돌아가면 더욱 성실히 가르치고 배우자. 대학의 학문을 배울 수 있을 만큼 준비를 철저히 하자.'

미치코는 향수 가게를 몇 군데 더 둘러본다며 동행에서 빠졌다. 함께 가면 좋겠다고 거듭 권하자 그녀는 볼우물을 지어 보였다.

"그냥 구경하러 가는 거라면 나도 가고 싶어요. 하지만 리심! 오늘 당신이 팡테옹에 가는 건 특별한 의미가 있는 거잖아? 이런 날엔 혼자 있는 편이 좋아요. 사람은 외로울수록 자신의 미래를 잘 예감하는 법이니까."

눈치 빠른 미치코.

멀리 팡테옹의 둥근 지붕이 보였다. 그 밑에 쓰인 글귀가 눈에 들어왔다.

"조국은 위인들에게 감사한다.(AUX GRANDS HOMMES LA PATRIE RECONNAISSANTE.)"

'위인들'이란 글자 위로 철학자 볼테르와 루소, 또 이 팡테옹을 지금의 모습으로 개축한 건축가 수플로, 프랑스 혁명의 영웅 마라가 겹쳤다. 교회가 야소와 그 제자들을 위한 성소(聖所)라면, 팡테옹은 많은 위인들을 한자리에 모아 공화국의 영광과 위엄을 드러내는 곳이었다.

"이쪽으로 오세요!"

모랭 부인을 따라서 들어섰다. 거대한 벽화들이 먼저 나를 압도했다. 프랑스 역사의 중요한 장면들을 추려 그린 것이다. 감색 조끼를 입고 셔츠 소매를 두 겹으로 말아 올린 통통한 체구의 털보 사내가 뒤에서 문을 닫았다. 그는 가끔 이런 일을 하는 듯 말없이 우리를 지하 묘지 입구까지 안내했다. 똬리를 튼 뱀처럼 검은 나선형 계단이 어둠 속으로 뻗어 있었다. 그 속을 흘끔 보며 모랭 부인이 고개를 설레설레 저었다.

"역시 내려가지 않는 편이 좋겠어요. 아무리 공화국 건설에 공을 세웠거나 공화국 정신을 구현한 위인들을 모신 곳이라고 해도, 이 겨울에 지하 묘지는 싫네요. 여기까지 구경했으니 이제 그만 돌아가죠. 그분을 만나는 일이야 서재에서도 충분히 가능하잖아요? 내가 듣기론 리심 당신은 이미 그분 작품을 여러 번 섭렵해서 거의 외울 지경이라던데요."

"잠시만 쉬고 계세요."

털보 사내가 뒤돌아서서 먼저 계단을 내려갔다. 나는 손으로 차가운 벽을 더듬으며 한 걸음 한 걸음 뒤따랐다. 계단이 끝나는 곳에 이르자 희미한 불빛들이 흔들렸다. 차가운 죽음의 기운이 내 어깨를 단숨에 찍어 눌렀다.

사내의 감색 조끼가 저승 사자의 검은 옷처럼 보였다. 그 옷이 갑자기 눈앞에서 사라졌다. 사내가 방향을 꺾은 것이다. 나는 급히 서너 걸음을 나아갔다. 여기서 사내를 놓치면 영원히 묘지에 갇힐 것만 같았다. 모랭 씨의 충고가 귓전을 맴돌았다.

"중심은 항상 원이죠. 그 원에서 사방으로 길이 나 있고, 그 길은 또 셋으로 갈려요. 좌우 길에는 각각 위인들을 모신 방이 서너 개씩 있었던 걸로 기억합니다. 어찌 보면 단순한 구조인데 방향을 잘못 잡아서 엉뚱한 길로 들어갔다가는 길을 잃고 헤매기 십상이죠. 길도 문도 거의 똑같아서 거기가 거기 같기도 하고 또 고이 잠든 위인들의 영혼이 심심하던 차에 잘되었다며 장난을 걸기 때문이라고도 하죠. 하여튼 정신 바짝 차리지 않으면 큰일을 당할 수도 있으니 조심하세요."

둥근 천장을 비추는 빛에 어느 정도 익숙해지자 벽 사이사이에 놓인 철문이 눈에 들어왔다. 가까이 다가가 격자 창틀 안을 흘끔 살폈다.

"그곳은 아직 주인을 기다리고 있습니다."

걸걸한 목소리가 메아리를 만들며 울렸다. 나쁜 짓을 하다가 들킨 아이처럼 철문에서 떨어져 사내가 서 있는 곳까지 단숨에 걸어갔다. 사내가 접었던 셔츠 소매를 풀며 열린 철문 옆으로 다가섰다.

아!

나는 양손을 가슴 가운데서 맞잡고 눈을 감았다 떴다. 그리고 사내를 쳐다보며 말했다.

"제가 들어가고 나서 철문을 닫아 주실 수 있으세요?"

사내가 조금 놀란 표정을 짓더니 오른손으로 수염을 쓰다듬었다.

"철문을 닫아 달라고 부탁한 사람은 부인이 처음입니다. 대부분은 곁에 꼭 머물러 있어 달라고들 하시는데……."

나는 품에서 동전 두 개를 꺼내 사내에게 내밀었다. 동전을 받아 쥔 사내가 콧김을 내며 빠르게 답했다.

"도움이 필요하면 큰 소리로 부르십시오. 묘지 입구 계단에 서 있겠습니다."

등 뒤로 철문이 닫혔다.

나는 천천히 관 위에 손을 얹었다. 대문호 빅토르 위고가 바로 이 아래 누워 잠든 것이다. 사하라 사막에서 현자를 만나 가르침을 얻었을 때, 가장 먼저 떠오른 이름이 바로 빅토르 위고였다. 정확히 말하자면 그의 두 작품 『파리의 노트르담』과 『레미제라블』이 동시에 뒤통수를 후려쳤던 것이다.

'위고 선생님!

저는 선생님을 잘 알지 못합니다. 그러나 선생님의 두 소설을 통해 선생님이 그 누구보다도 인간을 사랑하고 가난한 자를 위하는 분이란 걸 알았습니다. 저는 지금 선생님이 만드신 두 인물을 본보기로 삼아 제 삶을 새롭게 시작하려 합니다. 그것이 곧 공화국 정신이겠지요. 몇몇 어리석은 파리 사람들이 저를 카지모도보다도 못한 짐승으로 취급했습니다. 물론 편견에서 비롯한 것이지요. 선생님께서 작품으로 보이셨듯이, 카지모도는 누구보다도 순수하고 맑은 영혼을 지녔습니다. 피부색이 검거나 누렇다고 해서, 눈이 찢어지고 키가 작다고 해서, 겉모습만으로 영혼까지 불구나 짐승으로 단정하는 것은 어리석은 일입니다. 저는 장발장이 그러했듯이, 가난한 이들을 위해 살렵니다. 항상 그들 곁에서 그들을 도우며 평생을 보내렵니다. 무엇보다도 그들을 가르치고 일깨워, 지성과 교양을 지닌 인간으로 새롭게 키워 보겠습니다. 특히 여자들을 교육하기 위하여 노력하겠습니다.

선생님!

저는 많이 약합니다. 이 일을 감당하기엔 아직도 배움이 짧습니다. 그러나 저는 꼭 하고 싶습니다. 감히 말씀드리건 대, 조선에서 이 일을 할 여자는 저 리심뿐입니다. 카지모 도를 통해 진정한 사랑을 알았고 장발장을 통해 참된 회개 와 헌신을 배웠습니다. 이제 그 배움을 조선의 어린 벗들에 게 베풀 차례입니다. 지켜봐 주십시오.'

움직이는 사진, 영화

미치코와 함께, 카푸신 가에 있는 그랑 카페 지하에서
「열차의 도착」이라는 영화를 보았다. 그랑 카페는 오페라
드 파리를 등지고 바라보면 왼편으로 첫 번째 길에 자리 잡
았는데 이름만큼이나 크고 화려한 카페였다. 영화관은 오
페라 드 파리가 보이는 카페 지하에 있었다. 미치코는 지하
로 들어가기 전에 오페라 드 파리로 가서 조각품들을 구경
했다. 그녀는 일곱 흉상을 유심히 살폈다. 왼쪽에서 세 번
째와 네 번째 흉상이 베토벤과 모차르트임을 알고는 손뼉
을 치며 좋아했다. 일본에서 두 음악가의 곡들을 들었는데,
베토벤은 웅장하고 모차르트는 재기가 번뜩인다고 했다.
그러다가 갑자기 이런 농담을 했다.

"저 음악가들이 죽지 않고 살아서 영화를 본다면 어떤

일이 벌어질까?"

나도 농담으로 받았다.

"글쎄요. 우리가 먼저 보고 판단해 보죠."

낡은 당구장을 고친 '인디언 방'에 사람들이 빽빽하게 들어찼다. 작년 12월 28일 첫 상영 때는 고작 33명에 불과했는데, 지금은 뒷문을 닫지 못할 만큼 많은 인파가 몰려들었다.

"반갑습니다. 저는 시네마토그라프를 만든 루이 뤼미에르입니다. 영화 상영에 앞서 한 가지 부탁 말씀 드립니다. 화면에서 어떤 영상이 나오더라도 그것은 진짜가 아니니 놀라지 마십시오. 어두운 극장에서 움직이다가 다칠 경우 저희는 책임을 질 수 없습니다."

사람들이 웅성거렸다. 나는 귓속말로 미치코에게 물었다.

"「열차의 도착」이라면 열차가 도착하는 사진을 주욱 이어 붙인 건가요?"

미치코도 고개를 갸웃거렸다.

"그 정도 작업이야 이미 일본에서도 했지요. 어제 조르주 멜리에스라는 마술사를 만났는데, 작년 12월 28일에 인디언 방에서 영화를 봤다더군요. 그 사람 말로는 토머스 에디슨이란 미국의 발명가가 만든 활동 사진 영사기보다도 훨씬 더 충격적이라고 했어요."

"마술사는 대부분 거짓말쟁이잖아요."

"곧 알게 되겠죠. 아무리 놀라운 화면이 나와도, 우리, 자리를 뜨지 않기로 해요."

미치코가 내 손을 꼭 쥐었다. 그녀가 꼭 엄마 같다는 생각을 했다.

영화가 시작되었다. 리옹에 있는 벨쿠르 광장이 나왔다. 초점도 흐릿한 사진이었다. 사람들이 서서히 걷기 시작했다. 사람뿐만 아니라 마차도 움직였다. 말들이 갈기를 흩날리며 나를 향해 곧장 내달렸다. 인디언 방에 모인 사람들이 일제히 허리를 젖히며 비명을 질러 댔다. 미치코도 나도 손을 꼭 잡고 눈을 감았다. 말발굽이 단숨에 내 머리와 가슴을 짓이기고 지나갈 것만 같았다. 그러나 그런 끔찍한 사고는 일어나지 않았다. 실눈을 뜨니 이번에는 역이 나왔다. 사람들이 삼삼오오 모여 서서 기차가 오기만을 기다리고 있었다. 흰 연기를 내뿜으며 기차가 서서히 모습을 드러냈다. 사람보다도, 마차보다도 더욱 빨리 기차는 나를 향해 달려들었다. 저 무거운 쇳덩이에 깔리고 싶지 않았다. 달아나야 해. 이번엔 진짜야. 저 기차를 피해야 해. 엉덩이를 반쯤 들었다. 그 순간 내 앞에 앉아 있던 여인이 먼저 비명을 지르며 벌떡 일어섰다. 미치코가 내 손을 잡아끌며 말했다.

"앉아요. 저 기찬 그냥 사진일 뿐이에요. 누구도 해치지 못하죠. 우릴 해치는 건 우리 자신이에요. 우리 앞에 도사리고 있는 고통, 분노, 슬픔이 제일 위험하답니다."

상영이 끝나자 한동안 침묵이 흘렀다. 이런 끔찍하고 놀라운 경험은 모두들 처음이었던 것이다. 박수와 환호가 터져 나왔다. 루이 뤼미에르가 다시 나와서 관객에게 정중히 인사했다.

미치코와 나는 마차를 타고 튈르리 공원으로 갔다. 겨울 공원은 쓸쓸하고 고즈넉했다. 솜옷을 껴입은 소녀들이 산양 두 마리가 끄는 마차를 타고 루브르 궁을 향해 얼어붙은 길을 달렸다. 멋지게 끝이 굽은 뿔을 가진 산양은 발을 헛디디거나 미끄러질 때마다 하얀 김을 내뿜으며 힘들어했지만 아이들은 마차가 흔들릴 때마다 오히려 양손을 흔들며 재미있어했다. 소년들은 굴렁쇠를 굴렸다. 쇠로 만든 원에 작은 막대기를 걸고 이리저리 달리고 또 달렸다.

우리는 벤치를 닦은 후 천을 깔고 나란히 앉았다. 그때까지도 영화에 대한 충격이 가시질 않았다.

"리심! 이제 곧 영화의 시대가 올 거예요. 되도록이면 빨리 저걸 일본에 가져가야겠어."

"향수 장사는 접은 건가요?"

"향수야 언제든 사 가면 되지만 영화는, 이 놀라운 체험은 빠르면 빠를수록 좋으니까."

그리고 미치코는 기회가 되면 우리 둘이서 영화에 출연하면 어떻겠느냐고 했다.

"거기 나가서 무엇 하려고요?"

"아까 보니 기차역에 있던 사람들도 꽤 많이 화면에 잡혔잖아요? 우리가 파리에서 이렇게 만나서 웃고 떠드는 걸 영화에 담아 보는 것도 신날 거야. 두고두고 자랑거리가 될 테니까. 모르긴 해도 영화는 사진과 또 달라서, 우리가 상상하지 못하는 것들도 만들걸!"

에트르타 절벽에서 풀피리를 불다

빅토르와 나 그리고 미치코 이렇게 셋이서 에트르타 바다를 보러 갔다.

멋진 절벽이 있다고 이야기를 꺼낸 건 미치코였고, 빅토르도 조선으로 떠나기 전에 북부 프랑스의 바다를 보고 싶어 했다. 에트르타 절벽은 높고 거칠고 사나우며 또한 어둡고 쓸쓸해 보였다. 바다에 닿았을 때 실비가 흩뿌렸다. 우산을 써도 온몸이 축축하게 젖어 들었고 그만큼 몸도 마음도 무거워졌다.

빅토르는 잔기침을 쏟는 바람에 마차에 남았다. 조선에 다시 부임하게 되었다는 소식을 접했을 때부터 그는 또다시 가슴과 목이 아프다고 했다. 나도 남을까 했는데 빅토르가 웃으며 내 등을 떠밀었다.

"오늘 아니면 언제 대서양 바다를 보겠어. 다녀와요."

에트르타 절벽에 올라선 첫 느낌은 부드럽고 세련된 파리 풍광과 전혀 다르다는 것이었다. 바위는 바위대로, 바다는 바다대로, 상대를 배려하는 법 없이 홀로 우뚝 존재한다고나 할까. 그 절벽은 힘겹게 버텨 온 내 인생과도 닮은 부분이 많았다.

"미치코! 나 조선으로 돌아가면 많은 일을 할 거예요."

미치코가 미소 지으며 고개를 끄덕였다.

"학교를 세워 가난하고 부모 없는 아이들을 가르칠래요. 학비는 한 푼도 받지 않고 말이에요. 프랑스와 일본, 모로코에서 익힌 춤과 노래도 선보이고 싶어요. 그리고……."

"리심! 당신이라면 잘할 수 있을 거예요. 참 보기 좋아요. 혹시 조선을 그리워하다가 향수병이라도 얻지 않았을까 걱정했는데, 봄 햇살처럼 따스하고 활기차요. 귀국해서도 꼭 지금처럼 살아요."

"미치코, 나 소원이 있어요."

"말해 봐요. 뭐든지 들어줄게."

"풀피리, 한 곡만 연주해 줄래요?"

미치코의 표정이 조금 우울해졌다.

"그이가 비명에 간 후부터는 풀피린 입에도 대지 않았지만, 리심 부탁이니 조선에서 펼쳐질 미래를 축복도 할 겸 솜씨를 발휘해 볼게요. 잠시만!"

미치코가 긴 풀잎을 하나 뽑아 들었다.

"그런 풀잎으로도 연주가 되나요?"

"그러니까 초적(草笛), 풀피리지! 음, 무슨 노래가 좋을까. 프랑스에 왔으니 샹송으로 한 곡 할게요."

그리고 풀잎을 입술에 횡으로 머금었다. 양손으로 풀잎을 쥐고 턱을 잡아당겼다가 들며 연주를 시작했다. 그녀는 천천히 절벽 끝을 거닐며 소리를 끌어올리기도 했고 날려 보내기도 했다.

나는 눈을 감았다.

가련한 꽃이 하늘의 나비에게 말했다

도망가지 마!

우리 운명이 이렇게 다르다는 것을 봐. 나는 남고

너는 떠나고

그러나 우리는 서로 사랑하고, 우리는 인간들로부터 멀리 떨어져

그들 없이 살고

우리는 서로 닮았지. 사람들은 우리를

둘 다 꽃이라 하지

그러나, 아! 바람은 너를 앗아가고 땅은 나를 묶는구나

잔인한 운명이여!

나는 내 향기로운 숨결로 너의 날아오르는 몸짓을 하늘
위에

영원히 남겨 놓고 싶구나

그러나 너는 너무 멀리 갔구나! 셀 수 없이 많은 꽃들 사
이로

너는 떠나고

나는 혼자 남아 본다. 내 그림자가

내 발을 도는 것을

너는 떠나고, 다시 오고, 또다시 너는 떠난다

다른 곳에서 빛나기 위해서

너도 매일 새벽이면 나를 찾는구나

눈물을 흘리며!

오! 우리 사랑이 변하지 않고 흐르기를

오, 나의 왕이여

나처럼 뿌리를 내리든가 아니면 날개를 다오
너와 같이

풀피리 소리가 멎었다. 나는 눈을 뜨고 주위를 살폈다. 맞바람이 워낙 강해서 마지막 소리가 흘러나온 곳이 동쪽 같기도 하고 서쪽 같기도 했다. 몸을 돌려 한 바퀴 빙글 돌았지만 미치코는 없었다. 갑자기 불길한 생각이 들었다.

미치코는 죽을 자리를 찾아서 파리로 온 것이 아닐까. 고우 선생을 열렬히 사모했으니 선생을 잃은 슬픔은 하늘에 닿고도 남음이 있으리라. 평생 가 보고 싶었던 파리 구경을 마친 후 도쿄로 영영 돌아가지 않고 삶을 접기로 마음을 정했을 수도 있다.

"미치코! 안 돼, 미치코!"

절벽 가까이 달려갔다. 허리를 숙이니 찬바람이 내 머리카락을 흩으면서 불어 올라왔다. 거대한 파도가 하얀 물결을 일으키며 바위에 부딪혔다.

"미치코!"

아, 벌써 저 아래로 잠겨 버렸단 말인가. 에트르타 절벽에 가고 싶다고 했을 때부터 말렸어야 했다. 죽음의 기운을 알아차렸어야 했다. 나는 털썩 주저앉아서 바다를 향해 눈물을 쏟았다.

바로 그 순간 끊어졌던 풀피리 소리가 다시 흘러나왔다.

뒤돌아섰다. 미치코가 두 눈을 동그랗게 뜨고 양손으로 풀잎을 쥔 채 서 있었다. 나는 급히 달려가서 그녀를 끌어안았다.

"왜 그래? 리심? 무슨 일 있어요?"

"어디…… 갔던 거예요? 절벽에서 뛰어내린 줄 알고……."

그제야 미치코는 내 눈물의 뜻을 알아차렸다.

"풀잎이 끊어지는 바람에…… 쓸 만한 풀잎을 찾다가 저바위 뒤로 돌아갔어요. 리심! 나 안 죽어요. 자살할 거면 파리로 오지도 않았죠. 고우 선생이 늘 내게 충고했거든요. 자기가 없더라도 기죽지 말고 허튼짓 말고 열심히 살라고. 기죽지 말고 허튼짓 말고……. 나 정말 이제부터 더 열심히 살 거야. 리심! 내가 얼마나 열심히 사는지 지켜볼 거죠?"

나는 손등으로 눈물을 훔치며 웃어 보였다.

"그래요. 내가 볼게요. 미치코가 얼마나 큰 부자가 되는지 또 얼마나 착한 일을 많이 하는지."

미치코가 내게 풀잎을 하나 더 내밀었다.

"풀피리 불고 싶다고 했죠? 가르쳐 줄게요. 문득 외로워지면 이렇게 탁 트인 곳으로 나와서 풀피리를 불어요. 리심, 당신이 풀피리를 불 때 나도 풀피리를 불고 있다고, 우리 그렇게 생각해요. 멀리 떨어진 두 도시에서 동시에 울려 나오는 풀피리 소리! 멋있다, 그렇죠? 자, 우선 아랫입술과 윗입술에 가볍게 침을 적시고 풀잎을 이렇게 끼워요. 마찰면이 많으면 낮은 소리를 내고 마찰면이 적으면 소리가 올라가죠."

나는 풀잎을 물고 천천히 입김을 내뿜었다. 그러나 아무 소리도 나지 않았다. 미치코가 웃으며 고개를 끄덕였다.

"잘하고 있어요. 처음부터 소리를 내는 사람은 없답니다. 한 열흘은 입술이 얼얼할 정도로 노력해야죠. 먼저 입술에 머금은 이 풀들이 스스로 소리를 만들어 낸다고 믿으세요. 모든 일은 믿음에서 시작되니까요."

당신은 공화국 시민이 아니다

만나야 할 사람은 만나야 하고, 밝혀야 할 진실은 밝혀져야 한다.

리옹 역까지 미치코를 배웅하러 갔다. 한 달 후면 나도 미치코를 뒤따를 것이다. 리옹 역에서 기차를 타고 마르세유에 도착한 다음, 배를 타고 40일 긴 항해를 거쳐 고베에 닿겠지. 제물포로 가기 전 고베에서 잠시 그녀와 재회하기로 했다. 빅토르도 우리의 하룻밤 수다 정도는 허락할 것이다.

"고베 이진칸에서 풀피리 연주 함께 해요."

푸른 연이 우리 풀피리 연주에 맞춰 허공에서 춤을 추는 상상을 했다. 기분이 무척 좋아졌다.

역을 나와서 마차에 올랐다. 두 마리 흑마가 천천히 걸음을 뗐다. 나는 미치코의 미소를 떠올리며 거리를 바라보았다. 그러다가 한 여인이 눈에 들어왔다.

"세워요!"

마부가 멈췄다. 나는 급히 마차에서 내려 그 여인을 막아섰다. 그녀도 나를 보고 깜짝 놀란 표정을 지었다. 쥘리에트였다. 나는 그녀가 달아나지 못하도록 그녀의 왼쪽 손목부터 힘껏 잡아 쥐었다. 빅토르가 특별히 불러 준 건장한 체구의 마부가 쥘리에트의 등 뒤에 섰다. 자초지종은 모르지만 나를 도와야겠다고 판단한 것이다.

"여기서 망신을 당할래? 아님 마차를 탈래?"

쥘리에트가 슬쩍 마부를 본 후 나를 보고 슬픈 눈을 지어 보였다.

"아, 아파! 이것부터 놔. 알았어. 마차에 탈게. 타면 되잖아."

나는 마부에게 쥘리에트와 내가 마차에 오른 후 밖에서 문을 걸어 잠그도록 했다. 혹시 마차가 달리는 도중에 쥘리에트가 문을 열고 뛰어내릴까 걱정되었던 것이다.

나는 최대한 마음을 가라앉히려고 했다. 끔찍한 그 밤이 생생하게 떠올랐다.

"왜 그랬니? 왜 나를 그런 곳에 넘겼어?"

쥘리에트가 내 눈을 똑바로 노려보며 피식 비웃었다.

"네가 있을 곳은 거기니까. 아프리카 사람들, 아시아 사람들을 따로 모아 파리 시민에게 보여 주는 곳이잖아? 불어 좀 배웠다고 또 빅토르 콜랭에게 귀염 받는다고 파리 시민과 동등하다 믿고 까부는 꼴이 하도 우스워서 널 그곳으로 보낸 거야."

나는 깊은숨을 내쉬었다. 이런 여자를 친구로 믿었다니…….

"공화주의자인 네가 왜 이런 짓을…….

"닥쳐. 리심, 네깟 게 공화주의가 뭔지 알기나 해? 평등을 내세운다 해서 흑인이나 황인까지 우리랑 동격인 건 아냐. 너흰 우리에게 배워야 해. 우리에게 배움을 얻기 전까지 너흰 인간이 아냐. 너희에겐 문화도 없고 예법도 없어. 그런데 불어 몇 자 익혔다고 곧바로 우리랑 맞먹으려고 들어?"

"나도 공화국 시민이야."

쥘리에트가 풋 웃음을 터뜨렸다.

"빅토르가 아직도 말 안 했나 보구나. 넌 공화국 시민이 아냐. 아무리 프랑스가 박애를 소중히 여겨도, 조선에서 몸 팔던 창녀에게까지 시민 자격을 부여하진 않아."

"뭐라고? 창녀? 난 창녀였던 적이 없어. 난 조선의 무희였어."

"그게 그거 아니니? 40여 일이나 배를 타고 프랑스로 왔

346

다고 해서 네 과거가 모두 비밀에 부쳐질 거라고 믿다니 큰
착각이지. 넌 조선에서 기생이었어. 일본으로 치면 게이샤
였고. 기생은 관청의 명령에 따라 몸도 팔고 노래도 팔고
춤도 파는 여자 아니니?"

어떻게 쥘리에트가 내 과거를 알아냈을까. 나는 그녀를
노려보며 소리쳤다.

"난 공화국 시민이야. 빅토르가 그랬어. 공화국 시민만이
구청장 앞에서 혼인할 수 있다고."

쥘리에트가 차갑게 비웃음을 이어 갔다.

"동양을 다녀온 외교관들, 특히 독신들은 간혹 그 미개
한 나라들에서 하녀들을 구해서 오기도 해. 하녀들은 살림
도 하면서 가끔 그들을 밤이든 낮이든 달래 주지. 리심, 너
도 빅토르 콜랭 씨에겐 하녀 이상도 이하도 아니야. 내 말
을 믿지 못하겠거든 구청에 가 보렴. 빅토르 콜랭 씨와 네
가 혼인한 사실이 있는지 확인해 봐. 빅토르 콜랭 드 플랑
시는 독신이야. 한 번도 결혼한 적이 없지."

"너를 증인으로 세우고 혼인을 했잖아? 혼인과 관련된
공문에 서명까지 했고."

"그런 가짜 공문 따위 만드는 건 빅토르 콜랭 씨에겐 너
무나도 쉬운 일이야. 정 믿지 못하겠거든 오늘 당장 네가
남편이라고 믿고 있는 그 사람에게 물어봐."

"아냐. 아냐. 아니라고."

내 비명을 듣고 마차가 멈추었다. 거칠게 마차 문이 열리자 쥘리에트가 뛰쳐나갔다. 마부가 그녀를 등 뒤에서 붙잡았다.

"아악! 사람 살려."

쥘리에트가 비명을 질렀다. 마부가 큰 손으로 그녀의 입을 틀어막고 내게 물었다.

"다시 마차에 태울까요?"

나는 천천히 고개를 들고 쥘리에트를 쳐다보았다. 독이 오를 대로 오른 얼굴이었다.

"그냥 보내요."

마부가 제 귀를 의심하며 다시 물었다. 놀라기는 쥘리에트도 마찬가지인 듯했다.

"보내라고요?"

"그래요. 그 여잘 빨리 내 앞에서 사라지게 해 줘요."

쥘리에트가 서둘러 골목으로 사라졌다. 마차가 빌라르 대로 15번지에 닿을 때까지 내내 그녀가 내게 퍼부은 독설이 반복해서 울렸다.

리심, 넌 공화국 시민이 아니다.

공화국 시민이 아니다.

아니다.

리심, 너와 빅토르는 결혼한 적이 없다.

결혼한 적이 없다.

없다.

삶은 다시 조선으로!

드가 씨의 아틀리에를 방문하는 것을 마지막으로 나는 파리를 떠났다.

파리의 시인 보들레르는 일찍이 읊었다. 항구는 인생의 투쟁에 지친 영혼을 위한 매혹적인 거실과 같다고. 편히 쉬면서 들고 나는 배들을 살피는 삶에서 귀족적 즐거움을 본 것이다. 그러나 아직 내게는 저 항구가 또 다른 삶을 향한 거대한 문으로 보인다. 문을 열고 나가면 굶주린 이리 떼나 철갑으로 무장한 병사들이 나를 향해 달려들 것 같다. 언제쯤 내게도 이 마르세유 혹은 고베 혹은 제물포가 반추와 그리움 또는 넉넉한 여유의 도시로 다가올까.

언덕 위 노트르담 드 라 갸르드 성당에 올랐다. 이프섬은 물론 멀리 지중해까지 한눈에 펼쳐졌다. 나는 이제 곧 배를 타고 이프섬을 돌아 지중해로 나아갈 것이다. 매일매일 새로운 바다, 새로운 항구를 접하며 조금씩 고향에 다가갈 것이다. 먼 항해를 떠나는 선원들일까. 우락부락하게 생긴 사내들과 아낙들이 성당으로 우르르 들어온다. 모두들 성호를 그리며 간절하게 기도를 드린다. 그러고 보니 벽에는 성모님 도움으로 목숨을 구했노라 감사하는 석판들이 가득했다. 폭풍우를 만나 배가 난파하였지만 살아 돌아온 어부도 있었고, 해전에서 살아 돌아온 병사도 있었다.

귀향!

떨리기보다는 걱정이 앞선다. 중전 마마가 계시지 않는 조선 조정이 어떠하리란 것은 여기 이역만리 마르세유에서도 짐작할 수 있기 때문이다. 5년 남짓 유럽과 북아프리카를 흘러 다녔다. 지금 조선이 5년 전의 조선이 아니듯 나역시 5년 전의 리심이 아니다. 무엇을 할 것인가. 이 물음이 제물포에 닿을 때까지 내내 나를 괴롭힐 것이다.

마르세유 풍광도 오늘이 마지막이겠구나. 하나 처음과 끝을 가르는 것이 무슨 의미가 있으리. 집착이나 미련을 버리고 조선에서 펼쳐질 하루하루에 최선을 다하는 것이 중요하다. 빅토르에게 나를 속인 까닭을 따져 묻지 않았다. 제 아이를 가진 여자를 기쁘게 해 주고 싶었겠지. 작은 거짓으로 큰 기쁨을 주는 것, 그게 바로 사랑이라고 여겼으리

라. 눈물 질질 짜면서 공화국 정신 아래 정식 부부가 되지 못하는 세상을 원망하는 내 모습은 상상만 해도 끔찍했다.

그는 외교관 직분을 버리면서까지 나와 혼인할 뜻이 없는 것이다. 처음엔 사랑이 인종도 넘고 종교도 넘을 수 있다고 믿지만, 그런 사랑은 철부지 동화에서나 등장하는 법이다. 외교관 직분을 유지하는 범위 안에서 나와 생활을 꾸려 가는 것. 그것이 빅토르가 지닌 사랑의 무게요 한계다. 아쉽긴 해도 나는 그의 고뇌를 이해하기로 했다. 내 마음 역시 오로지 그만을 바라보며 감동하던 시절을 지나쳤으니까. 하찮은 일은 아니지만, 무덤에 들어갈 때까지 결혼식 얘기는 입 밖에 내지 않기로 했다. 그것이 또한 내 자존심을 지키는 일이었다. 돌이킬수록 서로에게 생채기만 낼 뿐이니까. 잊는 편이 좋은 일도 있는 법이다. 지금 내게는 빅토르만큼이나 조선, 내 조국이 소중하다.

이 짧은 여행기가 탕헤르에서 파리로 돌아온 후 찾아든 고통과 충격들을 이겨내는 데 큰 도움이 되었다. 눈물이 흘러나왔다. 눈물방울이 종이에 떨어지기 전에 손을 들어 겨우 받아 냈다.

시끄러운 갈매기 울음이 들렸다. 고개를 들었다. 그리고 일부러 큰 소리로 웃었다. 빅토르가 걱정스러운 눈으로 바라보았지만 나는 손뼉까지 쳐 대며 한참을 웃다가 멈추었다. 그리고 마르세유를 등지고 돌아서서 푸른 바다와 하늘이 맞닿은 수평선을 바라보았다. 중전 마마의 음성이 쩌렁쩌렁 울려 나왔다.

리심아, 가거라!

슬픔에 잠긴 조선을 깨워 일으켜라!

<계속>

소설 조선왕조실록 14

리심 2

1판 1쇄 펴냄 2006년 9월 15일
2판 1쇄 찍음 2017년 11월 17일
2판 1쇄 펴냄 2017년 11월 24일

지은이   김탁환
발행인   박근섭·박상준
펴낸곳   (주)민음사

출판등록   1966. 5. 19. 제16-490호
주소   (135-887) 서울특별시 강남구 도산대로1길 62(신사동)
           강남출판문화센터 5층
대표전화   515-2000 | 팩시밀리   515-2007
홈페이지   www.minumsa.com

© 김탁환, 2017, 2006. Printed in Seoul, Korea

ISBN 978-89-374-4215-5 04810
ISBN 978-89-374-4201-8 04810(세트)